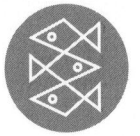

W0075112

Im Februar 2011 wird dem Erzähler ein verbrannt geglaubter Notizblock mit Liebesgedichten seines Vaters zugeschickt. Sie werden für ihn zum Anstoß, der Frage nach dem Wesen der Liebe auf den Grund zu gehen. Und endlich von der Frau vom Larssonhof zu erzählen, die ihn auf dem astfreien Kiefernholzboden in die körperliche Liebe einweihte – er fünfzehn und sie einundfünfzig. Der große Erzähler Per Olov Enquist hat mit »Das Buch der Gleichnisse« nicht nur sein persönlichstes Buch geschrieben, sondern auch einen Liebesroman, wie wir ihn noch nie gelesen haben. Ein großes, bewegendes Buch.

Per Olov Enquist, geboren 1934 in Nord-Schweden, lebt in Stockholm. Er arbeitete als Theater- und Literaturkritiker und zählt heute zu den bedeutendsten Autoren Europas. Für seinen international erfolgreichen Roman ›Der Besuch des Leibarztes‹ (Bd. 15404) wurde er u. a. in Leipzig mit dem Deutschen Bücherpreis 2002 ausgezeichnet.

Weitere Informationen finden Sie auf www.fischerverlage.de

Per Olov Enquist

Das Buch der Gleichnisse

Ein Liebesroman

Aus dem Schwedischen
von Wolfgang Butt

FISCHER Taschenbuch

Erschienen bei FISCHER Taschenbuch
Frankfurt am Main, Februar 2018

Lizenzausgabe mit freundlicher Genehmigung
von Carl Hanser Verlag
Die schwedische Originalausgabe erschien unter dem Titel
›Liknelseboken. En kärleksroman‹ bei Norstedts, Stockholm
© 2013 Per Olov Enquist
Alle Rechte der deutschen Ausgabe
© Carl Hanser Verlag, München 2013

Druck und Bindung: CPI books GmbH, Leck
Printed in Germany
ISBN 978-3-596-03181-8

Kapitel 1

Das Gleichnis vom
wiedergefundenen Notizblock

Dem Arbeitsbuch zufolge ist er ihr nur dreimal begegnet.

Das erste Mal an einem Sonntagnachmittag im Juli 1949, da benutzt er die rätselhafte Bezeichnung »die Frau auf dem astfreien Kiefernholzboden«. Das zweite Mal am 22. August 1958, in Södertälje. Das dritte Mal im November 1977.

Er hatte offenbar versprochen, niemals etwas zu erzählen, niemandem.

Aber inzwischen sind ja so viele Jahre vergangen. Da kann es jetzt auch egal sein.

Viele Jahre später bereut er, im Gemeindehaus nach der Beerdigung der Mutter 1992 keine bessere Rede gehalten zu haben.

Sie hätte einfacher sein sollen, nicht so humoristisch. Er war *ausgewichen*, er hätte direkter reden sollen, nicht *drum herum*, als er zusammenfassen sollte. Er hatte seitdem, schon nach wenigen Jahren, den Wunsch gehabt, eine revidierte Ausgabe der Rede zu schreiben, sie vielleicht nur in zehn Exemplaren zu drucken, um sie an die Enkelkinder zu verteilen, einen ganz ruhigen Text, ohne biblisches Erschauern.

Es für Kinder zu erzählen oder niederzuschreiben war jedoch nicht leicht. Er fragte sich oft, was eigentlich falsch gelaufen war. Er hatte ja Erfahrung mit dem Schreiben. Hatte es schon als Kind gelernt, dann damit weitergemacht.

Wenn er schrieb, hatte er nie Angst, aber nur dann.

Deshalb mischte er sich zusammen. Es war, als läge der Bücherhaufen vor seinen Füßen, und dann trat er zu, als sei er *nicht schuldig!* Es war, als teile er sich auf. Ein Teil von ihm war der niedergeschriebene Teil, den er *benannte*. Ein anderer war der Bruder, der schon als Neugeborenes gestorben war, nach zwei Minuten, gerade dem gierigen Schoß der Mutter entrissen. Der hatte die Lösung. Als man den kleinen, bereits erstarrten Körper fotografierte, hatte dieser jedoch nicht wie ein Fisch an Land das Maul aufgesperrt, sondern ein süßliches Aussehen gehabt. Und dies kann sich übertragen haben! Auf den zwei Jahre später kommenden Bruder! Also ihn selbst! Und sichtbar geworden sein bis weit ins hohe Alter. Das Süßliche steckte an! Und es war dieses Süße, das ihn daran gehindert hatte, einen Liebesroman schreiben zu können.

Man fasst sich an den Kopf!

Es gab gute Gründe dafür, Angst zu haben, wenn man es recht bedachte, das hatten ja viele.

Man konnte bei der Revision der Grabrede auch die schwarzen Löcher aufsuchen. Oder das, was zwischen dem Gesagten lag, vielleicht war noch Zeit. Sich in den *Spalt der Geschichte* hineindrängen. Als ob das einfacher wäre! Es war ja das Ausgelassene, was am meisten schmerzte. Die Löcher und die Spalte waren nicht selbstverständlich, sie waren hauptsächlich wie Mitteilungen, deren Zeilen sich überlagerten, so dass die ursprünglichen Wörter, wieder aufgesucht, langsam überdeckt und grau und dann schwarz und am Ende ganz unbegreiflich wurden. Sie überdeckten sich selbst.

So war es mit dem Einfachen. Es war wie Selbsterlösung.

✳

Im September fuhr er hinauf ins Dorf.

Er wollte, der Sicherheit halber, Granholmen besuchen, mit den vieltausendjährigen Tannen, *mindestens tausend Jahre alt!*, wie seine Mutter ihm in den vierziger Jahren versichert hatte, wenn sie auf dem Stein gesessen und übers Wasser gestarrt hatte, als der Ehemann tot und nur der kleine Junge noch da war, wenn man Trost suchte. Aber er war mager und eher rank.

Die Tannen waren gewaltig, der Holm nur siebzig Meter im Durchmesser, das Haus hatte der Vater zuerst als Sommerwohnung zehn Meter vom Grünen Haus entfernt errichtet. Dann starb er, *mir nichts, dir nichts!*, und der Großvater und die Brüder hatten alles zusammen abgebaut und im Winter mit dem Pferd übers Eis nach Granholmen geschafft und dort aufgebaut.

Es war in der Zeit, als man noch Häuser bauen konnte.

Die Familie hatte eingegriffen, weil sie vom Tod des Vaters auf eine nahezu unbegreifliche Weise erschüttert worden waren. Annen Elof hatten sich ja große Hoffnungen geknüpft. Er war in gewissem Sinne speziell, aber keineswegs *anderst* gewesen, und die Familie hatte ihr eine Art Geschenk machen wollen. Sie war ja eingeheiratet und stand somit genau genommen außerhalb der Familie, aber der kleine Junge gehörte ja dazu, also genauer genommen. Der Großvater, P. W., hatte ihr außerdem ein Ruderboot gebaut. Es ließ sich schwer rudern, war aber stabil, damit der Junge keiner Gefahr ausgesetzt würde.

Er nahm nicht eine Öre dafür. Er wollte vielleicht zeigen, dass man zusammenhielt.

Das Dorf hatte fünfzig Jahre später – nachdem er angefangen hatte *zu erscheinen*, und wo er in dem Erschienenen in gewissem Maße Szenen niedergeschrieben hatte, wie die Mutter dort auf dem Holm saß – Granholmen in Majaholmen umgetauft. Es war wohl zum Gedenken daran, dass sie dort gesessen hatte, in den Sommern, allein mit dem kleinen Jungen. Und eine andere Sommerwohnung gab es damals ja nicht auf dem Holm, also war der Name wohl richtig.

Das Ruderboot des Großvaters war im September 2007 noch da, erstaunlicherweise. Es hatte allerdings eine Kunststoffbeschichtung bekommen und war jetzt weiß. Durch die Beschichtung konnte man die Bolzen sehen, die vielleicht Klinker hießen; nein, dies war sicher nicht die richtige Bezeichnung. Großvater P. W. war ja Dorfschmied, konnte aber auch Ruderboote bauen, er wusste vielleicht besser, ob es Klinker hieß. Das Heck war jetzt gekappt und gerade, um einem Außenborder Platz zu machen. Es war zwar etwas seltsam, aber im Grunde war dies zweifellos P. W.s Boot. Außen Kunststoff, der Kern 1935 gebaut.

Es war wie ein biblisches Gleichnis, wenn man es so sehen wollte, was viele taten.

Gunnar Hedman setzte ihn über. Sie landeten auf der Nordseite, und er sah sofort, dass der Holm in schlechtem Zustand war. Die riesigen Tannen, unter denen er als Kind gespielt hatte – also lange bevor er selbst gealtert und jetzt von den sterbenden Freunden umgeben war, die misstrauisch tuschelnd argwöhnten, er sei ins Dorf hinaufgefahren, um die Wahrheit über die erste Frau auszugraben und diese dann für immer zu begraben! Die sterbenden Freunde, die sich also jetzt um ihn scharten wie ein Tannenhain! – und auf deren Ästen er weit nach außen hatte gehen und nach feindlichen Kriegsschiffen Ausschau halten können.

Diese Tannen waren jetzt, im Herbst 2007, alle abgeholzt.

Drei Geräteschuppen waren hinzugekommen sowie zwei neue Sommerhäuschen, die beinahe zu verfallen schienen. Ein Hühnerhof mit rostigem Zaun deutete auf menschliches Leben hin. Fünf Hühner liefen mit kurzen Schritten darin umher. Ihr eigenes Sommerhaus schien sich gleich zu sein, wie vor siebzig Jahren, verfiel aber inzwischen zusehends und wurde als Aufbewahrungsort für Abfall oder Gerümpel benutzt; er versuchte durchs Fenster zu schauen, aber *es tat nur weh*.

Der Holm war vergewaltigt. Der Stein am Ufer, auf dem die Mutter gesessen hatte, sah jedoch aus wie früher.

Er nahm sich zusammen und ging um den Holm herum, wie in seiner Kindheit, und wusste, dass dies nicht revidiert oder korrigiert werden konnte; es war, wie es war, und hatte sich verändert, alles war beschmutzt.

Warum war er zurückgekommen. Dies hieß nicht, in den Fluss des Pfeils hinabzusteigen, wie er es als Kind in Kiplings *Kim* gelesen hatte. Einsicht musste er sich selbst und an anderer Stelle verschaffen, wenn es nicht schon zu spät war. Der große Stein fünf Meter vom Ufer des Holms entfernt, zur Nordseite hin, war jedoch völlig unberührt.

Sie war so schön gewesen, wie sie da auf dem Stein saß.

*

Er flieht, auf irritierende Weise schnüffelnd: wie ein Hund, der auf seine eigene Witterung stößt und erschrickt.

Ist es nötig, dies hinzuschreiben. Er hat keine Angst vor dem Tod. Aber der Weg dahin macht ihn immer erschrockener.

Zurückgelassen war ein Wort, das er ausprobierte, es sollte Eingänge ins Projekt schaffen, weil es jetzt eilte, *eilte* war ein anderes Wort, er wusste nicht, wie viele Jahre ihm noch blieben. Er konnte die Antwort in den Augen der sterbenden Freunde sehen, es war, wie wenn, vor dem Tod, die Augen tränten, und dass die, die bald sterben würden, vielleicht *lange, lange nach ihm*, ihn jetzt mit flehenden Augen betrachteten, als bäten sie ihn um etwas. Erinnerten an den Jungen Siklund, der ihn 1974 aufgesucht hatte, bevor dieser Siklund verrückt wurde und starb. Er erinnerte sich an Siklunds Augen, die entlarvend waren und wahnsinnig; aber danach war Siklund erlöst worden, und die Katze war auferstanden, und dieser Siklund hatte, indem er seinen Tod zu einem biblischen Gleichnis zusammenknetete, ihn während einiger Tage beinahe neu bekehrt zu dem wegstudierten Glauben.

Die Katze!

Er fing sich schnell. Gab es nicht ein kleines Vergehen, mit dem er die Zeit vertreiben konnte? Aus der Kindheit! Er könnte kleine nachdenkliche Briefe an sich selbst schreiben, oder vielleicht eher nachsinnende. Die vom Vater hinterlassenen Blätter schienen vom Tod zu sprechen, von der Liebe und vielleicht vom ewigen Leben. »*Ist denn dieses ewige Leben dann nicht ebenso rätselhaft wie das gegenwärtige.*« Musste ein Zitat sein, abgeschrieben. Es ist wenig wahrscheinlich, dass er sich so ausgedrückt hat. Selbst hatte er keine Erinnerungen. Die Rede im Gemeindehaus musste Erinnerungen enthalten. Konnte eingeleitet werden mit etwas, was er verheimlicht hat, aber etwas Ungefährlichem. Wie dieses komische kleine Verbrechen, das sich im Kriegssommer 1940 ereignet haben muss, im Juli, als er die Katze auf ein zurechtgezimmertes Floß setzte und sie davontreiben ließ, einem sicher furchtbaren Tod entgegen.

Oder der Tod und die Wiederauferstehung des Spielkameraden Håkan auf dem Bursee!

Nimm dich zusammen!, flüstert er ständig. Sei nicht lächerlich! Nur eine Sache zur Zeit! Es gab die kleinen Sünden, die zur Hand zu haben praktisch war, wenn er nervös wurde. Die Katze, zum Beispiel. Das konnte bewahrt werden. Dann gab es das Unbewahrte, Widerreden den Tod betreffend, und da war jetzt Eile vonnöten, alle Kameraden standen schwankend und klagend am Ufer des Flusses. Und erinnerten daran, dass er nicht dazu taugte, diesen Liebesroman niederzuschreiben.

Kraft sammeln! Er erinnerte sich an die Begegnung in einer Bibliothek in Södertälje. Eine Frau war bei der Diskussion hinterher aufgestanden, es ging um eine erotische Passage in dem historischen Roman, aus dem er gelesen hatte, und der seine eigenen Erfahrungen so gut verbarg, dass er nicht entblößt wurde; historische Romane waren ja die besten, die er sich vornehmen konnte, wenn er nervös wurde und etwas verdecken wollte. Die Frau hatte, bekannte sie ganz schlicht, gelesen und plötzlich eine *solche Wärme* im Körper verspürt, und im Unterleib, wie sie sie beim Lesen in ihrem ganzen Leben noch nicht gespürt hatte. Und dafür wollte sie danken! Vielleicht hatte sie die Worte *Wärme im Schoß* benutzt. Es war wie ein Raunen durchs Publikum gegangen, weil die Frau sich nach ihrer Äußerung mühsam und beinahe knirschend gesetzt hatte. Und was sie gesagt hatte, war sehr schön. Aber vor allem – jedermann sah, dass sie unerhört alt war! Vielleicht neunzig Jahre! Oder mehr! Und bekannte, dass sie immer noch Lust empfunden hatte!

Aber dass sie es gewagt hatte! – er selbst hatte plötzlich Tränen in den Augen, nur weil sie so unerhört alt war – gewagt hatte, vor allen anderen aufzustehen und von der Lust zu sprechen. Und auf irgendeine Weise war sie ihm bekannt vorgekommen, obwohl auch wieder nicht.

Aber das war noch nicht das Ende. Nachher war sie nach vorn gekommen, mühsam, weil sie unsicher auf den Beinen war, und da hatte er gesagt: Sind wir uns nicht schon einmal begegnet? *War das nicht auf dem Larssonhof?* Nein!, hatte sie brüsk gesagt, gleichsam zu Tode erschrocken auf dem Absatz kehrtgemacht und war hinausgeschlurft.

Aber dies in die Rede im Gemeindehaus einfügen? Unmöglich!

War es so, zusammenzulegen? Nur kleine Lächerlichkeiten und dann, plötzlich, wie ein Keulenschlag! Die Tür geöffnet! Das Tor!

Und jemand hatte gerufen: *Dies war das Leben!*

Er hatte bis spät am Abend des 27. Februar 2011 *gearbeitet* (sic! Seine eigene Bezeichnung! Heuchelei!) und unruhig geschlafen, war dann gegen vier Uhr aufgewacht und hatte beschlossen, das Projekt zwar zu Ende zu bringen, es aber nie *nach außen* zu tragen.

Welche Erleichterung! Nur für die Enkelkinder!

Vollkommen still bei den Bäumen, den Freunden, der sterbenden Schar. Sie bewachten ihn. Es waren sieben Bäume, die sich vor dem Fenster scharten wie eine Kuhherde, sie glichen sich selbst, wie am Tag zuvor, im Jahr zuvor. Er hatte versucht, sie hinzuzeichnen, um auf diese Weise sein abbildendes Leben wiederaufzunehmen, doch die Bäume blieben sich gleich, von Tag zu Tag. Schließlich begann er zu ahnen, dass es so bleiben würde, bis die sieben Bäume tot waren. *Gegen vier Uhr*, notierte er im Arbeitsbuch, *leben die sieben Tannen noch!* Der Hund hatte da den Kopf gehoben und ihn traurig oder ungeduldig angesehen. Dann fiel sein Kopf herab, offenbar in tiefen Schlaf.

Was hatten Hunde für Träume? Und würden Hunde bei Jesu zweiter Wiederkehr wirklich mitgenommen in den Himmel?

Er hatte sich immer gefragt, ob es auch für Hunde ein ewiges Leben gab, und ob er diesen Hund mitnehmen konnte über die Grenze. Den Tod stellte er sich als ein Dasein mit dem Hund an seiner Seite vor, auch nachdem sie das jenseitige Ufer des Flusses erreicht hatten.

Das würde dann das endgültige Projekt sein.

Er dachte viel an den Tod, sagte sich aber zum Trost, dies hänge sicher damit zusammen, dass alle seine Freunde im Begriff schienen zu sterben. Oder schon ihr Leben abgeschlossen, ihre Körper jedoch gedankenlos am Ufer des Flusses zurückgelassen hatten, als sei es noch nicht fertig, zusammengefasst, zurechtgelegt.

Das Projekt, das er jetzt zu Ende zu führen hatte, war eine revidierte Fassung der Rede für die Mutter, als sie gestorben war, die in dieser berichtigten und aktualisierten Fassung (bald komme ich! warte auf mich! ich bringe den Hund mit!) die Struktur dieses Innehaltens beschrieb, aber ohne die heitere Klarheit und Entschiedenheit der früheren Rede. Hatte er nicht ein Recht auf Unklarheit? Dies würde vielleicht Sibelius' Achte Sinfonie werden können! die dieser Finne! der Säufer!, den er so bewunderte!, nie geschafft hatte!

Aber diesmal nicht Sibelius' Achte, sondern nur seine eigene, unsichtbar und unhörbar für die anderen. Das Lästige am verhinderten Tod der Freunde schien zu sein, dass einige von ihnen sich zuerst *dem Tod entschlossen unterworfen*, dann jedoch gezögert, mitten im Schritt verharrt hatten, wie zum Beispiel nach einer schwereren Gehirnblutung: als wäre dieser entschlossene und mutige Tod gerade in ihrem Fall etwas Voreiliges.

Die Freunde waren in mehreren Fällen schwer zu deuten. Es gab etwas unklar Glänzendes oder Blankes in ihren Augen, wenn er, dienstags und freitags bei ihnen zu Besuch, ihre genuschelten Bitten ablas. Ihre Augen glänzten und flehten: Fass zusammen! Sie waren in den letzten Monaten sieben an der Zahl geworden, waren jetzt eine Schar, bald kamen bestimmt noch drei weitere hinzu, eine Art Wäldchen, das auf die Abholzung wartete, nun gut. Er hatte sich lächelnd und optimistisch gezeigt, um seine Machtlosigkeit zu verbergen und seine Angst, wenn er vorübergehend von ihnen Abschied nahm.

Aber wie sie ihn ansahen! Als wollten sie etwas fragen. Über den Tod vermutlich. Oder das sehr bald aufgebrauchte Leben. Als wäre er ein Experte, oder auf jeden Fall ein Ratgeber. Was für eine Frechheit!

Sie hatten ja früher auf seinen Rat gehört. Warum nicht jetzt! Aber er konnte ihnen ja nicht raten, den letzten Schritt zu tun. Tut ihn!, konnte er nicht sagen, tut ihn! Sonst tue ich es selbst!

Das wäre ja unmenschlich, vielleicht nicht einmal klug.

Am Abend zuvor hatte er seine Abhandlung über die Liebesgeschichte des dänischen Königs Christian IV. mit Kirsten bearbeitet.

Sie ließ ihn nicht los. Die absonderliche Geschichte von der Liebe Christians IV. zu einer Frau, die behauptete, ihn zu hassen, und ihn deshalb! – dieses *deshalb* zu begreifen war er zu unschuldig – mit Hilfe des Brenneisens, wie Lisbeth!, vor sich her trieb in den Untergang.

Etwas musste er jedoch tun, mit gemessenen Handbewegungen und ruhigem Lächeln, und mit Einsichten, die völlig unanwendbar waren, etwas musste er tun.

Er wusste, dass der Text, den er *die Partitur* nannte (wie in der Achten Sinfonie!), unter der scheinbar korrekten Oberfläche *einen Rat an seine sterbenden Freunde* enthalten musste, eine Art Widerrede auf ihre einfältig und beinahe aggressiv fordernden, glänzenden und verwirrten Augen. Dass er mit der Aufzeichnung der entsetzlichen Lebensgeschichte des dänischen Königs ihre Frage beantworten könnte, ganz einfach *wie es zusammenhing*.

So dass kein Rest blieb.

Die Liebe, sagten sie mit ihren brüchigen, dünnen Stimmen, die können wir nie erklären. Aber willst du es nicht versuchen? Eine von ihnen hatte er geliebt. Jetzt wollte sie vielleicht, trotz ihres schiefen, zuweilen sabbernden Lächelns, eine Antwort haben. Saß eingesunken, aber immer noch unerhört schön da, und die hilflosen Fragen hingen stumm zwischen ihnen in der Luft.

Willst du es nicht versuchen! Willst du es nicht versuchen! Wozu war sonst all das gut, was wir einst versucht haben! Hast du vergessen?

So ermüdend. Und er nickte immer. Hatte aber nicht vergessen.

Warum schrieb er sonst? was hatte es für einen Sinn? Er fühlte sich mit wachsender Verzweiflung sicher, dass er auch an kommenden Dienstagen und Freitagen nach dem Besuch bei den Freunden, gegen drei Uhr, nach der Stunde, die er sich zwang, unter mutlosem Gebrabbel bei ihnen zu verweilen, es nicht wagen würde, diese seine berichtigte Fassung, die Klarheit bringen würde, zu beginnen.

Er hatte einen ersten Satz des historischen Romans geschrieben, der gerade in den Zusammenhang von Tod und Lust Klarheit bringen sollte. Er lautete: *Etwas später, vielleicht gegen drei Uhr am Nachmittag, wurde der entlarvte schwedische Spion an Deck geführt und fürs Erhängen fertig gemacht.* Darunter hatte er mit Bleistift notiert: *Historische Romane verhindern viele Möglichkeiten zu echter Liebe.* Danach Leere auf dem Blatt.

Mehr wurde es nicht. Man fasst sich an den Kopf!

*

Plötzlich ging ein Riss durch alles: Im Februar 2011 wurde ihm der verbrannte Notizblock zugeschickt.

Er erkannte zuerst nicht, dass es ein Freibrief war. Es war

ja der Notizblock, über den er selbst einmal geschrieben hatte.

Es war der Notizblock, auf dem sein Vater, seit sechsundsiebzig Jahren tot, seine Liebeslieder an die Mutter niedergeschrieben hatte. Als er starb, hatte sie den Block verbrannt. So war es klargestellt. Es war die Mutter, die es klargestellt hatte. Damit war es unumstößlich. Sie hatte nicht gewollt, dass ihr Mann dichtete, weil dies Sünde war, Liebesgedichte besudelten wie Sirup, auch das Gedenken des heimgerufenen Vaters, war es nicht so?

Oder war es nur der *Schmutz des Lebens*, der ihr Angst machte?

Die Liebe war wohl eigentlich auch der Schmutz des Lebens. Vielleicht fror man ein, und wenn man auf die Eishaut blickte, die das Gesicht bedeckte, wurde drohend klargestellt, dass *dies die Liebe war*. Wie das Erfrieren musste dies als Sünde gelten, und weil es so weh tat, war es Sünde, vielleicht Todsünde, es war ein wenig unklar, aber sie erklärte *so in die Richtung*, und es war auf jeden Fall unumstößlich. Und so wurde es klargestellt, dass sie den Block mit den Gedichten des Vaters verbrannt hatte, und damit die einzige Spur, die er selbst nach rückwärts hatte in der Geschichte des Dichtens, die ja auch seine eigene Geschichte war, und wie er wurde, und sicher den Schlüssel dafür enthielt, warum er da oben auf Island beinahe gestorben wäre.

Das einzig Sichere war, *es war verbrannt*.

Der Notizblock, verfeuert also, war das einzige Dokument, aus dem hervorging, dass dieser Waldarbeiter namens Elof auch Künstler war, oder sonst wie anderst, und vielleicht etwas Unbeschreibliches besaß, das durch seine schiere Erwähnung das biblische Erschauern auslösen konnte. Und dass darin unumstößlich die Erklärung dafür lag, dass das Kind, er selbst, versucht hatte, sich zu Tode zu saufen, so dass der Erlöser persönlich gezwungen gewesen war einzugreifen, obgleich der Säufer dies verneint hatte! Und dann war der Beweis verbrannt, und so war es klargestellt.

Warum benutzte er ständig das Wort *klargestellt*. Und *unumstößlich*.

Dann war ihm also im Februar der verbrannte Block zugeschickt worden. Es war unzweideutig der richtige Notizblock. Eine Verwechslung lag nicht vor. Der Vater hatte seinen vollständigen Namen daraufgeschrieben und das Datum, dann hatte er auch die Liebesgedichte daraufgeschrieben, einige davon gereimt, und obwohl der Notizblock teilweise Brandschäden aufwies, konnte man die Verse mit Leichtigkeit entziffern. Sie waren vollkommen lesbar, weil nur ein Viertel der Seiten Brandschäden hatte, am unteren Rand.

Braunes Papier, wo das Feuer *mit seinen unersättlichen Flammen geleckt hatte*, darüber unbeschädigt weiß. Wie Großvaters Ruderboot!

Der untere Teil des Blocks also vom Feuer beschädigt. Aber nicht so, dass ein wesentlicher Teil der Gedichte verloren wäre. Klargestellt wurde also sehr bald, irgendwann im Februar 2011, dass *genau dies der Notizblock des Vaters* war, über den er selbst in zwei Büchern geschrieben hatte. Oder waren es drei. Auf jeden Fall ermüdend oft. Und darin (es waren drei!) die Mutter angeklagt hatte, diesen verbrannt zu haben, und sie auf diese Art und Weise auch angeklagt, ihm Sündenangst vor dem Gedichteten, ja vielleicht dem Erdichteten eingejagt zu haben.

Das sollte die Erklärung sein.

Die Vorstellung hatte ihn immer mehr erfüllt. Sie gab die Erklärung für die lähmende Angst, die er davor hatte, *den letzten Schritt zu tun*. Die Welt des Notizblocks in sich hineinzuschlingen, als wäre es ein Sündenblatt wie jenes

Exemplar von *Lebendiges Leben*, das er einmal im Alter von elf Jahren auf Renströms Lokus aufgespürt hatte; es enthielt eine Liebesgeschichte in Fortsetzungen, jede Woche wurde neu hinzugedichtet, hatte er erfahren. Es gab einem ehrlich gesagt ein Gefühl von Sicherheit, nicht den letzten Schritt zu tun, besonders in mehr persönlichen Fragen. Da musste man sich zusammennehmen.

Auch am Ufer des Flusses.

Jetzt war jedoch der Notizblock mit der Post gekommen. Er öffnete das Päckchen, blätterte vorsichtig, und las. Auf der Innenseite des Umschlags der Name des Vaters, von diesem selbst geschrieben, ein wenig vorwärts geneigt. Kein Zweifel, Elof mit f, der Nachname mit kv, nicht qu wie er selbst. Es war vielleicht so, dass er versuchte, sich *ein wenig aufzuspielen*! Ein qu hatte einen vornehmeren Ton als ein kv. Er fühlte sich einen Augenblick lang beschämter als bevor das Päckchen gekommen war, nahm sich aber zusammen und las weiter.

Nachdem er gelesen hatte, blieb er sitzen.

Wie war das zugegangen?

Die folgenden Wochen fühlte er sich gelähmt, aber rastlos, und begann schließlich zu verstehen. Er besaß einen Telefonapparat. Damit rief er den Absender an, es war eine seiner Kusinen.

Sie hatte keine Antwort.

Der Notizblock war ihr zusammen mit einem Haufen Papiere zugeschickt worden. Ein Teil davon war die Hinterlassenschaft ihrer Mutter, Elofs Schwester. Ein anderes Bündel Papiere war die Hinterlassenschaft eines Dahingegangenen (der Junge! Siklund!), dem es einmal fast gelungen war, ihn neu zu bekehren, doch war er später dem Netz des Erlösers entronnen; genug davon. Siklund war im übrigen das Kind einer Kusine zweiten Grades, selbst also dritten Grades und nur auf zweifelhafte Weise mit ihm verwandt und war am 26. November 1977 im Irrenhaus, also einer Nervenheilanstalt, gestorben.

Die Absenderin des Notizblocks hatte angedeutet, dass er den Jungen ja wohl kannte. »Es ging um die Wiederauferstehung.«

Das war zweifellos wahr, dokumentiert, und unangenehm.

Deshalb wollte sie sich wohl nicht die Mühe machen, das Schicksal Siklunds näher auszumalen. Das er ja selbst einmal in einem Theaterstück geschildert hatte, zu dem sich einige in der Familie kritisch gestellt hatten. Den armen Kerl mit Schmutz bewerfen! Genug. Das Zugesandte war Siklunds Hinterlassenschaft. Sie hatte auch noch den Nachruf für'n Elof gefunden. Und beigefügt. Der Papierstapel hatte ziemlich lange unbeachtet auf dem Dachboden von Albert Lindströms Sommerwohnung (merkwürdig! Warum da, war ja nicht in der Familie!) gelegen.

Das war alles, was sie wusste.

Der Junge war ja ein Kapitel für sich. Er war verrückt geworden, irgendwie, und er selbst hatte ihn in seiner Zeit in Uppsala sehr häufig besucht, bevor er ausriss nach Kopenhagen und in eine neue Ehe, der Junge war ihm keineswegs unbekannt. Es war unangenehm. Die Besuche waren ein Misserfolg gewesen! Inklusive des mehr wissenschaftlichen Experiments mit dem Jungen und der Katze.

Es war zum Gotterbarmen, hatte er sich in einem Buch nicht auch den Vornamen des armen Kerls geliehen! Nicanor! Was hatte er sich nicht geliehen! Und nie würde er vergessen, dass der Junge gesagt hatte, *Ich bin in dich und die Bücher hineingekrochen!*, aber dann wollte er wieder herauskriechen. Und als das nicht ging, wurde ihm Onkel Arons Schicksal zuteil, also nicht, dass er sich durchs Eis der

Burebucht hindurchhackte, aber ein Tod durch Ersticken war es auf jeden Fall, unumstößlich. Nicht im Wasser, sondern mit einer Plastiktüte.

Es war die Zeit des theologischen Experiments im Irrenhaus. Er hatte einen Halbverwandten mit Namen Martin Lönnebo um Hilfe bitten wollen, er war ja immerhin Bischof, aber gebracht hatte es nichts.

Plötzlich Vollbremsung!, wie Knüppel auf 'n Quappenkopp. Er ist wie gelähmt von einem abrupten Gedanken. Warum das *beinahe* Verbrannte?

Es war, als ob genau da etwas in seinem Inneren auf Stopp schaltete. Er hatte sich ja viele Jahre in der Öffentlichkeit den Fakten in den Legenden angepasst! Fakten!! Die Brandstiftung der Mutter war ja klargestellt! Eingebrannt! Wie ein Brenneisen in ein unschuldiges Tier! Wie eine schreiend ungespielte Geige! Die Legende in mehreren seiner meistgelobten Werke gedruckt! Und jetzt also eine Kehrtwendung? Total! Man musste sich hier fragen: Wie konnte man, ohne faktischen Grund, sich jetzt auf einmal etwas ganz Umgekehrtes vorstellen! Hinzudichten! Ein Geschehen, ohne Verantwortung zu übernehmen!

Ein Freibrief sollte ja Erlaubnis geben. Aber wo kam man dann hin?

Man konnte sich ja, nur als Beispiel, vorstellen, dass in der Nacht, während der Vater auf der Krankenstation in Bureå im Sterben lag, etwas geschehen war. Gerade als er starb. Und man konnte sowohl *ausmalen als auch in gewissem Maße Farben auftragen,* man konnte die junge Mutter mit gewissen Gefühlen ausstatten, seine Mutter also, die gerade noch die Hand des Vaters gehalten und sie erkalten gefühlt hatte, wenn denn die Hand des Toten wirklich mit solcher

Schnelligkeit erkaltete, dass dies von der trauernden Witwe, also der gerade Verwitweten, wahrgenommen werden konnte. Dann konnte das *Ausmalen* auch das Krankenzimmer umfassen, und die Leere, vielleicht auch das Echo in diesem ansonsten so sterilen und kahlen Krankenzimmer. Der hohe Ton, *sein eigener hoher Ton!*, konnte sich da ausbreiten!!! *Die plötzliche Erleichterung, von ihm frei zu sein, zerbrach für einen Augenblick ihr Schweigen, deformierte das Weinen und schuf eine Art verzweifeltes Meckern wie von einem Widderlamm.*

So, vielleicht.

Möglicherweise eingeschrieben ein bestürzter Arzt, Hultman!, der in der Tür innegehalten und dann mit einem Ausdruck von Resignation den Todesfall zur Kenntnis genommen hat, der Gewohnheit gemäß, indem er die Augenlider des Toten anhebt und *seine Pupillen untersucht*! Also dies alles, ihr meckerndes Schluchzen eingeschlossen – wie könnte dies nicht ausgemalt werden!

Aber sollte er? Nein!

Das Rätsel war ja, dass der Notizblock teils verbrannt war, teils danach aus der *schonungslosen Umarmung der Flammen* gerettet wurde, teils anschließend auf Abwege gekommen war. Dies waren zwei oder drei Rätsel, und er konnte sich nicht entscheiden, welches am schwersten zu verstehen war. Man musste es sich vorstellen, beinahe zusammendichten, auch wenn man Widerwillen dagegen empfand. Es wäre besser, man wüsste es ganz sicher, doch das schien schwierig, vielleicht ganz und gar unmöglich.

Unfug! Er musste sich damit begnügen, es sich *vorzustellen*. Folgendes war da geschehen und später durch die Aussage der jetzt toten Mutter klargestellt. Der Mann, den man Elof nennen kann, hatte drei Tage mit furchtbaren Bauchschmerzen dagelegen, er war an der Porphyrie erkrankt, die jedoch fälschlich als geplatzter Blinddarm diagnostiziert wurde, war am Ende ermattet und hatte trotz der Tränen und Klagen der Ehefrau aufgehört zu atmen. Er war ganz einfach weggestorben.

Sie hatte dann den Bus nach Hause genommen. Der Bus hatte gegen 18.15 Uhr unterhalb des Grünen Hauses gehalten, um sie, die flennte, abzusetzen. Der Chauffeur, es war Marklin!, hatte da, der Legende zufolge, seiner barschen Art zum Trotz, und weil Tiefschnee bis zum Haus hinauf lag, gefragt, ob niemand da sei, der *sich der Frau erbarmen* könne. Doch sie war allein in der Dunkelheit durch den Schnee zum Grünen Haus hinaufgestapft. All dies war in der Legende fest belegt, doch jetzt begann das Schwere.

Das Kind (er selbst!) war im übrigen zu einer Schwester des Vaters gegeben worden. Es war Tante Valborg. Auf sie wird später zurückzukommen sein. Für jetzt genug davon.

Nach der Beerdigung, und nachdem Fotograf Amandus Nygren das Leichenfoto im Sarg gemacht hatte, und die Mutter ihre Arbeit wieder aufgenommen hatte (der Tote war ja Waldarbeiter, aber in der Endphase seines Lebens Lährarinn'mann) – da ging es ans Aufräumen. Und dabei hatte sie den Notizblock gefunden, und gelesen.

Die Legende besagte, dass sie stark angerührt worden war, aber gefunden hatte, dass diese an sie (über sie!!? oder über eine andere Frau? dieses Unruhemoment!!!) gerichteten Liebesgedichte von einem Charakter seien, der nicht nur der der Dichtung war, sondern auch etwas Erfundenem glich. Also *aus dem Rahmen quoll.* Vielleicht wurden die Gedichte erlebt, als seien sie klebrig, wie die Melasse, an der Grenze zum Geschwafel. Und als auf diese Weise ihr starkes Gefühl, ihre Aufgewühltheit über den Tod ihres Mannes, ihre Verzweiflung, ihre Verwirrung, weil die Gefühle des Ehemanns in dieser Form in Worte gekleidet waren, die *Verse waren,* ja vielleicht auch Gedichte, und ihr Misstrauen gegen das Hinzugedichtete zusammenkamen: Da hatte ihre Aufgewühltheit sich zu Entschlossenheit gesteigert.

Sie hatte die Klappe des eisernen Herds in der Küche geöffnet, in dem das Feuer loderte wie fast immer morgens, wenn es so kalt gewesen war, dass der Urin im Pisseimer zu einem runden gelben Klumpen gefroren war, der hinausgetragen und in die Schneewehe geworfen werden musste (das Tragen der Pissklumpen war jedoch etwas später, etwa im Alter von sechs Jahren!), und sie also durch Befeuern des Herds Leben in ihre und des Kindes steifgefrorene Glieder bringen musste, und da hatte sie den Notizblock gegriffen und ihn mit einer heftigen Bewegung in den eisernen Herd gestopft, damit die Gedichte ihres Ehemanns Elof für immer in dem schonungslosen, aber reinigenden Feuer brennen sollten.

Da war das Unfassbare eingetreten. Das ein Rätsel schuf, das schwerer zu beantworten war als das erste, das von *der verbotenen Dichtung*. Sie hatte ins Feuer gestarrt und dann hineingegriffen, mit der bloßen Hand, und die jetzt flammende Schrift gepackt und trotz des brennenden Schmerzes den Notizblock vor der Vernichtung gerettet.

So hatte ihn der Block, sechsundsiebzig Jahre später, erreicht. Er zweifelte keine Sekunde. Eine Botschaft von der anderen Seite des Flusses. Und die Botschaft war leicht zu deuten. Zu dichten war keine Sünde, aber die Hitze des Fegefeuers war nötig, um die Wahrheit herauszuschweißen. Wie es in den Sprüchen Salomos zu stehen pflegte.

So begann er im Frühjahr 2011 langsam, die Gedichte aus den geretteten Seiten herauszulesen, um damit, durch diese postume Botschaft, zur Wahrheit vorzudringen, bevor es zu spät wurde und bevor die glänzenden Augen der Freunde in sein Leben eindrangen und ihn an das Leben erinnerten.

Dass es mehr nicht war. Und es damit vielleicht beendeten. Er las die Gedichte langsam, und mit angehaltenem Atem.

Jetzt, bald.

✻

Es war ja selbstverständlich, dass dies, der Freibrief, »Texte« waren, *also aneinandergereihte Wörter.*

Es stellte eine Art Nekrolog dar, der von einem Leben handelte, und einer Liebe. Die Mutter, die junge Frau, die also bereute und ihre bloße Hand den brennenden Flammen aussetzte, hatte geglaubt, dass das Geschriebene klebrig sei wie der klebrige Sirup, aber erkannt, dass sie sich geirrt hatte.

Das Kind – jetzt sechsundsiebzig Jahre alt – machte sich diese neue Wirklichkeit unmittelbar zunutze. Über diese – nicht sirupklebrige – Liebe würde er schreiben. Solange die Zeit reichte! und er nicht von den stummen, aber vorwurfsvollen und wässerigen Augen der Freunde aufgescheucht wurde, die besagten, dass *auch ihn bald der Schlag treffen würde.*

Er hat Angst. Wie kann er dies, also die Angst, in die Rede im Gemeindehaus einfügen? Oder hindert ihn der Chor der Stimmen seiner Kameraden am Ufer des Flusses daran, den Liebesroman niederzuschreiben, vor dem er sich ängstlich duckt?

Schon im Mai 2011 beginnt er im übrigen, den wiedergefundenen Notizblock als bedrohlich oder irritierend zu erleben.

Es sind neun herausgerissene Blätter, die ihm Angst einjagen. Aber dazu später.

Er war ja davon ausgegangen, dass alles ein Bild ungeteilten Glücks wäre. Warum hatte die Mutter sonst, *mit bloßer Hand!*, in die lodernden Flammen gegriffen und die Gedichte gerettet? Aber wie kann er eigentlich wissen, dass die ganz und gar nicht fragmentarischen Liebesgedichte an die Mutter gerichtet sind? Sie hatten vielleicht einer anderen gegolten? Weg damit! Weg damit! Mehrere Eintragungen in den Tagebüchern der Mutter deuten im Gegenteil an, dass sie – plötzlich – Augenblicke von heftiger und überraschender Freude erleben konnte; ein Erwachen eines Morgens um sechs Uhr, als sie Gott dankt für *eine Einsicht, die überwältigend war*. Dies spricht eine deutliche Sprache.

Es scheint dem Mann zu gelten, also dem Vater; er hat etwas erzählt.

Immer hat er dies so gedeutet, als ob der Vater in dieser Nacht befreit wurde, hin zu seinem Glauben an den Erlöser. Etwas so Kräftiges!, wie ein Orgasmus, aber überhaupt nicht in diese Richtung, glaubensgewisser und leichter zu schlürfen. Aber etwas Neues!

Der Vater war ja nicht immer erweckt gewesen.

Im Gegenteil, er hatte nachdrücklich erklärt, ein freier Mensch zu sein, auf diese insistierende Weise, dass man *das höllische Ende befürchten* konnte. Vielleicht das des Trinkers? Der Fluch des Sohnes! Und hatte der Vater nicht auch einmal ein Motorrad mit Seitenwagen gekauft! War mit dem herabsetzenden *ein Charmeur!* bedacht worden.

Auf jeden Fall war seine Frömmigkeit weitaus später gekommen, vielleicht gleichzeitig mit dem Gedichteschreiben, oder wahrscheinlich noch später, vielleicht als das Autorenjucken aufgehört hatte oder versiegt war. Aber irgendwann war er *plötzlich* erweckt worden. Und nicht auf dem Totenbett, wo die Erweckung ja als unsicher empfunden werden konnte!, vielleicht als notgedrungen, etwas, was eher aus der überwältigenden Angst vor den ewigen Qualen geboren worden war.

Nein, die echte Sündenangst soll weitaus später gekommen sein. Oder vielleicht nur früher. Vielleicht eines Nachts, und da hatte er die Ehefrau geweckt und ihr mitgeteilt, dass er *durchgekommen* war. Und da war ihr Glück groß gewesen.

Aber vielleicht ging es gar nicht um die Erweckung des Ehemannes durch den Erlöser?

Plötzlich konnte der Charakter des Notizblocks als *Freibrief* verschwinden und ersetzt werden durch – etwas, das einem bedrohlichen Celloton glich. Vielleicht wie in Sibelius' Achter Sinfonie, nach dem Ritardando des zweiten Satzes? Den er mit Hilfe des Riesenmuskels der Vorstellungskraft jetzt restaurierte! Nein! Die Wahrheit war vielleicht, dass die Botschaft eher ein schriller Ton auf der Geige des Vaters war, die dieser im letzten halben Jahr vor seinem Tod gekauft hatte. Also dass das Geheimnis gerade *das Nichtspielen auf seiner neu gekauften Geige* war, die das Kind dann geerbt hatte. Und jetzt besaß. Die aber ungespielt geblieben war.

Und die er deswegen liebevoll, aber angsterfüllt Sibelius' Achte nannte. All das, was er selbst von seinem Pfund veruntreut hatte. Die vom Vater ungespielte Geige, der Albatros um seinen Hals, und jetzt war die Zeit knapp, wenn er den anklagenden und drohend murmelnden Ton der vom Schlag gerührten Freunde am Ufer des Flusses richtig gedeutet hatte.

Das Gleichnis von der ungespielten Geige!

Er wird ganz zitterhändig, wenn er nur an diese Aufforderung denkt. Wie sie dort hing! Über seinem Arbeitstisch, wie ein frisch gehängter schwedischer Spion. Der stumm gaffte. Das Leichenfoto einer ungespielten Geige! Die vielleicht ungespielt bleiben würde, obwohl er sie sich einmal im Übermut vorgenommen hatte, aber schrill gescheitert war und da das schreiende Jammern des Vaters von jenseits des Flusses zu hören gemeint hatte.

Vielleicht war alles, was er über seine Eltern geglaubt hatte, in gewissem Maß wie eine ungespielte Geige, die, wenn er sie zu spielen versuchte, nur einen schrillen Ton von sich gab, und dies das ganze Geheimnis mit den glänzenden Augen der Freunde, wenn sie ihn auf dem Weg über den Fluss zu sich riefen. Vielleicht war diese ungespielte Geige das Zeichen dafür, dass es aus war, gänzlich aus, wie für den armen Teufel Sibelius im Kampf gegen den Schnaps und die Achte Sinfonie.

Aber wenn er nur den Bogen hob, ohne damit die schrillen Saiten zu berühren, vielleicht würde dann das Geheimnis offenbart werden.

*

Das Kind – jetzt im Jahre 2011 beinahe grotesk runzelig, uralt, aber lebendig unter der abstoßenden Hautoberfläche – bemerkt zu seinem Entsetzen, dass *eine Anzahl Seiten in der Mitte des Blocks herausgerissen sind.*

Es muss vor dem Brand geschehen sein.

Sehr eigentümlich. Entweder enthielten die neun Blätter so intensive Liebesgedichte an die Mutter, dass sie hatten bewahrt werden müssen, oder es stand etwas anderes da. Er versuchte sich einen chronologischen Ablauf des Handelns der Mutter vorzustellen – also zuerst das Lesen, dann ein Ausruf der Verblüffung oder Wut, dann das Herausreißen der kontroversesten Seiten, dann das Anzünden des Feuers im eisernen Herd, dann das Verbrennen der neun Seiten, nein, neun Blätter!, dann das Hineinwerfen des ganzen Notizblocks, dann ein Augenblick des Nachdenkens, deshalb das Hineinstecken der bloßen! Hand in die brennenden

Flammen, dann das Herausziehen des Notizblocks und Bewahren dieses Dokuments.

Und dann das Verblüffendste – der Verlust durch Fahrlässigkeit! So dass die Tochter der Tante, nach deren Tod, das Dokument auffinden konnte.

Das vielleicht ein Freibrief war. Ein Freibrief! Er würde frei sein zu schreiben, was er wollte!

Über den Vater gab es nur den dem Notizblock beigefügten Nekrolog; er war im *Norra Westerbotten* veröffentlicht und ausgeschnitten worden.

Hatte die Großmutter Lova ihn geschrieben? Sie war ja die Dorfchronistin. Er war jetzt heruntergeschickt worden, an den einzigen Sohn des Toten.

Ihm zur Hilfe und Wegweisung? Oder als Drohung?

An Elof Enkvists Bahre.

Wie ein Blitz aus heiterem Himmel kam die Nachricht von deinem Fortgang. Eben standest du noch gesund und stark in jugendlicher Glut und Handlungskraft zwischen uns. Dann kommt der Tod, dieser unserer Meinung nach rücksichtslose Herr, und riss dich schonungslos aus unseren Reihen. Edel und aufrichtig war dein Streben. Du besaßest in höchstem Grad die Gabe des Humors. Wie oft hast du nicht mit deinem Humor und deinem jugendlichen, wohltuenden Scherz und deiner kerngesunden Heiterkeit Freude und Wohlbefinden um dich verbreitet. Doch deine Seele kannte auch Tiefen. Du warst rücksichtslos ehrlich und kritisch gegen dich selbst, und dadurch wurde auch dein Handeln geprägt. Du suchtest Klarheit, du suchtest Wahrheit. Du warst kein Freund des Kompromisses, wenn es um etwas ging, was du nach reiflicher Überlegung als richtig und wahr befandest. Aufrecht und mutig warst du in allen

Lebenslagen. Jetzt sind deine Erdentage beendet. Du weilst nicht mehr unter uns. Du lässt uns nicht länger teilhaben am Reichtum deiner Persönlichkeit. Deine ansteckende Heiterkeit erreicht uns nicht mehr. Du spornst uns nicht mehr an mit deiner Begeisterung und deiner Hingabe. Wir, die dir nahestanden, wir, deine Freunde und Kameraden, werden dich immer als wirklich guten Freund in Erinnerung behalten. Allzu gering wurde nach menschlichem Ermessen deiner Tage Zahl. Die Leere, die du hinterlässt, ist herzzerreißend. Doch wir trauern nicht ohne Hoffnung um dich, wie es ja auch dein Wille war. Du hast, so glauben wir, das Bessere gewonnen. Ruhe in Frieden, bis zum Tag der Auferstehung.

Man wundert sich. Zur Hilfe und Wegweisung? »das Bessere gewonnen«!

Und damit sollte er zufrieden sein! War das alles? Und dieser bedrohliche Zusammenhang?

Neun herausgerissene Blätter. Hatte wirklich etwas darauf gestanden? Ihre Leere wäre eine vollkommen ungerechte und unbegründete Anklage. Jetzt gäbe es gute Gründe, sich zu verteidigen. Er nimmt sich zusammen.

Er erinnert sich an ein vom Vater hinterlassenes Trostwort, auf die Rückseite des Blocks geschrieben; die Mutter hat es nicht gesehen, sonst hätte sie auch dies herausgerissen, ja den ganzen Block verbrannt!

Aber was für ein eigentümlicher Ton. Sind das wirklich 'em Elof seine Worte, bevor er starb? Es kann eine Daumenlosung gewesen sein, also eine auf gut Glück aus den Apokryphen aufgeschnappte Zeile. Aber was sagt er? Ist dies der Beginn einer Verneinung, wie die von Tante Valborg? *»Die zeitliche Unsterblichkeit der Seele des Menschen, d. h. ihr ewiges Fortleben nach dem Tode, ist nicht nur auf keine*

Weise verbürgt, sondern vor allem leistet diese Annahme gar nicht das, was man mit ihr erreichen wollte. Wird irgendein Rätsel dadurch gelöst, dass ich ewig fortlebe? Ist denn dieses ewige Leben nicht dann ebenso rätselhaft wie das gegenwärtige?«

Jetzt ist er wieder ruhig. Die Freunde am Ufer des Flusses nicken aufmunternd. Er wird dies in die Rede im Gemeindehaus einfügen. Dies war das Leben.

Kapitel 2

Das Gleichnis
von der zerknirschten Großkusine

Noch nichts von der Frau auf dem astfreien Kiefernholzboden. Das Arbeitsbuch nur angefüllt mit Aufzeichnungen
über die ungeborenen Früchte der Lust, über den Tod und
die Sexualität.

Unmöglich, sie ungekürzt in die Rede im Gemeindehaus
einzufügen. Er bezeichnet die Texte deshalb als Totgeburten,
von der Nabelschnur erdrosselt, wie der tote Bruder, doch
ohne Nebenabsicht.

Man konnte sich ja seine Gedanken machen über die einen,
die zerknirscht waren und durchdrehten, und die anderen,
die sich mutig im Befreiungskampf erhoben und wie Tante
Valborg wurden und deshalb Vorbild, wenn auch teilweise
am Boden.

Dies zum Befreiungskampf und den Vorbildern.

Er hatte ja als Kind ziemlich wenige Geburtsbücher: also
Bücher, die felsenfest zur Geburt im Glauben führten, die
das letzte Hindernis waren auf dem Weg zu der Frau auf
dem astfreien Kiefernholzboden und dem, was nachher geschah, also nach ihr, aber vor den späteren Katastrophen.
Die gängigsten Geburtsschriften waren Robinson Crusoe,
dann die Bibel, besonders das Alte Testament, mit diesen
furchtbaren Schlachten, die ihn so erregten und aufpeitsch-
ten, dass er eigentlich nie bis zum Neuen gelangte.

Denn das Neue Testament war wie die Magermilch, dünn
und fromm und gefügig. Es war das Alte, das aufwühlte.

Aber dann gab es Kiplings Erbauungsbuch *Kim*.

Es war unbegreiflich, wie die Mutter in den Besitz dieser Schrift gelangt war. Konnte sie das Buch in einer Bibliothek gestohlen haben? Nein. Weg damit! Vielleicht hatte sie es gedankenlos auf dem Seminar in Umeå erobert, in der Zeit, als sie auf »Feten« ging – laut Tagebuch, nie näher erläutert! – und da als junge Seminaristin vielleicht lauer im Glauben und heiterer gestimmt war? Und als die Einsamkeit diese laue Glaubensgewissheit noch nicht zur Hitze hatte hochkochen lassen?

Auch kam in *Kim* an keiner einzigen Stelle der Erlöser vor, in dieser Erbauungsschrift über Spionage und orientalische Mystik. Die Botschaft Christi erschien auf keiner einzigen Seite. Aber gelesen hatte sie es, mit Unterstreichungen! Doch hatte sie den Sohn nicht gewarnt, bevor sie, allzu spät, einsah, dass die Sünde auch hier ansteckte, und das Buch in der Speisekammer wegschloss, ganz oben.

Und damit dem Schriftsteller Kipling, der ansonsten als größer angesehen wurde als Bernard Nordh, eine Rüge erteilte.

Er las *Kim* dreimal, bevor das Buch weggeschlossen wurde, nach dem Betrug mit der falschen Krankheit (darüber später mehr). Danach noch zweimal. Später wurde der Band vielleicht verbrannt.

Es gab viel Poesieverbrennung in diesem seinem Lebenslauf, wirklich.

Kim handelte von einem kleinen Jungen, der zusammen mit einem indischen Lama, der nach Der Einsicht suchte, auf Wanderschaft war oder eher, um genau zu sein, ihm das Geleit gab. Wenn man zur Einsicht gelangte, würde man alles verstehen. Die Einsicht fand sich in etwas, das Das Rad der Dinge hieß. Und der alte Lama, der ging und den kleinen Jungen an der Hand hielt, es war bestimmt die rechte Hand, dieser Handhalter suchte nach Dem Fluss des Pfeils. Und darum herum waren englische Spione. Und der Lama ähnelte Kapitän Nemo, als dieser in seinen alten Tagen in der Mitte des Vulkans eingeschlossen war, ein Wohltäter, dem er später (ungebeten!) in einer Schrift gedankt hatte, die er verfasste, nachdem er aufgehört hatte zu schnapsen, genug jetzt.

Genug jetzt. Seine manischen Wiederholungen übertönen beinahe die Rufe der Freunde am Ufer des Flusses.

Aber der Lama war eigentümlich unbeholfen, es war meistens der Junge, der die Dinge in die Hand nahm und sie rettete. Und Gefahren lauerten überall. Aber sie hielten einander die ganze Zeit an der Hand, und am Ende senkte sich der Vater, *also der Lama* – er war kein richtiger Vater, denn dieser war mausetot, *schon als der Junge ein halbes Jahr alt war* – er senkte sich hinab in den Fluss des Pfeils. Und der war ungefähr so was wie der Bach, der durch das Hobelwerk rann, unterhalb des Grünen Hauses, von Sjön hinunter in den Burälven nahe beim Konsum, aber vor dem Zigeunerhaus. Und als der Lama sich in den Fluss des Pfeils hinabgesenkt hatte, verstand er plötzlich alles. Es gab nichts, was als Rest blieb.

Das war das Große. Er war gleichsam ein Reisegefährte für den Jungen, der jedoch derjenige war, der den Gefährten stützte und Gefahren und Sorgen aus dem Weg räumte, als wäre *Kim* ein Vater und hielte auf der gesamten Wanderung den Lama an der Hand. Und am Ende senkte er sich hinab, und da verstanden sie beide.

Das war Die Einsicht.

Nemo und der Lama. Nicht ein Wort vom Erlöser in einer dieser Schriften! Wenige Jugendliche durften eine geborgenere Kindheit erleben.

*

Auf gewisse Art und Weise spürt er Zorn.

Dieses Schweigen, dieses ausweichende Kopfschütteln, nein, niemand weiß, niemand will wissen, jetzt zu etwas ganz anderem, nein. Wenn nun der Vater so geheimnisvoll war, besonders was die körperliche Liebe betraf, und aus chronologischen und geistlichen Gründen keineswegs als schuldig am Unglück von Burmans ältester Tochter bezeichnet werden konnte (es war wohl Stefan!), meint das Kind jetzt zweifellos, dass es in Zukunft, wenn nur die Kraft da wäre!, dazu berechtigt ist, *den Inhalt der neun verschwundenen Blätter zu rekonstruieren.* Dies würde vielleicht zu einer grundlegenden Erklärung des Wesens der Liebe führen, zu der er selbst nicht taugte.

Er spürt jedoch Zorn. Natürlich könnte er die Fotografien benutzen, wenn er sich so über den Nekrolog ärgerte. Aber nach dem Leichenfoto gab es ja keine Bilder mehr vom Vater. Die Bilder vorher waren einander auch seltsam ähnlich. Entweder zeigten sie die Stauermannschaft unten im Hafen von Bureå oder die strahlende und aufrechte Gestalt im Cheviotanzug. Wo waren die Fotografien, die den Verrückten! dokumentierten, den es, wie alle *durchblicken ließen*, auch gegeben hatte!

Und der die Wurzelfasern zum Schriftsteller mit sich herumschleppte, oder auf jeden Fall zum Verkünder, im schlimmsten Fall zu einem, der das Zeug zum Prediger hat und in Johannelund da im Süden Richtung Stockholm seine Ausbildung macht.

Er selbst befand sich jetzt an *der Grenze*, und die Zeit wurde knapp. Und schon in der Rede im Gemeindehaus, wo er wahr, doch allzu humoristisch über sein Leben Rechenschaft abgelegt hatte, eine Schilderung, die untadelig wahrheitsgemäß war bis zum Februar 1990 – schon dort hatte er das rätselhafte und überraschende Dunkel angedeutet. Das Unerklärliche am Ende der achtziger Jahre. Das eiskalte Dämmerungslicht, all das *Tadelnswerte*, das er hinter sich gelassen hatte, das aber plötzlich einem unerklärten schwarzen Nebel gleich aufstieg, der *das Revidierte* verdeckte, das jetzt noch niederzuschreiben war, *und dies würde den Schlusspunkt setzen!*

Punkt. Obgleich er von dem unerklärlichen Gefühl gejagt wurde, dass es die neun herausgerissenen Blätter waren, die die eigentliche Einsicht enthielten. Wie in den Fluss des Pfeils hinabgesenkt zu werden. Und da er jetzt, dicht an der Grenze, von den glänzenden Augen der Freunde umringt war, mit der eindringlichen Frage *Wie hängt dies zusammen?*, und er eine Verantwortung für sie fühlte, wurde er von einer wachsenden Wut angesichts dieser von den Eltern *ihm aufgezwungenen Unsicherheit* erfüllt.

Alles blieb als Rest hängen.

Wenn es überhaupt die Eltern waren, die er suchte.

Also seine Eltern. Er wird jetzt von einer solchen Erregung ergriffen, dass es ihm beinahe Herzflimmern verursacht. Hatte er nicht selbst an einer Fernsehsendung teilgenommen, *vollkommen offen* ausgestrahlt in den Geräten!, in der es um die Verwechslungen ging, die in seiner Familie vorgekommen waren! Wo er sich scheinbar unberührt auf dem Bildschirm geäußert hatte, und Erwiderungen und Gedanken vorgebracht hatte, alles mit einer trügerischen Ruhe und in autoritativem Ton!

Aber nicht die einfache Frage hatte beantworten können, wo er selbst geboren war. Und von wem!

Wenn er auf der Krankenstation von Bureå geboren worden wäre, hätte er mit Leichtigkeit verwechselt werden können, wo es vorkam, dass eine Schwester sorglos mit zwei Neugeborenen auf den Armen eintrat und den erschöpften

Müttern die freie Wahl bot. Oder manchmal nicht einmal das. Man bekam ein kleines unschuldiges Bündel *zugeworfen*.

Was war es da für ein Erbe, das ihm selbst zugeworfen worden war?

Oder! War es vielleicht so, dass er zu Hause geboren worden war, wo er auf sicherere Art und Weise dem gierigen Schoß der Mutter entrissen werden konnte und wo der Vater mit größerer Sicherheit hatte feststellen können, dass diese Mutter wirklich die Mutter des Kindes war, und er selbst damit auch der Vater?

Vater des Kleinen. Dessen Bruder mit dem gleichen Namen wie er selbst! totgeboren! zwei Jahre zuvor! aus dem Mutterschoß gerissen worden war. *Und vielleicht er selbst war.*

Oder. Wer war er eigentlich? Oder wer war er geworden.

Die Sendung im Fernsehen hatte behauptet, dass im Laufe weniger Jahre!, der Jahre, die von der Fernsehredaktion überprüft worden waren!, fünf Kinder verwechselt wurden, nur auf dieser kleinen Krankenstation! Und dass man diese Anzahl mit Hunderten anderer kleiner Krankenstationen zu dieser Zeit in Schweden multiplizieren konnte, eintausendneunhundertvierzig Jahre nach Christi weit besser verifizierter Geburt. Dass diese Zahl so groß war, dass auch er *zu den Vertauschten* gezählt werden konnte. Beinahe ganz sicher. Kein Wunder, dass die Revisionsarbeit viele Jahre erforderte.

Für den Fall. So dass er sich als eine *berichtigte Ausgabe* betrachten konnte.

Um sich zu fassen in seiner Unsicherheit und da er nicht wie die Trinker einen Schnaps kippen konnte, stellt er jetzt scharfe Fragen. Wie viele in seiner Verwandtschaft waren *verrückt* geworden? Oder waren auf jeden Fall *anderst*.

Das Dorf war ja voller Schriftsteller. Als sei eine ansteckende Krankheit durch das nördliche Västerbotten gezogen. Dies konnte möglicherweise erklären, dass er selbst einmal in der Zeit der Trunkenheit, und nur gerettet von seinen starken, gut trainierten Beinen, also dort oben in der Dunkelheit auf der endlosen schneebedeckten isländischen Ebene! es vermocht hatte, *mit Christi helfender Hand* die Rettung zu erlangen.

Das mit der Helferhand war jedoch nicht wahr, hatte er beharrlich behauptet. Er hatte sich ja selbst erlöst!

Aber das, was gleich daneben aufgezeichnet war? Das Wegrevidierte, das bei der Gedenkstunde im Gemeindehaus nicht vorgebracht worden war? Welche waren speziell, wie der Vater Elof, dessen Dichternatur ja jetzt nicht länger geleugnet werden konnte, und welche waren nur verrückt? Oder hatten einen Anstrich von etwas, was in den Geburtsbüchern als warnendes Beispiel geschildert werden konnte? Dass die Großmutter des Vaters, Margareta, nachdem sie 1886 im Laufe von drei Monaten sechs Kinder durch die Würgekrankheit verloren hatte (es muss Diphtherie gewesen sein, sie wurden blau und starben), dass sie da verrückt wurde, war ja natürlich. Sie war vierunddreißig Jahre in der kleinen Kammer eingeschlossen und schrieb Wörter an die Wände, bis sie ihr die Bleistifte abnahmen. Da kritzelte sie weiter Dichtungswörter mit Hilfe eines Sechszollnagels. Ritzte sie ein, sozusagen. Kritzelte Wörter, die schwer deutbar waren, gleichsam Poesiewörter, von denen es hieß, sie seien schwer deutbar, wenn die Stockholmpoeten ihr Gebrabbel zu Papier gebracht hatten.

In gewisser Weise muss sie als die erste Poetin der Familie betrachtet werden. Die Trauer hatte ihre Gedichte geschaffen, das war klar.

Nervöser machte es einen ja, wenn man sich erinnerte, dass ein Onkel Ansgar, jetzt wohnhaft in Fahlmarksforsen, für eine kürzere Periode verrückt geworden war.

Er hatte angefangen zu brüllen und war zwangsweise inne Sommerwohnung eingeschlossen und später nach Umedalen innet Irrenhaus überführt worden, wo er sechs Monate verbrachte. War aber danach zurückgekommen und eine kürzere Periode still und fromm gewesen und hatte für sich selbst in der kleinen Kammer Rosenius' Betrachtungen gelesen, unablässig! Gleichsam die Frömmigkeit wie die Schaffelldecke über sich gezogen! Hatte sich aber danach erholt und war wieder fröhlich geworden und hatte später – da war er dreiundzwanzig – allen gezeigt, was er selbst als Unternehmergeist bezeichnete, war aber aufs Ganze gesehen nettig und allgemein beliebt gewesen, was alle bezeugten.

Also eine Dichternatur.

Doch hatte die Mutter vor ihrem unschuldigen Kind, also *ihm selbst, der jetzt 76 Jahre alt ist!*, das Folgende bezeugt.

Dies ist *das Gleichnis von dem der Mutter eingebrannten Fluch!*

Im Frühjahr 1934, als sie schwanger war mit dem Jungen Per Ola und gleichzeitig diese Sache mit dem Onkel geschah, und dieser in der kleinen Kammer der Sommerwohnung eingeschlossen, also noch nicht innet Irrenhaus in Umedalen überführt war; in dieser vorbereitenden Zeit hatte man der Mutter Maja geraten, diesen sehr traurigen und verwirrten Bruder ihres Mannes nicht zu besuchen.

Weil er verrückt geworden war.

Und dass sich dies in das Kind in ihrem Bauch oder eher in ihrer Gebärmutter einbrennen könnte, so dass das unschuldige Kind auch auf irgendeine Weise verrückt würde, vielleicht Dichter von Gebrabbel. Es würde sich gleichsam in das Ungeborene einbrennen. Wie ein Brandeisen in ein Tier, hatte sie dem kleinen Jungen erklärt, der sich fast wegduckte, weil das Bild so scharf war. Aber dann, als er erwachsen geworden war, hatte er das Bild oft und ganz unverhohlen als ein Zeichen für die Liebe benutzt! *Eingebrannt wie ein Brandzeichen in ein Tier!* Also nicht als Zeichen dafür, dass jemand verrückt wird. Sondern besessen von der Liebe.

Man wundert sich.

Deshalb hatte sie den Eingeschlossenen nicht besucht. Der Abstand zu diesem, hatte sie im hohen Alter gestanden, also der Luftlinienabstand zu dem, der verrückt war, hatte kaum zwei Kilometer betragen, quer durch den Wald; es war meistens ungespurt, aber schon im Mai war das Monark-Rad mit Ballonreifen gut zu gebrauchen. Es hatte also kein Risiko bestanden.

Aber! war sie nicht bei der Abfahrt dieses Ansgar mit dem Chevrolet zugegen gewesen? Er hatte sich friedlich auf die Rückbank gesetzt und höchstens mit einem milden Lächeln ahnen lassen, dass er die Schwägerin Maja, *die unten am Milchpodest gestanden hatte*, erkannte.

Aber dann hatte sie ihn ja gesehen! Und da war es vielleicht dem Ungeborenen eingebrannt worden! Verdammnis!

Der Glaube war die Form von Verwirrung, die die Verdammten, die es nach der Liebe dürstete, oder nach dem Frauenkörper, retten sollte. Es war schwer, die Dinge dazu zu bringen, zusammenzuhängen.

Er wusste seit langem, dass er verloren war. Das erschreckendste Zeichen war die zerknirschte Großkusine aus Istermyrliden.

*

Er hatte keine Freude mehr an seinem Mangel an Todesangst. Oder mit anderen Worten: Er hatte keine Angst zu sterben, fragte sich jedoch, was es war, gelebt zu haben, und warum!, was das betrifft.

Seit dem 8. Februar 1990, als er zum letzten Mal *geschnapst hatte*, dies war das Wort, das die Mutter immer als Warnungsruf hervorgepresst hatte, jemand in Långviken schnapste, hatte sie erfahren; seit jenem Tag, an dem er aus dem Schnapsen erwacht war, wie ein Embryo in einem Glas, eingelegt in Alkohol, aber aufwärts krabbelnd zur Kante des Gefäßes, langsam, tastend!, als er also im Irrenhaus Kongsdal erwacht war und in den Nächten angefangen hatte, über Nemo, den Wohltäter in der Mitte des Vulkans, zu schreiben – seit damals hatte er jeden Tag, den er lebte, als ein Geschenk betrachtet.

Die Glaubensverwirrung war nicht länger nötig.

Er konnte zum Beispiel hinterher sagen, *Jetzt habe ich vom Erlöser, aber vor allem von mir selbst diese letzten Jahre als Geschenk erhalten*, und das war wahr. Er hatte ja in gewissem Sinn diese Jahre vom Erlöser erobert, wenn es denn so war. Aber dies war ja eine winzig kleine Gotteslästerung, na gut: Er hatte nach der Nacht auf Island, ein halbes Jahr zuvor, diesen Zeitraum erhalten, weil er sich durch Selbsterlösung rettete. Aber er konnte das ja nicht in alle Ewigkeit ausdehnen.

Richtiger gesagt: Er fand keinen Wert darin, selbst alles abzuschließen. Nicht mehr. Das war das *Zögern am Ufer des Flusses*.

Und nachdem er dann dieses Vulkanbuch Nemo geschrieben hatte, nachdem dies überstanden war, und seine Demut jetzt Gefahr lief, einzutrocknen wie ein alter Kuhfladen, hatte er dies eher als einen PUNKT aufgefasst. Diesen schrecklichen Punkt, der wie ein Schuss kam. Direkt ins Weiche.

Und der verkündete, dass es jetzt vorbei war mit diesen ewigen Bekenntnissen, offiziell, brutal, ausgebuht, vollkommen offen. Und hiernach gab es nichts hinzuzufügen. Kein weiteres Leben.

Dies war die Qual während des kurzen Aufenthalts am Ufer des Flusses.

Aber was war es dann gewesen? Ein Haufen Bücher und Stücke. Und er selbst wie eine zurückgelassene Schlangenhaut.

War denn der Bücherhaufen das Leben?

Er erinnerte sich, mit einer abwehrenden Handbewegung, an die wunderschöne Psychoanalytikerin in Kopenhagen, an die neun Mal, die er in die Analyse gegangen war.

Sie war darauf herumgeritten, dass er sich als *zurückgelassen* bezeichnet hatte, hartnäckig war sie ein ums andere Mal darauf zurückgekommen, wie eine vom Fliegenfängerklebstoff festgehaltene Fliege, aber weil sie Heidin war, hatte sie nicht nach dem Natürlichen gefragt, wie es sich anfühle, zurückgelassen zu sein mit den Verdammten, also nach Jesu zweiter Wiederkehr.

Sondern sie hatte nur von der Mutter gelabert!

Schließlich hatte er die Behandlung abgebrochen, teilweise weil sie schön war und er erregt wurde, so wie er es als Fünfzehnjähriger auf der Wiese von Larssons Hof gewesen war. Aber wenn er dies andeutete, also ganz unmerklich seine Erregung durch sie andeutete, allerdings unzweifelhaft, hatte sie *eine abwehrende Bewegung* gemacht, genau wie zu einem Kind, das dem Erlöser die Arme entgegenstreckt, aber abgewiesen wird, und da hatte er aufgehört.

Punkt. Zurückgelassen. Fahr zur Hölle.

Er hatte danach angefangen, über Kirsten und Christian IV. zu schreiben. Weil er seine Besessenheit nicht verstand. Punkt. Er musste das Rätsel sicher mit über die Grenze nehmen, gemeinsam mit den glanzäugigen Kameraden, die ihn angefleht hatten, sich ihnen anzuschließen.

Nie würde er die neun fehlenden Blätter wieder beschreiben können. Die das Rätsel in seinem und dem Leben des Vaters waren. Herausgerissene Seiten. Vielleicht nach dem Punkt, der im Februar 1990 in Kongsdal gesetzt wurde.

Konnte wirklich der Fall der Großkusine, ursprünglich nur aus Istermyrliden gebürtig, in die Gedenkrede eingefügt werden? Hatte sie seine Sicht des Todes, des Dichtens und der Lust geprägt? Und der Frau?

Oder war es so, dass die Öffnung zu *dem innersten Raum* von der Frau auf dem astfreien Kiefernholzboden dort im Larssonhof verwirklicht worden war?

Die Großkusine war im Jahr nach ihm zur Höheren Volksschule in Bureå gegangen. Er hatte gleichsam inständig nach ihr geschaut, teils weil sie dem Vernehmen nach unter der gleichen innig gläubigen Gewitterwolke lebte und aufwuchs wie er selbst, teils weil sie Brüste hatte, die er nicht berühren durfte, obwohl sie sich gleichsam in seine Sinne drängten, also über den Rahmen des Gesetzlichen hinausdrängten.

Die Gewitterwolken des Glaubens und die Brüste. Dies waren die zwei Berührungspunkte mit der Großkusine.

Warum lachen? Tu es nicht, dann verstummt er vielleicht, man lacht über einen Scherz, man lacht nicht über die Lust, sie herrscht, sie ist wie die Sehnsucht nach dem Meer, dem gigantischen, das größer ist als der Hornavan, der ansonsten größer ist als alles. Die Angst vor der Lust ist tief wie der Hornavan, jemand öffnet eine Tür, und dann ist die Angst weg; wer diese Tür zum innersten Raum öffnet, wird nie vergessen, lach nicht, sei nur still.

Lach nicht. Dann hört er auf, dann verbrennt er, dann reißt er weg, wie es die Gewohnheit ist, lach nicht.

Sei nur still! Jetzt!

Dann macht er weiter.

＊

Dass jemand Schriftsteller wurde, oder verrückt und eingesperrt, oder soff, oder in Ewigkeit in Öl gekocht wurde, weil er den Erlöser verleugnet hatte, das konnte ja, von einem biblischen Gesichtspunkt, als das Normale bezeichnet werden, wenn man es so sah, was viele taten.

Lange vermeidet er es, den Fall mit der Großkusine aufzugreifen, die sich also in gewissem Sinn innerhalb der Familie befand, aber nur aus Istermyrliden stammte, die dann später verrückt wurde, sich ihm vorher aber anvertraut hatte. Sie hatte Brüste, aber er hatte sie nicht berührt, oder nur die eine!, soweit er sich später erinnern konnte. Und was er auf jeden Fall inständig verneinte.

Hierüber vielleicht später mehr.

Sie war schon als Dreijährige eine warme Christin geworden, was sich in ihren Teenagerjahren zur Hitze steigerte, so dass sie einmal vor ihm bekannt hatte, sie sei jetzt so heiß, dass der Erlöser beinahe in ihr kochte, und ihn gefragt hatte, ob er mal fühlen wolle.

Er behauptet jedoch, er hätte es nicht *gewagt*!!!

Aber: Es war im Korridor im Obergeschoss der Schule, eine halbe Stunde nach Schulschluss, und sie hatte dicht bei ihm gestanden, und er hatte gefühlt, dass sie sehr still stand, und da sah sie zu ihm auf, nur so ganz kurz, und blieb stehen, und hechelte, wie ein altes Pferd, obwohl sie sich nicht rührte.

Da hatte er die Hand gehoben, um das Kochende zu fühlen, beide hatten gehorcht, ob Schritte kamen, doch es kamen keine Schritte.

Und da.

Dann verschwand er hinunter in den Süden nach Uppsala, sie verschwand auch, es kamen andere Zimmer, andere Türen. Zeit verging.

Von Agnes Lundström hörte er, was geschehen war.

Als diese Großkusine – man kann sie Malin Nordmark nennen, das war zwar nicht ihr richtiger Name, aber jetzt ist sie tot, und da kommt es auch nicht mehr darauf an –, als sie sechsundzwanzig Jahre alt geworden war und einen Verlobten bekommen hatte, hatte ihre Mutter Tyra Nordmark durch Zuträgerei erfahren, dieser Verlobte, der sechsunddreißig Jahre alt war, habe einst eine Ausbildung als Prediger in Johannelund in Stockholm begonnen, seine Studien jedoch aufgrund mangelnden Glaubens an seinen Erlöser plötzlich abgebrochen und sei in Bygdsiljum auf einem Tanz gewesen.

Er hatte auch einmal geschnapst, am Tag der Kinder in Skellefteå.

Die Großkusine Malin war jedoch wie verrückt nach ihm gewesen vor Freude, und er war überhaupt nicht böse gewesen und war zu Besuch gekommen, und sie waren hinten im Wald nördlich von Strömsholm spazieren gegangen, und bei ihrer Rückkehr hatte sie vollkommen durcheinander ausgesehen, vor Glück, und da konnten sich viele ja ihr Teil denken.

Doch dann erfuhr ihre Mutter von seiner Abtrünnigkeit, woraufhin der Verlobte von der Mutter hinausgeworfen und am sowohl geistlichen wie auch geschlechtlichen Umgang mit der Großkusine gehindert wurde.

Die sich daraufhin einsam gefühlt hatte und verrückt geworden war.

Es hatte sich zunächst in heftigem Weinen geäußert und danach in *Beschimpfungen ihrer Mutter!*, die in der Gemeinde tätig war. Die Großkusine wurde dann zwölf Jahre in Umedalen eingesperrt, wo sie ruhig war, aber gehässig und wirr über die gänzlich unschuldige und kochend fromme Mutter redete. Es wurde klargestellt, dass diese Malin, in ihrem leiblichen Kampf gegen ihre Unschuld, also dem *Reiben*, und in der Verbitterung darüber, dass der Verlobte diese nicht hatte erobern dürfen, *ihrer ehrbaren Mutter Sünden angedichtet hatte*, als sei diese eine Schlampe, die *Lebendiges Leben* las! Eine Doppelnatur! Oder ein Pseudonym! Gemäß einem Gedanken des dänischen Verkünders Kierkegaard, der zu dieser Zeit in der Vaterländischen Stiftung in Västerbotten viel gelesen wurde, da man ihn als *im Glauben an seinen Erlöser brennenden Geist* betrachtete, der jedoch im Kampf gegen die Kirche rücksichtslos war, und *Denen konnte das nur guttun!*, wie viele in der Erweckungsbewegung es ausdrückten.

Viele lasen indessen hauptsächlich Rosenius, der auch in Dänemark der Größte war, obwohl er aus Skellefteå stammte.

Es trug sich da Folgendes zu: Dass er – der also jetzt siebenundsiebzig Jahre alt ist, sich aber klar an das Geschehene erinnern kann, noch!, trotz der warnenden Rufe der Freunde am Ufer des Flusses – einen Brief bekam. Es war in seiner Uppsalazeit, im Februar 1958, bevor er die Besuchsreise nach Södertälje und zu der Frau von Larssons Fußboden unternahm, mehr hiervon später! Aber die Ereignisse hängen zusammen! doch nichts soll in der Luft hängen! Mehr hiervon später.

Er hatte einen langen Brief von dieser Großkusine aus Istermyrliden bekommen, die hier Malin genannt wird, in dem sie die »Eskapaden« der Mutter aufzählte und ihn eindringlich darum bat, den Provinzialstaatsanwalt einzuschalten, sie aus dem »Gefängnis«, also dem Irrenhaus Umedalen, zu befreien und die Mutter anzuzeigen.

Er las den Brief, geschüttelt von nahezu biblischem Erschauern, und verbrannte ihn nicht.

Ihre Mutter, die ja tiefgläubig war, fast streng, eine ernste Christin, *tadelte* gern. Getadelt wurden jene, die nicht vor Liebe zum Erlöser kochten. Dass ihre Tochter Malin verrückt geworden war aufgrund des verbotenen Verlobten, hatte sie inständig bedauert, aber mit dem Satz kommentiert: Besser eine verrückte Tochter im Himmel als eine sündige Tochter in der Hölle. Sie hatte für ihr Tadeln auch Regeln aufgestellt, mit denen sie die Kochenden von den Lauen unterschied.

Es konnte auch vorkommen, dass sich das Tadeln gegen seine Mutter Maja richtete, die im Kirchenchor in Bureå sang, manchmal solo, weil sie einmal Opernsängerin hatte werden wollen, aber durch ihre höhere Ausbildung zur Volksschullehrerin daran gehindert wurde. Der Grund für den Tadel war, dass er, also der Sohn, in der Zeit seines Aufenthalts in Uppsala, einem Gerücht zufolge den Glauben wegstudiert habe. Er hatte auch erfahren, dass seine Mutter *Angst hatte!, vor dieser Tyra Nordmark, die aus Istermyrliden stammte*, aber am Skärvägen wohnte!!!

Er war baff! Angst!? Seine Mutter, die in ihren besten Zeiten ein ganzes Dorf regiert hatte?

Dem Brief von Malin zufolge (er erhielt ihn unter der Adresse Sjömansgatan 9 nachgesandt) hatte die Mutter der Irrenhausinsassin, also die in der Gemeinde so aktive Tyra Nordmark, vor der nicht nur et Maja, sondern auch de Pastor Ollikainen Angst hatte, mit ihrem vierundzwanzig Jahre älteren Onkel, Pastor in Arvidsjaur, eine sexuelle Beziehung begonnen.

So stand es im Brief der Tochter! Und der war an die falsche Adresse in Uppsala geschickt, aber nachgesandt worden!

Dieser Onkel war dem Brief zufolge – der voller liederlicher Details, aber so biblisch verantwortungsvoll abgefasst war, dass es dem Leser ein Kribbeln am ganzen Körper verursachte – halbers impotent gewesen, weshalb es zu einer Penetration nie gekommen war. Was geschehen war, hatte sich hart an der Grenze des ganz und gar Verbotenen bewegt, eine Todsünde, die in Erregung versetzt hatte.

Der Charakter des Briefs als liederlicher Bibeltext hatte sich graduell gesteigert und war von Einfühlung geprägt gewesen, soweit seine Erinnerung an den Inhalt, jetzt im Frühjahr 2011, aber es war auch damals in den fünfziger Jahren eine starke Lektüre gewesen, daran erinnerte er sich scharf.

Danach hatte die Mutter Tyra dem Verleumdungsbrief zufolge auch gewisse andere Beziehungen sexuellen Charakters gehabt, aber nie mit dem gleichen Reiz für den Leser. Sie hatte, behauptete die Tochter wütend, aber jetzt mit fein gestimmter und weniger biblischer Sprache, den sterbenden Onkel im Sanatorium in Hallnäs nur einmal besucht.

Er hatte auf der Frischluftterrasse (es war im Februar gewesen) gelegen und ihr erzählt, dass er immer viel an sie gedacht habe. Bleich und elend hatte er ausgesehen und sie gebeten, ihn liebkosend zu berühren, *damit ich mich an deine Hand erinnern kann, wenn ich mir vorstelle, dass diese deine Hand mich am Pimmel berührt, wenn ich allein bin und an dich denke.*

Wie konnte die Großkusine wissen, was die Mutter oder der Pastor aus Arvidsjaur gesagt! oder gedacht! hatten? Die reine Dichtung! Allein das zeigt ja …!

Doch es gab andere Unklarheiten, oder Doppelungen, die ebenso schwer zu lösende Rätsel aufgaben, wie die neun verschwundenen Blätter im Notizblock.

Die Mutter Tyra hatte, dem Brieftext zufolge, den Pastor aus Arvidsjaur, jetzt in Moskosel begraben, am Pimmel berührt, obwohl die anderen auf der Frischluftterrasse lagen und glotzten. Es war unter der schwarzen Wolldecke. Er hatte fast lautlos gewimmert wie ein Hundewelpe. Selbst hatte diese Mutter, dem Brief zufolge, eine beinahe berauschende Macht verspürt und ebenfalls gewimmert.

Sie meinte wohl mit Liebe das Verbotene.

Als die Liebe zum Aufhören gebracht wurde, indem der Onkel erkrankte und ausfiel, kurz gesagt, als er starb, da kam ein Gefühl von Verzweiflung auf bei der Mutter Tyra, also der, die später den angehenden Prediger hinauswarf, der auf der Tochter sein wollte, also rein fleischlich; eine Verzweiflung, die sie nur vorübergehend lindern konnte, indem sie sich rieb. *Was ist den Evangelisten zufolge Verzweiflung*, konnte sie sich fragen. Das ist, dass ich nicht mehr meine Hand unter die schwarze Decke schlüpfen lassen und sein Glied berühren kann.

Wenn sie sich zu himmlischem Glück rieb, das war die Botschaft des Gleichnisses, dachte sie nur an den toten Onkel, der im Alter von nur sechsundvierzig Jahren heimgegangen war zu Christus. Sie dachte mit Liebe an ihn, wenn sie rieb. Aber nur dann. Ansonsten war es mit Bestürzung.

Das war das Lehrreiche, über das man nachdenken musste.

Dies alles hatte die Tochter in dem Brief an ihn ausgemalt.

Was für unglaubliche Details! man fasst sich an den Kopf. War nicht dies das eigentliche Kennzeichen von Dichtung! Schmähungen ohne *Steingrund* (Bischof Giertz hatte ein Buch mit diesem Titel geschrieben, in dem er an Sonntagen zu lesen gezwungen war), die jetzt zweifellos aus der rasenden Frau herausquollen! Fast eine Hexe!

Der Onkel war, glaubte die im Irrenhaus in Umedalen internierte Großkusine zu wissen, von der Mutter Tyra besessen gewesen, die wie ein Magnet war, und er war wie die Eisenspäne, die ihr zugewandt waren. Dieses Gleichnis war nicht der Bibel entnommen, aber auf Augenhöhe.

Sie hatte das Muster in ihm geschaffen, schrieb diese ehemals Fastklassenkameradin an ihn, als er sich in Uppsala befand, und sie hatte noch mehrere handschriftliche Seiten mit Bleistift mit ihren Vermutungen darüber gefüllt, wie die Mutter und ihr Onkel es empfunden hatten.

Zuerst vermutete die Mutter Tyra, Macht zu besitzen. Später, als er starb, hatte sie hauptsächlich eine Art von Verantwortung gefühlt. Bevor er starb, war es, als ob jede Bewegung, die sie machte, ihn dazu brachte, sich zu rühren, auch wenn er im Sanatorium in Hallnäs lag und sie in Oppstoppet war, also bevor sie an den Skärvägen oberhalb von Lundströms umzog.

Der Abstand spielte keine Rolle: Magnet und Eisenspäne waren es so oder so.

Nachdem er starb und auf dem Friedhof von Moskosel begraben wurde, war es, als verwandle sich ihre Macht in Trauer oder Verantwortung.

Wie konnte es so stark werden!

Dass sie, bevor der Pastor aus Arvidsjaur starb, solch vollständige Kontrolle über ihn hatte.

Hier waren in dem Brief, daran erinnerte er sich im Frühjahr 2011, eigentümliche Fehlschreibungen vorgekommen.

Der fragliche Onkel bekam plötzlich *den Namen des hinausgeworfenen Verlobten*! Es war auf eine gewisse Art und Weise erschreckend. Sie *schrieb sich ein in* die Mutter Tyra, fühlte sich also wie die Mutter Tyra, und diese *hatte Sehnsucht nach dem hinausgeworfenen Verlobten*!

Es war auf den Kopf gestellt!

Vielleicht aufgrund der starken Lust, die alles rotieren ließ. Vielleicht hatte die Mutter selbst Lust auf den hinausgeworfenen Verlobten? Und nannte ihn Pastor in Arvidsjaur! Als ob dieser Verlobte *sich in ihr, in ihrem Fleisch befände* und sie bewachte.

Als sei es die eigentliche Natur der Liebe, sich gleichsam in einen anderen hineinzufressen und ihn auszufüllen!

Als er starb, schrieb sie, war es vielleicht so, als sei ein elektrischer Stromkreis unterbrochen worden. Alles wurde sozusagen fade. Jeder Gedanke an Sünde war *scharf*, wie mit einem Sechszollnagel eingeritzt, wie ihre Sünde sie in die ewigen Flammen stürzen würde, oder mehr wie in heißem Öl gekocht zu werden, sie hatte es unterschiedlich gefühlt, aber die ganze Zeit auf eine aufwühlende Art und Weise, die nicht weh tat, und dass es dies war, *das ihr das Gefühl gab, lebendig zu sein.*

Dies Letzte war das Seltsamste. Es war, als ob es – also die Grobheit der Sünde – sie dazu brachte, sich lebendig zu fühlen.

Wie dem auch war: Der Onkel starb, und die Erinnerung wurde anderst.

Er las den Brief im Frühjahr 1958 in seiner Studentenbude in Uppsala, Studentvägen 6, fünfter Stock, las diese grauenvolle Schrift aus dem Irrenhaus, ein ums andere Mal, beinah geschüttelt von biblischem Erschauern, so detailliert war der Text. Und dann hatte er sich gefragt: *Warum schickt sie den Brief an mich?*

Der Brief war detailreich verworren, aber auf eine verborgene Weise zeigte er *direkt auf ihn selbst.*

So war es gewesen. Er hatte es fast vergessen. Es war, bevor die Frau auf dem astfreien Kiefernholzboden ihn gefragt hatte, ob er eine Limonade wollte.

Konnte es so einfach sein.

Er lernte den Brief fast auswendig. War es eine gegen ihn gerichtete Anklageschrift!

Ihr (der Mutter oder der Tochter?) liederlicher Körper hatte das Weltall kontrolliert, also den Pastor aus Arvidsjaur, vielleicht den Verlobten, und plötzlich war der Schalter umgelegt. Das All war da wie aus dem Gleichgewicht geraten, außer Kontrolle. Das Zentrum fehlte. Sie hatte keine Macht, oder ob es der Onkel oder der des Hauses verwiesene Verlobte waren, die den Stecker herausgezogen hatten, das war unklar, aber das All war ins Chaos gestürzt, und danach folgte nur noch Trauer. Trauer Trauer Trauer.

Am größten von allem ist die Liebe, aber wenn rechts und links die Leute starben, und somit abgekoppelt wurden, was war denn dann das Leben?

Sie wurde wie verwirrt vom Glauben und kam ins Irrenhaus.

Es ist klar, dass er nachdenklich wurde und sich fragte, was eigentlich passiert war.

Es war ein sonderbarer Brief.

Sie saß also da im Irrenhaus von Umedalen auf ihrem Stuhl und hatte die Augen geschlossen und schrieb und dichtete, und stellte sich vor, wie es für die Mutter gewesen war, die jetzt kochend heiß erlöst war: Wie das Siruploch der Mutter (sie benutzte diesen Ausdruck nach dem Ausbruch der Krankheit) gleichsam das All kontrollierte, das der Onkel aus Arvidsjaur *oder der hinausgeworfene Verlobte?* war, das blieb ja unklar. Dieser Letztere lebte inzwischen im

Glauben an seinen Erlöser, das war das Bittere. Er konnte gut schon in Johannelund *durchgekommen*, aber jetzt, zu spät! unisono gläubig geworden sein, und war die Ehe eingegangen.

Mit einer, deren Namen die Großkusine nicht in den Mund nehmen wollte.

Da hatte er – nachdem er den Brief in der Studentenbude in Uppsala gelesen, die handgeschriebenen Seiten anschließend jedoch nicht auf dem Klo verbrannt hatte – verstanden, warum er den Brief erhalten hatte. Sie träumte von ihm selbst: als dem Verlobten.

Sie hatte einen Brief an ihren Geliebten geschickt, der sie einmal berührt hatte.

✳

Er vergaß, wo er angefangen hatte. Die Vorbilder! Es stimmt, die Großkusine aus Istermyrliden, aber schwer einzufügen in die berichtigte Rede im Gemeindehaus.

Aber wie viel hatte er von ihr gelernt!

Die Tochter, die geisteskrank wurde. Verkauft an Christus. Man muss das klarstellen. Man muss es doch sagen können, wie es war, und nicht, wie hier, mit Jesus als Dreh- und Angelpunkt herumlaufen. So hatte diese Großkusine es erlebt, sie war an Jesus angepflockt worden, war aber im Kreis gelaufen, mit der Lust als Zugkraft. Da wurde sie geisteskrank. Er selbst hatte aber ihre biblisch schauernden Beschreibungen dessen, wie es sein *sollte*, gelesen, ihre Träume vom Onkel der Mutter in Arvidsjaur, und er hatte, weil damals keine Schritte zu hören gewesen waren, an ihre Brust gerührt. Was nützt es zu lügen.

In Paris hatte er an sie gedacht, sie aber mit dem Jungen Siklund verwechselt. Das war durch das Arbeitsbuch klargestellt. »*Es ist Nacht. Es wird ein eiskalter Morgen. Warum kam es so.*«

Malin hieß sie *dem Vernehmen nach*.

Er hatte die ganze Zeit, die er sie kannte, Angst gehabt. Sie war eine Spinne, mit Brüsten. Die allzu Erlösten sind Spinnen, die sich in sich selbst verfangen. Wie die Fliegen im Kuhstall, am Fliegenfänger. Tausend sterbende Flügel. Sie kam nicht los. Vielleicht war es ebenso für ihn selbst, dass dies mit der Liebe war, irgendwie *kochend erlöst* zu werden. Und wie kam man davon los?

Wo lag der Fehler. Bei ihm.

Wenn sich doch jemand der Verlorenen auf Burheden annähme.

Bei näherem Nachdenken hatte er sie einmal angefasst.

Warum es nicht zugeben. Es war, bevor sie verrückt wurde, aber damals wurde sie nicht verrückt. Sie soll im Glauben an ihren Erlöser gestorben sein, also die Großkusine, die er angefasst hatte, ihre linke Brust also, Malin. Dies mit dem Erlöser auf jeden Fall laut dem Nekrolog im Norran.

Der jedoch verschwieg, dass sie sie im Irrenhaus in die Knie gezwungen hatten, und sie daraufhin erlöst und wieder fröhlich und deshalb entlassen wurde.

Er summiert: Nein, ich bin nicht schuldig.

Er hatte sehr viel später einmal der Mutter erzählt, was er vonne Tyra hielt, dieser Richterin des Kirchspiels. Dieser unversöhnlich kochend Erlösten, mit all ihren Regeln. Und mit seiner ruhigsten Stimme gesagt, er war da über fünfzig Jahre alt, dass, wenn es eine Hölle gäbe, diese Tyra Nordmark bestimmt darin brennen würde, sie, die mit dem Erlöser als Schlagwaffe in der rechten Hand die Tochter gleichsam niedergeknüppelt hatte, so dass sie verrückt geworden war.

Oder in Öl gekocht, also natürlich nur, wenn es eine Hölle gab.

Und seine Mutter hatte ihn verwundert und fast gelähmt angestarrt und gefragt *Aber wie kannste so was vonne Tyra saang, die so warm gläubig is ...*, und er hatte sie unterbrochen, und dann hatten sie eine Weile hin und her gesprochen.

Aber sie war den ganzen Abend nachdenklich gewesen. Als habe sie zu grübeln angefangen. Sie wurde zwar zuweilen zornig, und ihre Trauer darüber, dass er vielleicht *den Glauben wegstudiert* hatte, war so stark, dass ihr die Hände zitterten, aber in gewisser Weise respektierte sie ihn trotzdem. Sie wurde ganz stumm und grüblerisch.

Auf diese Weise war die Großkusine aus Istermyrliden ein Vorbild geworden, wenn man es so sah. Also: zuerst die Großkusine, die kaputtgemacht worden war, dann der detaillierte Verleumdungsbrief, der ihm trotz seiner festen Gewissheit Frostschauer durch den Körper jagte, dann das Postfräulein in Brattby, dann der Höhepunkt mit der Frau auf dem astfreien Kiefernholzboden.

Es war glasklar. So wurde er geschaffen. Hatte er etwas vergessen?

Nein!

Nichts?

Nie würde seine eigene Mutter gehandelt haben wie 'e Tyra Nordmark, obwohl ja beide warm gläubig gewesen waren, wenn man daran denkt, wenn man daran denkt, wenn man daran denkt.

Später hatte er verstanden, dass der Befreiungskampf weit früher begonnen hatte.

Zuerst hatte er, sieben Monate alt, vom hinteren Ende des Zimmers durchs Fenster etwas Schiefes erkennen können, das sie Baum genannt hatte, oder Eberesche, oder Glücksbaum; das Schlimmste war, dass der Baum verschwand, wenn er näher kroch, es war der Winkel, der das bewirkte, und was er sah, wurde blau, und manchmal ein Vogel, der langsam, in einem totenstillen Sturm rückwärtsfliegend, das Feld des Fensters kreuzte, und wie da der Vogel ihn beruhigend betrachtete, aber ohne sein heftiges Rufen zu erhören.

Das war das Übliche. Die Mutter erhörte seine Bitten nur mit abwehrenden Gesten und Gurgellauten, also dass sie die heimlich flüsternden Signale deuten sollte. Er wusste noch nicht, dass es dort draußen einen Zusammenhang gab, der weder Rufe noch Brüllen verlangte.

Mit abwehrenden Gesten flehte er sie um Hilfe an, oder auf jeden Fall um eine Bekräftigung, nur ein paar Worte: Du taugst?

Immer noch nicht. Die Zeichen stumm.

Aber wenn jetzt die neun Blätter etwas verheimlichten? Und der Vater deshalb gleichsam wütend war?

Warum hielt er selbst die Frau auf dem astfreien Kiefernholzboden geheim? Dies, das vielleicht größer war als das Wunder des Glaubens, obwohl alle, die *durchgekommen waren*, es heftig abstritten? Irgendwo musste sich in seinem Leben ein geheimnisvoller Punkt befunden haben, als sei er in einen verdunkelten Rangierbahnhof mit knallenden Weichen gekommen, die den Kartoffelsack des Glaubens gewaltsam auf ein fast überwachsenes Abstellgleis lenkten, und er selbst wurde jetzt *eingespeist* in das, was Das Leben genannt wurde, und dort war das Eigentliche.

Aber warum dann die eiskalten Nächte in Paris.

Er besinnt sich, bald ist er nahe daran, er muss nach den neun herausgerissenen Blättern suchen und sie verbrennen, ungelesen, auf die gleiche Art und Weise, wie die Frau auf dem astfreien Kiefernholzboden unbekannt bleiben muss.

Ja, da, in dem Unverbrannten, aber bald Vernichteten fand sich das Geheimnis dessen, was als Rest hängen blieb.

Kapitel 3

Das Gleichnis
von der Tante, die es wagte

Immer größere Schwierigkeiten mit den Korrekturen der Rede im Gemeindehaus.

Er hat beschlossen, die Frau auf dem astfreien Kiefernholzboden einzufügen, aber die sterbenden Freunde, unisono murmelnd, scheinen es für unnötig zu halten, dies in die Rede hineinzupressen.

Er entgegnet da in schriftlicher und bezeugter Form, dass es beispielsweise jene gab, die Uhrzeit und Datum wussten, *als sie durchgekommen waren*, also den genauen Erweckungsaugenblick. Sollte sein eigenes Zeugnis über einen, der durchgekommen war, nicht zur himmlischen Liebe, sondern der sich in die irdische Liebe, die bedingungslose, erlöst hatte und sich seitdem immer an die Uhrzeit und das Datum erinnerte, sollte dies Zeugnis nicht ebenso bedeutungsvoll sein? Und sollte es nicht als *das Gleichnis von einem Liebesroman* bezeichnet werden können? Und dass dieses Geschehen sich nicht über längere Zeit erstreckte, sondern gerade dieser Augenblick war? Nur da!

Da verstummten die Einwände, kleingläubig, für einen Augenblick, und in Hass.

Diese Stolpersteine! Auf dem Weg! Vielleicht war das Sibelius' Problem.

Er hatte es nicht gewagt. Es war nicht der Schnaps.

✲

Im November 2011 zeigt sein Sohn ihm ein Bild von Elof, ein Schwarzweißfoto.

Es wurde vermutlich in den frühen dreißiger Jahren aufgenommen. Der Sohn zeigt ihm das Foto auf seinem Handy.

Er kennt das Bild sehr gut, es hängt in seinem Arbeitszimmer, an der Wand neben der ungespielten Geige, aber jetzt wird sein Sohn eifrig, beugt sich mit dem Handy in der Hand über den Restauranttisch.

Es ist das altbekannte Bild, das er auf dem Handydisplay sieht. Aber etwas stimmt nicht. Das gut siebzig Jahre alte Bild scheint plötzlich, unmerklich aber unbezweifelbar, Leben zu gewinnen, als würde eine Filmaufnahme des Gesichts gezeigt.

Es versetzt ihm einen Stoß in der Brust.

Der Mann auf dem Bild, sein toter Vater Elof, bewegt sich tatsächlich. Die Augen zwinkern langsam, beinahe schelmisch, und der Mund formt sich zu einem Lächeln. Es ist unheimlich. Es ist ganz offensichtlich, dass der Mann auf dem Bild lebt, oder richtiger gesagt, *Leben angenommen hat.* Was hast du gemacht, fragt er seinen Sohn, das sieht ja grässlich aus. Grässlich?, fragt der Sohn, warum? Jaa, sagt er, ein bisschen erschreckend ist es schon. Es sieht ja aus, als ob Elof etwas sagen wollte! Die Augen zwinkern ziemlich schelmisch, das Gesicht wird von einem neuen Ernst überzogen, dann bewegt sich der Mund wieder und formt ein Wort, was sagt er?

Was hast du gemacht, fragt er seinen Sohn. Das ist ganz einfach, das kann ich mit jedem Bild machen, ich kann es auch mit dir machen. So dass es aussieht, als ob du etwas sagtest. Wie er. Was sollte ich denn sagen? Na irgendwas. Was machst du übrigens zur Zeit?, fragt sein Sohn vorsichtig. Nichts Besonderes, schreibe ein wenig. Ich wollte nur wissen, wie es dir geht. Prima, prima. Es sah nur ein bisschen erschreckend aus, sagt er ausweichend, während der Sohn sich am Tisch zurechtsetzt und sein Handy in die Tasche steckt, es sah aus, als ob Elof verzweifelt versuchte, sich verständlich zu machen! Ja, das ist ganz lustig, aber es ist nicht schwer. Soll ich nicht dasselbe mit einem Foto von dir machen? Mit noch deutlicheren Mundbewegungen, als ob du richtig etwas sagtest?

Nein. Lass es sein. Mir geht es prima.

Im Tagebuch der Mutter, das sie im März 1935 abgeschlossen hat, beschreibt sie in rätselhaften Wendungen *das starke Gefühlsleben* des Vaters. Liegt darin eine Erklärung? Aber nie, nie, dass er ein Bier getrunken hätte!

War er da selbst nur ein Pseudonym? Konnte man so leben, ein Leben auf den neun herausgerissenen Notizblockblättern seines Vaters aufbauen?

Gab es keine Erklärung?

Das Kind und seine Mutter hatten lange den gleichen Glauben. Dann glaubten sie unterschiedlich. Da ließ er sie in ihrem Glauben, der sehr stark war, aber bestimmt ein klein wenig hätte ins Wanken gebracht werden können, wenn er es versucht hätte. Sie würde sich dann geängstigt und Gebetsschmerzen gehabt haben.

Deshalb versuchte er nie, ihren Glauben ins Wanken zu bringen. Obwohl sie sich ja auch so stark veränderte, nachdenklich wurde. Er hatte es gemerkt, als sie sich über die Großkusine unterhielten, die verrückt geworden war.

Sie wurde gleichsam ein wenig weicher.

In ihrem letzten Jahr war die Mutter ansonsten ziemlich *genügsam und behindert* nach einigen Schlaganfällen, die sie zeitweilig hatten verstummen lassen; aber sie erholte sich, trainierte ihre Sprachfähigkeit und hielt im Gemeindehaus in Bureå eine selbst verfasste Rede unter dem Titel »Einige Erinnerungen aus meiner Zeit als Volksschullehrerin in Hjoggböle«. Er las später die mit der Hand niedergeschriebene Rede und war verblüfft.

Diese Deutlichkeit und Einfachheit. Konnte die von einer vom Schlag getroffenen Achtundachtzigjährigen am Ende trotz allem erreicht werden?

Wenn das so war, hatte er ja noch viele Jahre vor sich.

In den letzten dreißig Jahren hatten sie in religiösen Fragen keine Unstimmigkeiten.

Sie erklärte ihm, *wie es war*, und dass sie fest an den Erlöser Jesus Christus glaubte, und er nickte zustimmend. Sie nahm das als Zeichen dafür, dass er insgeheim erweckt, also eigentlich wiedererweckt worden war, und wurde froh. War sie froh, war er froh. Er war ja auch nicht mehr jung.

Sein Glaube war schon abgeblättert, als er neunzehn war, und wenn der Eiswind kam, war er ja sowieso allein, und dann half nichts. Auch wenn er jetzt vernünftig denken konnte, hatte er nur wenig Freude daran. Später wurde es ja unklarer, doch das war nach Island und nach dem Februar 1990. Dass er behauptete, mit Sicherheit vom Alkohol gerettet zu sein, war eine Sache. Aber die Fragen nach dem Warum. Man konnte wegen weniger zittrige Hände kriegen. Es knirschte und knarrte, wie Sibelius' Achte, die er jetzt rekonstruierte.

Die letzte Woche ihres Lebens wohnte er in ihrer kleinen Einzimmerwohnung im Altenheim. Sie kommunizierte nicht mehr, eine leichte Bewusstlosigkeit kam und ging, aber er putzte, schlief auf einer Matratze auf dem Fußboden und fand auf dem Tisch einen Stapel Postanweisungen. Sie hatten sich angesammelt. Waren nicht einbezahlt. So an die zwanzig Scheine.

Er ging sie durch.

Es waren Bettelbriefe für eine Unzahl wichtiger christlicher Zwecke.

Er fühlte, wie er es auch erwartet hatte, eine vernünftige, jedoch humoristische Wut in sich aufwallen. Der religiös-industrielle Komplex hatte die Adresse der Mutter erobert. Wahrhaftig: Jede kleine Sekte sah die Mutter als ihre ökonomische Basis. Eine Opferbereitschaftsindustrie zeichnete sich ab. Sie wurde von der kleinen Rente der Mutter und anderer vom Schlag gerührter alter Tanten finanziert. Er wusste ja, dass sie sich nicht damit begnügt hatte, nur den Zehnten fortzuschenken, denn sie meinte, dass so viel mehr vonnöten sei.

Hier lagen die Beweise.

Er blätterte die Formulare durch und geriet in Rage. Missionsverein der Lehrerinnen, das ging wohl an. Aber es schien, als sei es jeder noch so kleinen Sekte, die hochkirchlichen eingeschlossen, gelungen, sich hinabzubohren zu dieser Leben spendenden Quelle, also seiner vom Schlag gerührten Mutter in Bureå. Innere und äußere Mission. Die Gideoniter, was war das? Oder Bibeln im Osten, man wollte Bibeln zu den Kommunisten schicken, die ja erweckt werden mussten.

Aber die Israelmission?

Er hatte sie einmal gefragt. Sie erklärte, im Gebet die Antwort erhalten zu haben, dass es notwendig sei, die Juden zu Jesus zu bekehren. In dem Punkt war sie unempfänglich für Einwände.

Aber der Wachtturm? Die Zeugen Jehovas? Hatte sie im Nebel ihres Alters wirklich vergessen?

Die Zeugen Jehovas hatten, als er Kind war, sie und ihn mit Furcht erfüllt, oder jedenfalls mit Abscheu. Sogar am Karfreitag kamen sie und missionierten, während Jesus da am Kreuz hing und die Mutter sich nicht einmal vorstellen konnte zu stricken, was als Arbeit angesehen wurde. Die Missionierenden störten die Trauer und wollten bekehren. Er erinnerte sich klar daran, dass die Mutter da die Tür verschloss, und sie gingen hinauf auf den Dachboden und drängten sich dort zusammen, in Abscheu und Einigkeit, bis die Missionare das Türanklopfen eingestellt hatten. Auf die gleiche Art und Weise wie sie dereinst am Jüngsten Tag bestimmt vergebens ans Himmelstor schlagen würden.

Aber die Postanweisungen sprachen eine andere Sprache. Was sollte er tun? Die Vernunft sagte: Verbrennen. Andererseits: Wozu sollte seine Vernunft gut sein? Ihr Glaube hatte ihr ja geholfen, eine unfassbare Einsamkeit zu überleben, und sie würde im Glauben an ihren Erlöser sterben.

War dies unvernünftig?

Die Mutter lag in ihrem Bett und atmete röchelnd. Was bedeuteten ihre schwachen Laute? Befand sie sich an der Grenze und wollte ihn erreichen?

Schließlich raffte er alle Postanweisungen zusammen, an die Zeugen Jehovas, an Bibeln im Osten, an die Bekehrung von Juden zum Glauben an Jesus Christus, das ganze unvernünftige Bündel von Wurzelfäden eines Lebens, das bald aufhören sollte und das in gewisser Weise auch sein eigenes war.

Und ging damit zur Bank und zahlte alles ein.

*

Eine Spur von Witterung für den verwirrten Hund.

Der Hund schnüffelt sich rückwärts. Überall Witterung von vernünftigem Leben, zuweilen jedoch Witterung von ihm selbst. Dann erstarrt der Hund!, wie erschrocken, und ändert den Kurs. Danach wieder Vernunft. Der Hund weiß jetzt, dass er gerettet ist, aber Angst hat.

Er war am 22. März 1989, mitten in der unvernünftigen Flucht, gegen 4.15 Uhr in dem üblichen grauen Morgennebel aufgewacht und unsicher gewesen, ob der Tod bereits eingetreten war und er jetzt für das Leichenbild fotografiert wurde, das nach Norden geschickt werden sollte.

Und erinnerte sich an Tante Valborg! Dass sie es gewagt hatte. Dieser Mut. Wenn die Liebe zu Christus – von der behauptet wurde, sie sei die Eingangspforte zur weltlichen Liebe –, wenn sie Unterwerfung verlangte, dann war das Gleichnis von Tante Valborg eine Alternative.

Besser das als diese eiskalten Erklärungen.

Es war der 22. Juni, als Tante Valborg zu Besuch nach Hjoggböle gekommen war. Die Familie und alle Vettern und Kusinen versammelten sich in Verners Wohnung, die die größte war, um Abschied zu nehmen von ihr, die bald sterben würde.

Tante Valborg hatte ihren Ehemann verloren, an einer Lungenentzündung, und ihr ganzes Leben mit ihrem Jungen allein gelebt. Sie war ein Teil der Familie, das wussten alle im Dorf, und man hielt zusammen: Wenn geschlachtet wurde, bekam sie, wahrhaftig, dann und wann von den Verwandten ein ordentliches Rippenstück. Sie hungerte zwar nicht, aber es war wichtig für alle, mit dem Fleisch zu zeigen, dass man zusammenhielt.

Mit der zweiten Witwe in der Familie, also der Mutter, der Mutter des Kindes also, war es genauso. Sie bekam auch Fleisch als Symbol. Aber anderes, Bauchspeck meistens.

Das waren die beiden Witwen in der Familie.

Tante Valborg war die, die in der Nacht, als de Elof starb, Majas Jungen zu sich genommen hatte, wie zuvor erwähnt, dies schon niedergeschrieben, genug davon. Sie selbst hatte nach dem plötzlichen Hinscheiden des Gatten hauptsächlich putzen müssen, um den Sohn und sich durchzubringen, und war dann in die Hausmeisterwohnung des Bethauses in Sjöbotten gezogen, wo es ein Zimmer gab, und das war ja nicht das Schlechteste. Aber dann kam die Geschichte mit den verwechselten Kindern, wo'e Tante Vilma ihr neugeborenen Jong auf'e Krankenstation in Bureå verschlampt wurd', so dass de echte Enquistjong aus dem rechtmäßigen Hjoggböle jetzt unter fremdem Dach im unrechtmäßigen Sjöbotten lebte!, was das letztere Dorf in Zweifel zog! Die meisten meinten, dass *Auswechslung*, also Rücktausch, unnötig sei. Und die Stimmung in den Dörfern war ein wenig frostig geworden gegen sie, weil Tante Valborg die Erste gewesen war, die gesehen hatte, dass de Jong verwechselt worden sein musste. Und es Vilma gegenüber angesprochen und diskutiert hatte, die weitergegangen war zur Polizei, und vors Landgericht, was nach Ansicht vieler eigentlich *unnötig* gewesen war. Dann hatte Valborg – das war der biblische Eiswind! – nach Småland ziehen müssen, eine Landschaft, die im Süden lag, noch vorbei an Stockholm und dann rechts.

Genug. Dort hatte sie den Krebs bekommen und war gelb geworden.

Daraufhin hatte sie einen Brief in den Norden nach Hjoggböle geschrieben und erzählt, dass sie bald heimgerufen werden würde, aber so hatte sie es nicht ausgedrückt. Er, also de Elofjong, durfte den Brief nicht lesen, wurde wohl nur als Halbwüchsling betrachtet. In dem Geschriebenen hatte etwas beunruhigend Kurzgefasstes gelegen, aber das ist ja klar: Stand man da am Ufer des Flusses und rang nach Atem, war es nicht leicht, Briefe zu schreiben oder andere Episteln.

Man stand wohl da und dachte: Jetzt! Jeden Augenblick.

Genug. Genug davon.

Das Treffen war schließlich bei Verner abgehalten worden, und Tante Valborg war ziemlich schweigsam und gelb gewesen. Sie war ja diejenige, die sich im ersten Jahr nach dem Tod ihres Bruders Elof um den Jungen gekümmert hatte, also *ihn, der vor allen dieses schriftlich verfasste Zeugnis ablegt* und siebenundsiebzig Jahre alt ist, sie hatte sich um ihn gekümmert, beinahe als wäre sie eine Magd und nicht die Schwägerin der Mutter. Dies, weil die Mutter ja ihre tägliche Arbeit in der Schule in Östra Hjoggböle hatte, einer Zwergschule, also vier Klassen zusammen in dem größeren Raum, die kleineren Kinder saßen im kleinen Raum. Tante Valborg war in den Jahren, nachdem ihr eigener Mann mir nichts, dir nichts gestorben war, ziemlich schweigsam gewesen und hatte die Zähne zusammengebissen und es trotz allem geschafft, dass das Geld fürs Essen für sie und den Jungen reichte, ihren Jungen also, der auch ziemlich klein und schmächtig und fast mager war.

Aber dies mit dem Umzug!

Ein Zimmer hier und ein Zimmer da. Und aus Gnade und Barmherzigkeit. Und als der Krebs kam! Sie wurde gelb, aber davor war es, als würde die Haut aschgrau, doch hauptsächlich von innen.

Genug davon. Nachdem das Treffen dort in Verners Wohnung einen Vormittag gedauert hatte, hatte das Kind – er, der also jetzt dies alles im Erwachsenenalter, und kurz vor der Grenze, niederschreibt und wahrheitsgemäß Zeugnis ablegt vor allen –, da hatte er gesehen, wie der eingeheiratete Onkel Birger, der bei den Blaukreuzlern aktiv war und im Nachbardorf wohnte, mit einer bittenden Gebärde Tante Valborg zu sich gerufen hatte und mit ihr in ein angrenzendes Zimmer gegangen war, das die gute Stube genannt wurde, weil es nie benutzt wurde und im übrigen sehr klein war; aber er hatte vergessen, hinter sich zuzumachen. So dass er – also das Kind, um das sich Tante Valborg viele Jahre früher tagsüber gekümmert hatte, er, der von dem Geschehenen

Zeugnis ablegt und jetzt viel älter ist, aber damals ein Halbwüchsling war –, so dass er hinter dem großen Schrank ein-
geklemmt wurde.

Er hatte deshalb das Gespräch zwischen den beiden un-
gesehen mit angehört.

Onkel Birger hatte gesagt, dass er mit ihr ein Gespräch
über ihr Verhältnis zu Jesus Christus zu führen wünsche.
Seine Worte fielen vielleicht nicht genau so, es war mehr wie:
*Valborg, wie stehst du eigentlich zu unserem Erlöser Jesus
Christus?* Und dann hatte er einige Worte hinzugefügt, die
eigentlich bedeuteten, dass sie an der Grenze stand. Und er
sich Sorgen machte.

Da hatte Tante Valborg ihm unverwandt ins Auge gestarrt, also in beide Augen, und *wenn Blitze sprechen könnten!* Onkel Birger war sechs Fuß und zwei Zoll groß und
wog nahezu sechsundneunzig Kilogramm, sie blickte also
gleichsam schräg nach oben in sein Auge, aber trotzdem
wirkte sie unbegreiflicherweise weder nervös noch erschüttert, eher war sie beinahe entschlossen und strafend. *Was ist
mit dem Erlöser und mir?!!* Hatte sie gesagt, oder ihm ent-
gegengeschleudert, jedenfalls ohne Wärme in der Stimme,
eher mit Trotz. Und sie war ja, wie bereits erwähnt, ziemlich
gelb im Gesicht und hatte mindestens zwei Liespfund Gewicht verloren, wegen des Krebses; aber Onkel Birger hatte
seine Frage an die jetzt also ziemlich kleine und schwäch-
liche Schwägerin ungerührt wiederholt.

Er hatte erklärt, dass er hauptsächlich aus Sorge um ihre
unsterbliche Seele frage, weil sie ja, in einem an Verners gerichteten Brief, selbst gesagt und bezeugt habe, dass sie bald
heimgerufen werden würde, und was ebendies betraf, gab
es wohl keine Uneinigkeiten, über die man sich zu ereifern
brauche. Aber!, fuhr er fort und sagte, wie'e Maja zu sagen
pflegt, *Mit Furcht und Sorge haben ich und meine Glau-*

bensgeschwister inne Enquistfamilie für dich gebetet, und er habe sich besonders mitt'e Maja beraten, die mehrmals letztwöchig aus Sorge umme Valborg in Gebete ausgebrochen sei; und hier, bei der Nennung des Namens seiner Mutter, durchzuckte den lauschenden Jungen ein Angststoß, dass er zusammenfuhr, *und wir haben die Sinneswahrnehmung gehabt, dass deine Glaubensflamme erkaltet, vielleicht erloschen ist, und vielleicht würde es meine Unruhe dämpfen, wenn wir beide hier auf dem Boden der kleinen Kammer* (er benutzte nicht den Ausdruck gute Stube, weil das Ganze sich ja bei Verners abspielte!) *niederknien und gemeinsam unseren Glauben an Jesus Christus, den Erlöser der Welt, bekennen könnten, so dass du hiernach in Frieden im Glauben an deinen Erlöser von dannen gehen könntest.*

Er war hier nicht fortgefahren, sondern hatte nur mit Tränen in den Augen ihre Antwort erwartet.

Sie hatte da Folgendes erwidert.

Sie hatte gesagt, dass sie, als ihr Mann gestorben war, nachdem die Lungenentzündung ihn so plötzlich hinweggerafft hatte, sich in ihrer Verzweiflung dem Erlöser anvertraut habe, und sicherlich hatte sie sein Schweigen vernommen, es jedoch als Zeugnis dessen aufgefasst, dass Jesus mit der Verzweiflung der Welt beschäftigt war und sich nicht mit dem ohne Zweifel lästigen Jammern einer armen Witwe befassen konnte. Und dann war sie dort bei Kalle Normarks auf den Dachboden gezogen. Und Essen zu beschaffen war ihr ja gelungen, und dankbar war sie gewesen für die Hilfe der Familie, aber es sei schon seltsam still dort gewesen, wo sie sich mit dem Jungen eingeschlossen hatte. Das Putzen in Östra Fahlmark war auch anstrengend gewesen für den Rücken, ebenso das in Österböl, und dann kam der Umzug nach Sjöbotten, in dieses fremde Dorf und das Zimmer über dem Betsaal, und danach die Verleumdungen nach der Verwechslungsgeschichte, so dass sie nach Småland ziehen musste, an einen so entfernten Ort, dass dagegen selbst Basuträsk als nahe gelegen und gut bekannt erscheinen konnte.

Aber wo sie auch gewesen sei und den kleinen Jong mitgeschleppt habe, sei sie wie von einem großen Schweigen umgeben gewesen; und das sei Jesu beharrliches Schweigen. Wo immer sie sich befunden habe in ihrer Einsamkeit und Verzweiflung – das Einzige, dessen sie sicher sein konnte, war, dass Jesus die Klappe hielt; und bei diesen letzten unbedachten Worten, also denen, dass Jesus die Klappe hielt, hatte Onkel Birger gleichsam einen Satz gemacht und den Mund aufgerissen, wie zu einem Angstschrei. Aber in diesem Beitrag seinerseits stellten sich keine Worte ein, nur stumme Bewegungen der Mundlippen, wie ein leises Wimmern eher, oder ein Winseln wie von einem Hund; und da fuhr sie fort und sagte, dass sie ihr ganzes Leben lang diesen Jesus gefragt habe, ob ihre Hoffnung es nicht wert wäre, dass er zumindest einmal einen kleinen Finger rühre und sich der Witwe und des Sohns der Witwe erbarme und ihr einige Augenblicke himmlischer Freude auch auf dieser Erde schenke.

Aber denkste.

Da unten in ihrer Gebetskammer in Småland, na ja, es war in der Küche, so weit weg von Hjoggböle, dass sie sich gefühlt habe wie der Frosthimmel in einer Winternacht, so einsam, dass sie gar nicht davon sprechen wolle, da habe sie schließlich beschlossen, sich mit dem *Schweiger persönlich* auseinanderzusetzen. Sie sei niedergekniet und habe zum Erlöser direkt gesprochen. Eindringlich. Wie Hiob habe sie ihn gefragt, wie lange das noch so weitergehen solle. Ob er rachgierig sei oder die Liebe selbst. Oder was habe er sich vorgestellt?!!

Und da hatte sie Gewissheit erlangt.

In diesem Augenblick, als sie in ihrer langen Rede an den

Schwager zu diesem Punkt kam, war dieser innig gläubige Onkel Birger gleichsam wie von einem inneren Licht erleuchtet worden, oder hatte einen geistlichen Satz gemacht, und hatte sie gefragt:

»Nein, hast du die Gewissheit erlangt. Das freut mich! Hast du wirklich die Gewissheit erlangt?«

»Die Gewissheit!«, hatte sie geantwortet. »Allerdings.«

»Aber dann kannich ja morgen 'e Maja anrufen und ihr sagen, dass du gewisslich im Erlöser ruhst. Und dass du die Gewissheit erlangt hast.«

»Nix da!«, hatte Tante Valborg mit ihrer heisersten Stimme entgegnet. »Da im Gebet bin ich zu der Gewissheit gelangt, dass das mit dem Erlöser *nichts für mich ist.*«

Onkel Birger war da gleichsam erstarrt und hatte gefragt, was sie damit meine. Sie hatte nur geantwortet, dass sie sich inzwischen nicht mehr als gläubig betrachte. Das sei nichts für sie.

Warum, hatte Onkel Birger da gefragt. Weil er sich nicht um mich kümmert, hatte sie entgegnet. Absolut still sei es gewesen seitens dessen, der von sich sagte, er sei die Liebe! Ihrer Erfahrung und Prüfung zufolge sei der Erlöser mit anderen beschäftigt. Welche Gebetsseufzer sie auch vorgebracht habe.

Den lauschenden Jungen hatte es bei diesen Worten gleichsam geschüttelt. Daran erinnert er sich noch im Mai 2011. Er bekam Angst, das war unbestreitbar.

Wie kannst du so etwas sagen, hatte Onkel Birger gefragt. Ein einziges Mal in meinem ganzen Leben, hatte Tante Valborg da mit ihrer vom Krebs so ausgezehrten Stimme gezischt, *hätte es eine Nachricht von ihm geben müssen.* Nur eine Winzigkeit.

Aber nix da.

Onkel Birger hatte in diesem Moment, beinahe vor Angst bebend, eine Körperbewegung gen Himmel gemacht und dabei den Lauschenden erblickt, und diesen mit einer kürzeren Zurechtweisung aus der guten Stube geschickt.

Deshalb wurde das Zeugnis hiernach gleichsam verstümmelt.

Am Tag danach, nachdem sie allen die Hand gegeben und von der Familie Abschied genommen hatte, war sie abgereist. Graugelb im Gesicht war sie gekommen; als sie abreiste, war sie gelber. So behielten sie sie in Erinnerung. Elf Monate später starb sie, an einem Ort, der angeblich Lindesberg hieß. In der Todesanzeige stand möglicherweise *im Glauben an ihren Erlöser* oder *in der Gewissheit*, wie als Elof starb, doch ist Valborgs Nachruf nicht erhalten, also weiß man es nicht sicher.

Der Sohn war jetzt fünfzehn Jahre alt und wusste nicht ein noch aus in Lindesberg, weshalb Onkel Ansgar, der jetzt derjenige war, der fast die größte Verantwortung trug für jene, die hilflos waren, er war ja Unternehmer, weshalb er den Pickup nahm, nach Lindesberg hinunterfuhr und den Sarg mit Tante Valborg holte und ihren Sohn gleich mitnahm.

Sie wollte dort oben begraben sein.

Dies ist das einzige Stückchen Erde, in das ich mich hinabsenken möchte in dieser meiner großen Einsamkeit, hatte sie geschrieben, und so soll es sein. Ihr könnt mich auf dem Friedhof von Bureå begraben, am liebsten auf der Südseite an der Steinmauer, die Elof und Hannes Lundström aus Yttervik errichtet haben. Wenn da kein Platz ist, könnt ihr mich auch ins Meer schütten, damit ich dort Onkel Aron aufsuche, der ebenfalls keine Antwort erhielt, als er den Erlöser um Vergebung anflehte für das, was er mit Eeva-Lisa getan hatte, und also den Rucksack mit Kartoffen umschnürte und sich mitten in der Nacht durch das in die Eisdecke der Burebucht gehackte Loch quetschte.

Es war im Sommer, im Juni, gegen fünf Uhr, als sie von Lindesberg aufbrachen. Der Sarg passte beinahe nicht auf den Pickup und ragte weit nach vorn zwischen Onkel Ansgar und den Jungen, der auf dem Beifahrersitz saß. Die Fahrt dauerte ziemlich lange, denn der Pickup war langsam. Es war warm und begann süßlich nach der Tante zu riechen. Sie mussten mit geöffneten Fenstern fahren. Zuerst hatte sie rosige Wangen gehabt, danach graue, dann gelbe. Als sie an der Grenze stand, hatte sie vor Onkel Birger Zeugnis abgelegt, außerdem, ohne es zu wissen, vor dem Sohn der Schwägerin, der hinter dem Schrank stand.

Eigentlich hatte sie dem lauschenden Halbwüchsling, der jetzt im Jahre 2012 am Ufer des Flusses wartet und Gottes Hecheln im Nacken spürt, zu verstehen gegeben: Ich bin zu der Gewissheit gelangt, dass es einfach leer ist. Das hatte sie dem Jungen gewissermaßen gesagt. So war es, als Tante Valborg sich an der Grenze befand und sie überschritt, nachdem sie Gewissheit erlangt hatte.

Leer und schwarz. Man sollte nichts anderes erwarten. Das war es, was sie Onkel Birger zugeflüstert hatte.

Sie wusste es ja. Sie, die sich unmittelbar vor der Grenze befand.

Er hatte, versteckt hinter dem Schrank links von der Tür in Verners guter Stube, die nie benutzt wurde außer am Weihnachtstag, gelauscht.

Es war nicht zu fassen! Aber wenn er später zurückdachte, als er selbst sich auf der Flucht befand und ein ums andere Mal von seiner Witterung abgeschreckt wurde, dann war es Tante Valborgs Zeugnis, während er hinter dem Schrank stand, das am häufigsten in seiner Erinnerung auftauchte.

Tante Valborg hatte gesagt, der Erlöser habe sie im Stich gelassen und sich nie um sie gekümmert. Da hatte Onkel Birger zu flennen begonnen, weil er daran dachte, welche ewigen Qualen dies auf Tante Valborg herabbringen würde. Also vielleicht kochendes Öl, von dem der heimlich lauschende Junge bezeugen konnte, dass es tierisch weh tat, weil er selbst einmal etwas davon auf die rechte Hand bekommen hatte, ja wirklich tierische Schmerzen, und dann noch in alle Ewigkeit. Da war Tante Valborg richtig böse und beinahe giftig geworden, und obwohl sie auf vermutlich zweiundvierzig Kilo Gewicht geschrumpft war und fast jämmerlich wirkte, hatte sie Onkel Birger direkt ins Schwarze des Auges, beide Augen übrigens, geblickt und gesagt, denn das hatte sie ja schon gesagt, sie glaube nicht daran, dass es das mit dem Erlöser Jesus Christus gebe. Aber wenn es ihn doch gebe, dann sei er ein Wesen von solcher Bosheit, dass sie für ihr Teil nichts damit zu tun haben wolle.

Glatt ins Gesicht. *Ihr kriegt mich nicht auf die Knie.*

Und dies, obwohl sie sich nicht mehr weit vom Fluss befand, so nahe, dass sie fast zur anderen Seite hinüberäugen konnte, wie wenn jemand in den heiligen Stand eintrat und die Jungen des Dorfes am Fenster äugten, aber nichts hatte sie gesehen dort an der Grenze. Ihr ganzes Leben lang hatte sie vom Erlöser nicht die Spur gesehen. Und dort in der guten Stube – die Augen fest auf'm Birger seine mächtige Gestalt gerichtet, die von seinem Kopf gekrönt wurde, mit diesen zwei tränenerfüllten Augen! – hatte sie gesagt: *Mich kriegt er nie auf die Knie.* Und sie hatte nicht Onkel Birger gemeint.

Dass sie es wagte!

Er selbst hatte hinter dem Schrank in den unfassbaren Mut der sterbenden Leugnerin geäugt, und mitnichten hatte er vorher an Tante Valborg als eine Heldin gedacht, nein. Zum ersten Mal hatte er jetzt erlebt, dass die Leugnung möglich war. Obwohl sie gelb aussah. Und nicht einmal halb so viel wog wie der mächtige Onkel Birger.

Der Vater, de Elof, sein eigener Vater, hatte sich in den letzten Jahren seines Lebens bekehrt und war aufgehoben im Glauben an seinen Erlöser entschlafen, was durch den Nachruf im Norran voll und ganz bestätigt wurde. Aber die neun herausgerissenen Blätter des Notizblocks! Wenn nun dort etwas gestanden hatte, was Tante Valborgs schwindelerregendem Mut dicht an der Grenze glich, *wenn nun der Vater dort eine Leugnung verfasst und niedergeschrieben hatte*!

War auch er der Verneinung nahe gewesen? Hatte er erkannt, dass es leer war jenseits des Flusses, und dies niedergeschrieben? Als Botschaft?

War er vielleicht derjenige, der die neun Seiten herausgerissen hatte? Nahe der Grenze! Am Ufer des Flusses! Und sich dann mit Entsetzen der ewigen Strafen entsonnen und *einen Rückzieher gemacht* hatte? Es nicht gewagt hatte?

Oder hatte die fromme Gattin sich Hals über Kopf auf die neun Blätter mit der Leugnung gestürzt? Die Seiten gehalten, in der bloßen Hand, und verbrannt?

Und wusste er wirklich, was mit Tante Valborgs Leugnung des Glaubens in den letzten elf Monaten vor ihrem Tod passiert war? Gab es ein herausgerissenes Blatt in ihrem Notizblock? Wurde auch sie von der Angst *neu erweckt*?

Er beruhigt sich damit, dass er es nicht weiß. Jedoch: Es fand sich ja eine Notiz, mit der Hand geschrieben, mit Bleistift, ein bisschen zittrig, vom sterbenden Vater auf die Innenseite des Gesangbuchs geschrieben.

»Per Ola, werde Christ.«

Ließ sich nicht umgehen. *Wie ein Knüppelschlag auf'en Quappenkopp.*

Oder eher: Dann fiel der Sargdeckel zu und das Schloss schnappte ein, und nie würde er frei werden, nie wie Tante

Valborg, und so würde er, niedergedrückt von der Last ihrer Erwartung, einziehen in das ewige Leben, als wäre ihm ein Rucksack mit Kellerkartoffeln aufgeschnürt, und mit einer Brechstange in der Hand, wie Mutters Bruder Aron in jener Nacht auf dem Eis der Burebucht, als er sich hindurchhackte, der zweite Held seiner Kindheit neben Tante Valborg.

An diesem Freitag im September 2011 ein fünfundzwanzig Minuten kurzes Treffen mit dem sterbenden Freundeshaufen am Ufer des Flusses.

Merkwürdige Stimmung. Alle misstrauisch ihm gegenüber. Wirken die Freunde nicht bemerkenswert lebenskräftig? Hat er etwas missverstanden!

Der Tod aufgeschoben?

Keine glänzenden Augen, nur Kälte ihm gegenüber, alles aufgeschoben!!! Keiner hatte *sein Jammern verstanden*.

Befand er sich in Wirklichkeit allein am Ufer des Flusses?

Warte.

Bald ganz still.

Tante Valborg hatte sich seiner angenommen, als der Vater starb. Zwei biblische Mägde hatten ihn als Kind versorgt, die eine war Tante Vilma, der ihr Kind vertauscht wurde, die andere war Tante Valborg, die es wagte.

Sollte er auch Eeva-Lisa mitzählen? Konnte er die zwei oder drei biblischen Mägde auf den neun herausgerissenen Blättern einstempeln?

Er nimmt die ungespielte Geige von der Wand und hält den Bogen ungefähr einen Fuß vom Steg. Die Korrektur der Festrede im Gemeindehaus stockt.

Der Steg. Heißt es Steg?

Warte. Warte.

Kapitel 4

Das Gleichnis von der Frau
auf dem astfreien Kiefernholzboden

Sie näherte sich, die Unausweichliche.

Vom innersten Raum, in dem die Frau sich befand, dem ersten, hatte er eine Vorstellung, die jedoch konturlos war. Sie glich der Vorstellung von Jesu zweiter Wiederkehr, doch nicht als Albtraum; wenn der Erlöser den halben Menschenhaufen emporziehen und den Rest im Sündenleben zurücklassen würde, bis das Jüngste Gericht kam.

Irgendwie in heimlicher Vollendung; da war ja die Frau. So hatte er es sich zusammengereimt.

Der innerste Raum, der verbotene Zugang zum Phantastischen, es hatte sich gleichsam halbdeutlich angeschlichen, um dann über alle Ufer zu treten, wie die Phantasien vom Postfräulein in Brattby. Der innerste Raum war der heimliche Zufluchtsort der Sünder, wie ein Schützenstand im Wald, obwohl die Farbe ein warmes Rot war. Die Bilder des Heimlichen hingen zusammen, vielleicht war das der Sinn. Der innerste Raum pulsierte auch und hatte eine Tür, und vielleicht würde die Tür sich sperrangelweit öffnen, und dann.

Es ist so lange her. Er bringt einiges durcheinander. Weiß er eigentlich noch, wie es anfing?

Und er hatte doch versprochen zu schweigen.

Plötzlich Lücken in seinem Kopf, als ob etwas im Begriff wäre zu passieren, er war nicht mehr sündenbelastet mit dem Kartoffelsack auf dem Rücken, er war frei!

Es glich einer Fahrt durch die Wolken, dann eine Öffnung, er sah Formationen, die er nicht kannte, dann tauchte er wieder in eine neue Wolke ein. War es wie als er nach dem Start in Roskilde in der Cessna unterwegs war und die Maschine plötzlich absackte, wild und unkontrolliert, und sich dann zwanzig Meter vom Boden wieder aufrichtete, und er, während sie fielen, ein wildes, unbeherrschtes Glücksgefühl darüber empfand, dem Tod so nahe zu sein, dieses glückliche Lachen! (und sein Freund, der Pilot, sich danach mit einem Ausdruck von Zorn oder komprimiertem Misstrauen zu ihm umgewandt hatte) – und danach neue Formationen, Öffnungen.

War dies, was man eine berichtigte Ausgabe nannte?

Man war frei, der Kopf leer, wie von einem Präriebrand, und es kehrte wieder, nur beinahe identisch, wert, neu geprüft zu werden, wie eine alte Liebe, die vollkommen fremd zurückgekehrt war? Vom Schlag gerührt, lächelnd, alles ausgewischt.

War es Liebe gewesen? War es das? Hatten wir? Erkennst du mich wieder? Wie ein fragender freundlicher Händedruck, ja?

Er hatte fast vergessen, wie es gewesen war, als es am schwersten war. Als er im Mai 1989 in Kopenhagen um 5.45 Uhr erwacht war, der Traum, der schwer und betrunken gewesen war, wich mühsam, er strich mit dem Finger über die aufgequollene Gesichtshaut: Offenbar lebte er.

Er hatte wieder Gottes hechelnden Atem im Nacken gespürt.

Er war aufgestanden. Draußen über dem Sortedam hing noch ein eigentümlicher Wassernebel, die Dunkelheit war aufgestiegen, lag aber noch wie eine schwebende graue Decke vielleicht fünf Meter über dem Wasser, das absolut glatt und still war, wie Quecksilber. Die Vögel schliefen, eingebohrt in sich selbst und ihre Träume. Konnten Vögel träumen? Er konnte das jenseitige Ufer nicht sehen. Nur eine unbewegte Wasseroberfläche, als befinde er sich am Ufer eines Meeres.

Eine letzte Grenze. Am Ufer des Flusses? Er verdiente es nicht. Er hatte sein Pfund veruntreut. Und dann die Vögel, eingebohrt in ihre Träume.

Plötzlich eine Bewegung; ein Vogel, der aufflog. Er konnte nichts hören, sah nur, wie er mit den Flügelspitzen die Wasserfläche peitschte, freikam: und schräg aufstieg. Es geschah so leicht, so schwerelos. Er sah, wie er abhob und zur grauen Decke des Wassernebels aufstieg und verschwand.

Und nicht einen Laut hatte er gehört.

Genauso, so leicht und schwerelos, mochte es gewesen sein, als der Vater starb und die verließ, die bei ihm wachte. Lautlos im eisgrauen Nebel. Ganz still. Keine Trauer über all das, was er hätte tun können. Vielleicht schreiben. Jetzt nur herausgerissene Seiten in einem Notizblock. Er selbst lag da im Mai 1989 tief im Dunkeln, darauf wartend, dass er an die Reihe käme auf dem Gottesacker, während das Geräusch von Gottes Hecheln in seinem Nacken erstarb.

Zusammengerollt unter Großmutters Schaffelldecke.

Während einiger Minuten konnte er sich auf dem Weg aus dem Schnapsschlaf an etwas mit Großmutters Schaffelldecke erinnern. War das unmittelbar vor der Frau auf dem Larssonhof gewesen? Dann war der Traum verschwunden, und es blieb nur die normale Angst angesichts des Gleichnisses von dem für immer veruntreuten Pfund.

Was war zuvor gewesen? Er musste ja ein früheres Leben gelebt haben. Das war wohl das Normale, dass man ein früheres Leben hatte! War er nicht zumindest einmal sechs Jahre alt gewesen und *barfuß auf dem Gras des Ackerrains gegangen*?

Hummelgebrumm? Libellen? Ein Kreuzfuchs?, der das endgültige Gleichnis erzählt? Und er selbst hatte auf Großvater P. W.s Schoß gesessen und hinter ihnen der Vater Elof, tot und dennoch *bei ihnen und anwesend.* Er hielt die Arme um sie wie Engelsflügel, und der Fuchs hatte lächelnd und ruhig in der Einzäunung hinter dem Lokus gesessen.

Und dann hatte, auf allgemeinen Wunsch, der Kreuzfuchs das Wort ergriffen und das Gleichnis von der Frau auf dem astfreien Kiefernholzboden erzählt.

Es gab einen Spazierweg zwischen dem Haus und dem Sortedam in Kopenhagen, einen Sandpfad.

Er hatte, vom Aussichtsfenster aus, die Sandkörner auf diesem Pfad zehn Jahre lang jeden Tag forschend beobachtet.

Das Fenster war der Punkt, von dem aus er Jahr für Jahr die Erzählung vom Tod und der Lust betrachtet hatte. Aber er zählte diese Körner nicht mehr mit der gleichen Freude! Dies war ja das Bild der Ewigkeit! und der Hölle! Sandkörner zählen! Dieser Sandpfad war im übrigen von Woche zu Woche gleich. Und von Jahrhundert zu Jahrhundert. Kierkegaard war im Jahr 1848 jeden Tag hier gegangen, nachdem er *aus Furcht vor der Liebe von Panik gepackt* worden war und seine Verlobte Regine verlassen hatte.

Dieser Kierkegaard hatte sich nicht ausreichend zusammengenommen, sondern war vom Erschauern vor der Liebe gepackt worden. Wäre er nur in der Kirche von Bureå konfirmiert worden! Und hätte gelernt, was Zerknirschung heißt!

Regine war die erste und letzte Frau in seinem Leben. Er war von der Angst vor diesem Schwerverdaubaren an *der Liebe* ergriffen worden: dass er sie nicht würde verstehen können! Es würde so durchgreifend sein! Vielleicht würde er davon eingefangen! Das Wort Liebe war so *unumstößlich.*

78

Da hatte er beschlossen, sich so *anderst und abstoßend* zu machen, dass er unerträglich würde. Sich nie waschen! Und schlecht riechen! Und zerrissene Kleidung tragen, vielleicht ständig betrunken sein? Das war ein Ausweg, *das war ein Ausweg*!

Sich in ein Ungeheuer verwandeln. So dass Regine glücklich von ihrer absonderlichen Liebe zu ihm befreit und den Erlöser Jesus Christus preisen würde, weil sie diesen Søren Kierkegaard losgeworden war. Wenn er sie dann verließ, würde es ihm erspart bleiben, sich schuldig zu fühlen.

Es war sicher so, dass die Schuld gerade das Unumstößliche war. Und wenn er sich selbst in ein Pseudonym von monströsem Charakter verwandelte, wäre dann die Schuld nicht erträglich?

Aber so kam es nicht.

Dort vor dem Haus Sortedam Dossering 25 hatte Søren Kierkegaard sich vor einhundertfünfzig Jahren nach dem Aufbruch von Regine vorwärtsgequält, stolpernd und auf zittrigen Beinen.

Regine hatte gewusst, wo er ging. Und war ihm entgegengegangen. Und so waren sie aneinander vorbeigegangen, siebenundvierzigmal in achtzehn Monaten, hatte er notiert. Und jedes Mal hatte sie eine kleine Kopfbewegung in seine Richtung gemacht, und er in ihre, und dann ein kleines Lächeln; und er wusste ja, dass sie inzwischen verheiratet war und dass sie diesen ihren ehemaligen Verlobten nicht treffen durfte, der sie im Stich gelassen hatte, so grausam!, dass ganz Kopenhagen Bescheid wusste. Aber war sie nicht in ihn eingebrannt worden, wie ein Brenneisen in ein Tier? *So war es für Søren Kierkegaard mit der ersten Frau!*

Regine! *Brenneisen!*

Sie gingen langsam auf dem Sandpfad und begegneten

einander, und dann eine schnelle Drehung des Kopfes und vielleicht ein Lächeln, und sie wussten beide, dass dies das Verbotene war. Es war unendlich erregend. Es hieß, an die Grenze jener Zone zu rühren, wo Schuld und Lust einander umschlangen. Dann würden sie sich voneinander entfernen, und Regine würde diese verbotene Erregung weiter in ihrem Schoß fühlen, wissen, dass sie in ihn eingebrannt war. Und sie würde nach Hause gehen, zu dem Ehemann, der nichts ahnte, und die pochende Wärme würde sich halten zwischen ihren züchtigen Beinen, und Søren würde wissen, dass es so war, und sie würde wissen, dass er es wusste und dass er hierüber schreiben würde, wenn auch versteckt, versteckt!

Der vollendete Beischlaf, der Geruch verbrannten Fleisches. Und jeden Tag schrieb er ihre Worte nieder und wiederholte sie, auch er eingefangen vom Fliegenfänger der Vorstellungskraft, es war immer das Gleiche, er kam nie weiter. Der Fliegenfänger war voll von den schreienden und zischenden sterbenden Worten. Jedes Wort hatte zwei Flügel, jeder Flügel hilflos, sie starben aneinandergeklebt, so waren die Worte der Liebe, sterbende Fliegen zusammengeklebt, und es wurde Herbst und Winter, und am Ende hing der vollbesetzte Fliegenfänger völlig still, keine heulenden Notrufe, er war eingefangen in sein und der Fliegen Schweigen. Regines Liebe stumm, wie Sørens.

Er nimmt sich zusammen. Regine muss eines Tages vor ihm stehen bleiben und sagen:

»Aber eins musst du mir versprechen. Und zwar, niemals jemandem etwas zu erzählen. Niemals niemandem, nie und nimmer.«

Und dann würde er sagen:

»Ja, ich verspreche es.«

»Bestimmt?«, würde sie dann sagen.

»Bestimmt.«

Aber vielleicht einmal darüber schreiben. Das verboten Niedergeschriebene war auf seine Weise das Einzige, was niedergeschrieben werden musste. Die zusammengeklebten Fliegen wenden ihm ihre sterbenden Augen zu, flüstern: War dies die Liebe? Können wir nie mehr loskommen?

*

Sie hatten sich im Mai 2011 auf dem Rasen vor dem Larssonhof in der Sonne getroffen. Die Vettern und Kusinen und ihre Kinder, und er und der Sohn Mats. Die beiden Letztgenannten waren mit der Neun-Uhr-Maschine heraufgekommen.

Das eigentümliche Gefühl von Unschuld in der Luft.

Es gab nur zwei Häuser am Bursjö: Gammelstället, den Familienhof, das Haus, in dem Großmutter Johanna regiert hatte, und den Larssonhof. Sie lagen am Waldrand, unterhalb erstreckte sich eine Wiese bis zum See. Als er den See sah, fiel das wirkliche Bild mit dem zusammen, das er geschaffen hatte, wenn er darüber schrieb.

Es war ein bisschen erschreckend.

Das, was er schrieb, wurde entweder eine Projektionsfläche, die etwas verbarg, oder machte es möglich, die Wahrheit zu sagen.

Er wurde Bussjön ausgesprochen, der Name des Sees, auf dem sich in einer Augustnacht der Mann im Boot gezeigt und Håkan mitgenommen hatte, als wäre dieser fremde Mann, der da im Morgengrauen gerudert kam, der Fliegende Holländer. Er war gekommen, um Håkan zu holen; und das hatte es mit sich gebracht, dass er selbst nie akzeptiert hatte, dass *Håkan gestorben war. Dass Håkan ganz einfach da unten inne Tiefe vonnem Wasser gestorben war.*

Wie Onkel Aron. Genug davon.

Und er selbst war in jenem Sommer krank geworden vor Kummer, oder vielleicht Angst, weil alle fälschlicherweise und ohne Grund glaubten, es sei seine Schuld, dass Håkan ertrunken war.

Auf jeden Fall: Unschuld in der Luft auf dem Rasen vor dem Larssonhof.

Es kann Schuld gewesen sein.

Es war etwas Besorgniserregendes mit dem Charakter von Gammelstället und der Familie als *erfolgreiche västerbottnische Bauern*, verglichen mit dem *kleinen* Larssonhof: also teils ein großer Bauernhof, der beharrlich Gammelstället genannt wurde, teils ein ziemlich platter, kleiner Hof mit durchhängendem Dach, auf dem Larssons gewohnt hatten. Einhundertzwanzig Meter entfernt, in nördlicher Richtung.

Es war zwar nichts auszusetzen an Larssons, aber die Kinder da bei Larssons scheuten sich, mit denen von Gammelstället zu spielen, wo es sechs Kühe und zwei Pferde gab, Tindra und Stella; man konnte Mutters Bruder John jedoch nicht Großbauer nennen! Andererseits waren sechs Kühe nicht die Regel! Dies musste mit Respekt festgestellt werden, und *Gott weiß, wovon sie bei den Larssons lebten*; aber eins der Enkelkinder dort bei Larssons hatte ja sechzig Jahre später angefangen, Kriminalbücher zu schreiben, drei Stück, genau bevor er starb, und soll gut verkauft haben, über den halben Erdball, nein, den ganzen! Aber in der Zeit, als er selbst Kind war und sich in den Sommern auf Gammelstället herumtrieb, hatte es nicht viel Gelegenheit gegeben, mit dem *Vater von dem zu spielen, der später in den neunziger Jahren angefangen hatte, Bücher zu schreiben, wenn auch nur über Kriminalität*. Mit dem Vater, der wohl Erland hieß.

82

Es war eine etwas heikle Frage, ob Gammelstället nicht von einem *Großbauern* bewohnt wurde. Dies war allerdings das falsche Wort. Es war die falsche Bezeichnung. Man war keineswegs ein bisschen was *Besseres*, nur weil Onkel John zwei Pferde hatte! Es war hauptsächlich ein Gefühl, und Großmutter Johanna war ja ziemlich streng, wenngleich nie mit ihm. Aber dies, dass man für sich blieb.

Vielleicht waren es Larssons, die für sich blieben. Man wurde irgendwie nachdenklich.

Man konnte oft wegen einer Masse Selbstverständlichkeiten Schuld empfinden, also nahezu biblisches Schuldgefühl. Es war ja rational nachvollziehbar, irgendwie auf den Larssonhof herabzublicken, weil er so klein war. *Also in Wohnfläche gemessen.* Dass diese hart arbeitenden Bewohner von Gammelstället für sich blieben, war ja ansonsten ganz nachvollziehbar und nichts, worüber man sich ereifern musste. Aber der *Sohn des Spielkameraden* dort bei Larssons! Seine drei Bücher verkauften sich gut. Weltweit. Immer noch, im Jahr 2011, obwohl er selbst *heimgeholt* worden war.

Es war ja unklar, ob er gläubig gewesen war.

Man kaufte jedoch seine drei Bücher immer noch, das war das Komische, aber vielleicht nichts, worüber man sich ereifern musste, es waren ja auch eher Kriminalbücher.

Und dann war die Larssonfamilie fortgezogen und hatte den Larssonhof an Onkel John verkauft, für viertausend Reichstaler, weil es sonst vielleicht ein Zigeunerhaus geworden wäre. So dass es jetzt unter die Ägide von Gammelstället gekommen war, sozusagen.

Aber ein wenig komisch war es schon mit den zwei isolierten Häusern im Wald oberhalb des zum Bussjön abfallenden Hangs, und mit den Kindern, die Schriftsteller wurden.

Ansteckung?

Jetzt war Mai 2011, und es gab Kaffee und Torte mit den Vettern und Kusinen; nachdem Ivan gestorben war, hatten hauptsächlich Mona und dann die Tochter Kristina dort bei Larssons renoviert.

Es war eine Art Sommerwohnung von Gammelstället geworden.

Wirklich schön hatten sie es.

Das musste man sagen.

Aber was war das für eine *Gerichtsverhandlung*, die wiederaufgenommen werden sollte? Was lag da in der Luft, hauptsächlich für ihn, an diesem heißen Sommernachmittag mit Torte auf dem Rasen?

Warum fühlte er wieder einmal Schuld, oder eher Unruhe, jetzt, da diese andere Familie auf dem Larssonhof fort war und seine eigene ihn *übernommen* hatte? Ganz und gar nichts Komisches dabei, wirklich! Aber all die Erinnerungen!!! Obwohl niemand davon redete, was in jener Nacht auf dem Floß aus Baumstämmen mit Håkan passiert war, und die Sache mit dem Fliegenden Holländer; und jetzt, sechzig Jahre später, schien die Sonne über dem Bursjön, und wenn 'e Maja da gewesen wäre, hätte sie bestimmt alle in einen dreistimmigen Chor eingeteilt und er hätte die zweite Stimme in »Still ruht der See« gesungen.

Plötzlich wusste er, was es war. Es waren nicht Larssons.

Es war die Stockholmerin. Also die Frau, die das Haus gemietet hatte.

*

Es muss gegen ein Uhr am zweiten Sonntag im Juli 1949 gewesen sein, gleich nach dem Gottesdienst im Radio, den er angehört hatte, eine Stunde in Stille, während das Wunder der Erlösung aus dem Apparat geschallt war.

Wonach er freigelassen worden war.

Er und die Großmutter Johanna hatten gemeinsam zugehört, er vor allem, um ihr Gesellschaft zu leisten, denn er fand, dass sie gleichsam gemütlich war, wenn sie gemeinsam dem Gotteswort lauschten. Und es war im übrigen ziemlich leer vor dem Apparat mit dem Gotteswort auf Gammelstället, weil keiner außer seiner Großmutter, und in gewissem Sinn er selber, warm gläubig war. Hauptsächlich aber sie. Und er hatte sich dann, der Hitze wegen, zur Badestelle aufgemacht und war deshalb schräg über die Weide beim Larssonhof gegangen.

Larssons hatten zu ihrer Zeit als Besitzer des Hofs, vor dem Verkauf, keine einzige Kuh gehabt, es war also in gewisser Weise falsch, es eine Weide zu nennen. Nicht einmal als ein halbes Kuhland konnte man es bezeichnen. Dies zur Klarstellung.

Da hatte er sie gesehen.

Das war also, nachdem Larssons an Onkel John verkauft hatten. Es war jetzt an eine Frau aus Stockholm vermietet. Sie hatte es für einen Monat gemietet.

Hinterher, als er sich an alles erinnerte, war es, als sei ihm das Wort *freimütig* in den Sinn gekommen, als er sich ihr von Osten, wenn man sich den Larssonhof in nord-südlicher Richtung liegend vorstellt, näherte. Es war, als habe sie *freimütig* da im Gras auf einer Decke gelegen und sich gesonnt und ein Buch gelesen.

Sie hatte etwas Freimütiges an sich, was ihn dazu bewog, sich nicht, wie der Anstand es gebietet!, entschuldigend fortzudrehen und mit abgewandtem Gesicht einen südwestlicheren Kurs einzuschlagen, um nicht zu stören. Vielleicht mit ein paar kurzen und freundlich entschuldigenden Worten. Aber sie hatte sich mit einem kleinen freimütigen Lächeln halb zu ihm umgewandt, auf dem Bauch liegend und mit aufgeknöpftem BH, und untenrum nur einen gelben Schlüpfer, und mit einigen einfachen Worten gleichsam die Spannung nach seinem unerwarteten und auf jeden Fall ungeplanten Entree aufgelöst.

»Nein, bist du das?«, hatte sie ganz einfach gesagt.

»Ja«, hatte er ebenso einfach geantwortet.

Fing es so an? Es sind so viele Jahre vergangen. Sollte es sein Leben verändern?

Es sind so viele Jahre vergangen.

Es war nicht das erste Mal, dass er sich mit ihr unterhielt.

Dann und wann waren ein paar Worte zwischen ihnen gefallen, Frage und Antwort eher, und als sie sich jetzt nach links zu ihm umdrehte und sagte *Nein, bist du das?* und er *Ja* antwortete, hatte er von der Seite die linke ihrer freigelegten Brüste sehen können, ganz deutlich. Er hatte da innegehalten auf seiner Wanderung, schließlich wie völlig versteinert dagestanden, aber sicher ohne dass es an seinem Gesichtsausdruck zu erkennen war. Und er hatte etwas gesagt (im Nachhinein kann er sich nicht mehr an den Wortlaut erinnern, doch es war etwas über die Sommerhitze, und dass er auf dem Weg zur Badestelle sei), und da hatte sie ganz ruhig das Buch von sich gelegt, und er hatte augenblicklich gesehen, dass es Bernhard Nordhs Roman *Fjällfolk* war, in dem sie mittendrin war.

Wenn er richtig sah. Was seine Frage und ihre Antwort sogleich bekräftigen sollten.

Sie hatte erklärt, sie sei aus Stockholm, genauer gesagt aus Södertälje, einem Vorort von Stockholm, wie sie verdeutlichte, aber er war ja einmal in Södertälje gewesen, als die Mutter dort ein Sommertreffen des Missionsvereins der Lehrerinnen (LMF) besucht hatte, und wusste, dass es eine eigene Stadt war, wollte es jedoch nicht sagen, denn *die Stimmung war so gesegnet*, dass er sie nicht verderben wollte. Sie hatte braune Haare und Augen, die ihm von Anfang an aufgefallen waren, und es war unklar, warum sie sich allein hier auf dem Larssonhof aufhielt, aber vielleicht war sie geschieden. Er wusste, dass er sie auch vorher schon angeschaut hatte.

Sie sah ziemlich rund und nettig aus, ohne dass es irgendwie als übertrieben bezeichnet werden konnte. Es war schwer zu beurteilen, wie alt sie war, vielleicht um die fünfzig, hatte er geschätzt, aber sie hatte sich gut gehalten! wirklich!, auch wenn jede Beurteilung ja schwer war.

Sie war ziemlich nettig und redete fein, also nicht Skelletmundart.

Fein reden war die Bezeichnung für das Schwedische, also nicht den Dialekt. Sie hatte aus natürlichen Gründen fein geredet, weil sie sozusagen Ausländerin war, das heißt aus dem Süden: es klang weich und rund, und er hatte sie ein paarmal angesehen und sich gefragt. Nicht so viel. Aber bei manchen Frauen, hatte er zu sich selbst gesagt, gibt es etwas *Ausstrahlendes*, das man nicht beurteilen und an der Sprache festmachen kann, obwohl diese Frauen ganz offensichtlich ziemlich nettig sind. Einen Augenblick hatte er bei sich das Bild des Postfräuleins in Brattby eingeblendet, die vom Vännäsvägen 12, aber es war eine sehr kurze Einblendung, eher ein Erinnerungsbild. Denn als sie ihren Oberkörper aufgerichtet und *er ihre eine Brust gesehen hatte,* war es wie ein Weckstoß durch seinen ganzen Körper gegangen, und er hatte sich wie gelähmt gefühlt, aber doch *in Wonne schwimmend*, oder so.

Es war nicht leicht mit den Worten.

Dass er fast ohnmächtig geworden wäre beim Anblick der linken Brust, ließ ja alle Bezeichnungen unbeholfen erscheinen, also die, die aus den erlernten und normalen Sprachen, wie dem Biblischen oder dem *fein Reden* stammten, also nicht aus der Bauernsprache, dem Dialekt, auf den zu verzichten man in der Schule gezwungen wurde, außer in den Pausen, wenn niemand in der Nähe war; wenn diese sprachlichen Gebote verschwanden, kehrte man ja zum Dialekt zurück.

Aber dies, dass sie sich aufrichtete! freimütig!

Und es war außerdem ganz plötzlich gekommen, so dass die Schönheitsworte in seinem Kopf in gewisser Weise durch die Worte des Psalmisten in den Sprüchen geprägt wurden, oder war es das Hohelied, und ohne dass er etwas dagegen tun konnte.

Wonne also, hatte er gedacht.

Da er ziemlich schüchtern war, hatte er zu diesem Zeitpunkt (er nimmt die Großkusine aus Istermyrliden aus, schon bekannt) erst einmal eine Frauenbrust angerührt, die von Gerd Fahlman aus Yttervik, die rechte. Diese Gerd Fahlman war da wie vom Blitz getroffen erstarrt, und er hatte sich gewundert. Genug jetzt davon.

Was liest du!, hatte er gefragt, obwohl er es ja sah. Bernhard Nordh! Hatte sie ohne weiteres gesagt und ihn freimütig angesehen. Ich habe *I Marsfjällets skugga* gelesen, hatte er gesagt, das da nicht, und mit der rechten Hand auf das Buch gezeigt, und sie hatte da mit einer geschmeidig ungezwungenen Bewegung ihren BH umgehängt, ihn aber auf dem Rücken nicht zugehakt.

Es war unglaublich, dass sie, die sicher fünfzig Jahre alt war, so runde und wohlgeformte Brüste hatte, auf jeden Fall soweit er es beurteilen konnte, und das auch nur verglichen mit denen von Gerd Fahlman aus Yttervik, deren rechte er jedoch nur von außen angefühlt hatte, also durch die Bluse. Hier war ja Nacktheit.

Dann hatten sie eine Viertelstunde lang über Bernhard Nordh geredet.

Sie war ziemlich ungezwungen und hatte eine Reihe kluge Dinge über Bernhard Nordh gesagt, und dann hatte er gefragt, was sie mache, also im Winter. Sie war da zunächst verstummt und hatte ein wenig gekichert und dann gesagt, sie arbeite als ärztliche Assistentin, also mehr als Ratgeberin, hatte sie erklärt; das heiße, sie berate Menschen, die *Assistenz* benötigten, aber sie habe auch eine Ausbildung als Wirtschaftsprüferin, ist das nicht ungewöhnlich!, hatte er gesagt. Aber sie hatte nicht näher darauf eingehen wollen, worum es sich handelte, sondern angefangen, ihm Fragen zu stellen. *Wie groß bist du*, hatte sie angefangen, und es erfahren, *du siehst ziemlich durchtrainiert aus! Obwohl du einen ziemlich ranken Körperbau hast!* Rank, hatte er wiederholt, na ja, ich weiß nicht, *Aber gut trainiert bist du, das kann ich sehen, einen richtigen Sportlerkörper hast du, das kann ich sehen*, und darauf wusste er nichts zu entgegnen.

Er hatte sich, während sie sich über Bernhard Nordhs Bücher unterhielten, ganz ungeniert neben ihre Wolldecke gesetzt, aber nicht darauf. Sie hatte ihn aufgefordert, sich zu setzen. Das war der Moment gewesen, in dem sie kichernd nach seiner Länge und seinem Gewicht gefragt und gesagt hatte, er sei *rank*, aber dass er doch gut trainiert aussähe, und gefragt, wie alt er sei. Er hatte zugegeben, dass er fünfzehn war, und da hatte sie einen Augenblick geschwiegen und dann gesagt, sie selbst sei einundfünfzig.

Und das war gleichsam ein weiteres Zeichen für ihre Freimütigkeit, und sie hatten unisono zu lachen angefangen.

Wie heißt du, hatte er nach einem ziemlich langen und beinahe unnatürlichen Schweigen gefragt. Und sie hatte geantwortet: Ellen. Sie hatte dann, also nach dem klärenden Gespräch über Bernhard Nordh, gefragt, ob er eine Liebste

habe; er hatte dies nachdrücklich verneint. *Kein Mädchen,*
für das du schwärmst?, hatte sie hinzugefügt, er hatte den
Kopf geschüttelt, *Und nie gehabt?,* hatte sie dann gefragt.
Nach einem kürzeren Schweigen hatte er auch dies bekräftigt. Nie gehabt.

»Nie gehabt«, hatte sie da mit leiser Stimme beinahe geflüstert; aber er hatte dank des natürlichen Schweigens der
Natur um sie her, nur durch einzelne Laute eines Vogels unterbrochen, einen *Vogelgesang* konnte man es vielleicht nennen, hören können, was sie sagte. Nie gehabt.

Aber da dies keine Frage war, hatte er nicht geantwortet.

»Und wann wirst du sechzehn?«, hatte sie gefragt.

»Im September«, hatte er nach einem gewissen Zögern geantwortet. Es dauerte dann länger und länger zwischen Frage
und Erwiderung, was teilweise darauf beruhte, dass sie ihn so
freimütig angesehen und zwischen ihren Mundlippen in einer Tonlage gesprochen hatte, als sei sie irgendwie bedrückt
oder ratlos. Er hatte einige Augenblicke lang erwogen, das
Gespräch über das Werk Bernhard Nordhs wiederaufzunehmen; doch weil sie jetzt, aufgrund der intensiven Wärme der
Nachmittagssonne, ihren Büstenhalter auf den Boden hatte
fallen lassen, fühlte er sich verwirrt von der Hitze und ihrer
Freimütigkeit, oder Traurigkeit, und weil er nicht anders
konnte, als mit dem Blick ihren jetzt ganz freigelegten Brüsten auszuweichen, wusste er nicht ein noch aus.

»Es ist heiß«, hatte sie nach einem langen Schweigen gesagt. »Willst du dadrinnen eine Limonade?«

»Hast du dadrinnen eine Limonade«, hatte er gefragt.

»Ja doch«, hatte sie geantwortet.

Es war wirklich sehr heiß gewesen auf der Wiese vor dem
Larssonhof an ebendiesem Julitag 1949. Man kann es bestimmt belegen.

Er konnte die Hitze sehr deutlich spüren. Sie hatte dadrinnen eine Limonade, die sie ihm anbot. In seiner Verwirrtheit hatte er da die Gelegenheit ergriffen, ihr zu erzählen, dass man bei den Spielen von Bureås A-Mannschaft in der Pause eine Limonade an jeden Spieler austeilte, während man in der B-Mannschaft, in der er jetzt spielte, zu zweit eine Limonade teilen musste, und dass dies seit vielen Jahren so üblich war, auch schon lange bevor er zu spielen angefangen hatte. Er erzählte, dass er als Torwart spielte, aber auf jeden Fall, er mochte Limonade, und dass man auch bei den Junioren, wo er ebenfalls im Tor stand, in der Pause eine Limonade teilte, das war ganz natürlich, und dass er …

»Willst du eine Limonade oder nicht!«, hatte sie ihn da beinahe heftig oder vorwurfsvoll unterbrochen.

Er hatte über ihre Frage nachgedacht.

»Ich will eine Limonade«, hatte er gesagt.

»Na also«, hatte sie gesagt.

Dann waren sie in den Larssonhof gegangen. Sie war vor ihm gegangen, und er hatte die Tür hinter ihnen nicht geschlossen.

»Mach zu«, hatte sie gesagt. »Lass die Wärme nicht rein.«

Daraufhin schloss er die Tür, aber ohne etwas zu erwidern.

Der Wassereimer stand neben dem Herd.

Sie ging zuerst dorthin und trank aus der Schöpfkelle, so dass es fast über die Brüste herablief, auf jeden Fall über die linke, dann ging sie zur Speisekammer und suchte eine Weile nach der Limonade, die sie schließlich fand, ganz unten links, und es war natürlich so, dass sie alles Essen für den täglichen Bedarf in der Speisekammer hatte, besonders Kartoffeln, sie kochte ja nur für sich selbst, weil sie allein mietete, aber sie hatte wirklich eine Limonade, obwohl es sie hart ankam, diese zu finden, ganz unten, links.

»Du hast wohl schon beinah die Hoffnung aufgegeben«, hatte sie gesagt und sich neben ihn auf die Küchenbank gesetzt.

»Nein, versprochen ist versprochen.«

»Was?«, hatte sie gefragt.

»Dass du eine Limonade für mich hast«, hatte er erwidert.

Sie hatte ihn gefragt, warum er so viel über Bernhard Nordh wisse, und da hatte er es mit einigen kurzen Worten erklärt, und sie saß immer noch nur in der Unterhose da und hatte den BH vom Oberkörper abgehakt, wegen der Hitze.

Die ganze Zeit hatte sie ihn mit diesem kleinen nettigen Lächeln angesehen, oder ob sie nur bedrückt aussah? Und er begann darüber nachzudenken, warum sie, die eben noch so fröhlich gewesen war, jetzt traurig aussah, aber immer noch nettig, und gerade da, oder vielleicht eine kurze Minute später, hatte sie gefragt:

»Schmeckt dir die Limonade?«

»Doch«, hatte er gesagt, »besser als im Umkleideraum, nur wärmer.«

Er überlegte eine Weile, was er gesagt hatte, es klang ein wenig komisch, was an der leichten Anspannung liegen mochte, oder daran, dass er sich ein wenig verkrampft fühlte, vielleicht sollte er sich erklären, doch gerade da brach sie mit einer Frage das Schweigen, und dann war es vergessen.

»Darf ich dich etwas fragen, aber du brauchst nicht zu antworten.«

Da hatte sie, als habe sie nach einem langen Zögern Anlauf genommen, und weil das mit der Limonade jetzt geklärt war, ihn gefragt, ob er jemals mit einer Frau zusammen gewesen sei, also dass sie nebeneinandergelegen und Umgang miteinander gehabt hätten, und darauf hatte er verneinend geantwortet. Überhaupt nie? Nee, bistu noch gescheit, hatte er mit einem kleinen Lächeln gesagt, sich aber kein winziges bisschen geschämt, denn sie hatte so vorsichtig gefragt. Und da, genau da, hatte sie gesagt, *Dann sind wir ja beinahe gleich*, denn bei mir ist es sieben Jahre her, und man vergisst fast, wie es war. *Wenn du das sagst*, hatte er erwidert, *also ich, ich weiß ja nicht, denn ich hab ja nix zum Vergleichen*, aber da hatte sie aufmunternd gelacht und gesagt, *Du bist doch so rank und gut trainiert und hast den Körper eines Sportlers, das kommt schon noch, mach dir keine Sorgen.* Aber du weißt wohl nicht, wie man es macht, hatte sie hinzugefügt. Du hast keine Probleme mit der Vorhaut?

»Der Vorhaut?«

»Ja, weißt du, was das ist?«

»Ja klar.«

»Und du hast keine Probleme?«

»Probleme? Wie denn?«, hatte er verblüfft gefragt. Da hatte sie erklärt, dass sie in ihrer medizinischen Arbeit als Buchprüferin in der Wirtschaftsabteilung des Krankenhauses in Södertälje und als Beraterin und Assistentin von jungen Männern gehört habe, die Probleme mit dem Zurückziehen der Vorhaut hätten, besonders bei Steifheit, obwohl es ja so einfach zu lösen sei, wenn man nur wollte.

»Nee«, hatte er gesagt. »Jetzt nicht mehr. Aber man weiß ja nie.«

»Bevor man es nicht versucht«, hatte sie nachdenklich gleichsam ergänzt. »Beim eigentlichen Liebesakt versucht.«

Es war da so seltsam still geworden, und sie war aufgestanden und war hinübergegangen zum Wassereimer und hatte die Schöpfkelle genommen und getrunken und war ans Fenster getreten und hatte auf die Fliegen geguckt, und dann wieder zurück zum Wassereimer, hatte die Kelle gegriffen, sie aber zurückgelegt, ohne zu trinken, und war über den Fußboden gegangen und vor ihm stehen geblieben und hatte ihn ganz ratlos oder beinahe den Tränen nahe angesehen, als wüsste sie nicht ein noch aus. Und dann hatte sie sich sozusagen zusammengenommen und gesagt:

»Stell dich hin, dann bin ich deine Beraterin.«

»Beraterin«, hatte er gefragt, fast ohne Stimme, denn die schien in der Hitze wegzubleiben, »sollst du meine Beraterin sein?«

»Willst du nicht wissen, was das ist?«, hatte sie nach einer Pause gefragt, die so lang war, dass man nur die Fliegen gegen die Fensterscheibe und nicht einmal die Vögel hörte. »Das ist eine Wohltäterin. Willst du?«

Vielleicht verging nur eine Sekunde. Oder verging eine Minute? Er erinnert sich nicht mehr genau. Es ist so viele Jahre her.

»Doch«, hatte er gesagt.

Und dann hatte er sich hingestellt.

Sie hatte sehr still und beinahe demütig gesagt, dass sie mal sehen wolle, und dann hatte sie seinen Gürtel gelöst und ihm die Hosen nach unten gestreift, und nach nur wenigen Augenblicken, in denen er fast nicht zu atmen wagte, mit einem stillen, aber gleichzeitig entwaffnenden Lächeln an sein Glied gerührt, und erwidert, dass dies, mit dem Schmerz beim Zurückziehen der Vorhaut, dass dies ja normal wäre, dass es aber vielleicht bei ihm nicht so wäre, *obwohl er keinen Umgang gehabt hätte* oder so.

Sie hatte etwas gemurmelt, was er nicht richtig verstand, und weit später, sechzig Jahre später, als er sich am Ufer des Flusses befand und sich erinnern wollte, sich fast verzweifelt erinnern wollte, konnte er nicht im Detail rekapitulieren, was gesagt worden war; aber sie hatte sehr leicht an seinen Pimmel gerührt, nur mit den Fingerspitzen.

Die Worte des Psalmisten kamen und verschwanden; war es nicht etwas mit Wonne gewesen? Ihm wurde ganz schwindelig hiervon, aber hauptsächlich von ihren Finger-spitzen. Es gab ja im Dorf ein historisches Beispiel dafür, dass Burmans älteste Tochter geschlechtlichen Umgang gehabt hatte (es war mit Stefan gewesen) und ins Unglück geriet, und dass dies eine unfassbare Heimsuchung gewesen war, gerade weil sie erweckt war! Im Dorf wurde oft davon gesprochen, *ins Unglück zu geraten* und *zu sündigen*, wenn auch meistens murmelnd.

Sie rührte ihn mit den Fingerspitzen an.

Es war im Jahr nachdem Tante Valborg nach Hause gekommen war und erklärt hatte, dass sie sterben würde, am Krebs, aber dann in der guten Stube gestanden und gewagt hatte, 'm Birger inne Augen zu sehen und zu sagen, dass, weil der Erlöser sich nicht um sie gekümmert habe in ihrer Not, sie sich auch nichts aus dem Erlöser mache, und *dass sie es gewagt hatte!* Dies war etwas, was durch dieses ihr erschütterndes Zeugnis jetzt durch die Larssonküche blitzte! Blitzte! Diese freimütige Stellungnahme der Tante hatte, vor'm Birger und 'm Erlöser und in gewissem Maße ihm selbst, wie er da hinterm großen Schrank in der guten Stube stand, dank ihrer Freimütigkeit etwas in Gang gesetzt: *Dass etwas möglich war!* Aber als er sich ein halbes Jahr danach am Gründonnerstag geweigert hatte, die Mutter zum heiligen Abendmahl des Herrn zu begleiten, und die Mutter sich flennend allein auf den Weg gemacht hatte, da hatte er eine Stunde später vor der Sündenangst kapituliert! Nach vielleicht vierzigminütigem Nachdenken und Gebetsangst *hatte er aufgegeben!* Und das Fahrrad genommen, es war ein Rex, die Mutter hatte ein Monark mit Ballonreifen, und war am Abend des Gründonnerstags die sieben Kilometer zur Kirche gefahren, in persönlicher Bestzeit von 19:35.

Und hatte sich damit vor allen wieder eingereiht in die Schar der Erlösten. Obwohl er insgeheim zweifelte.

Dennoch war es so, als habe er *nicht nur vor der Kraft des Sündenbewusstseins kapituliert* – denn er hatte ja das Abendmahl begangen!, das Gute in ihm hatte gesiegt! er war immer noch erweckt!, und die Mutter hatte Tränen in den Augen vor Erleichterung!, und sie hatten unisono »O Haupt voll Blut und Wunden!« gesungen – *sondern gleichzeitig* halbwegs begonnen, sich auf Tante Valborgs Seite zu stellen und zu sagen *nix da! nix da!*

Der Befreiungskampf musste ununterbrochen verloren, aber wiederaufgenommen werden, so viel hatte er verstanden.

Es war vollkommen still in der Larssonküche, abgesehen von den Fliegen.

»Bist du wirklich noch nie mit einer Gleichaltrigen zusammen gewesen«, hatte sie aufs Neue geflüstert. Er hatte verneint. Sie standen beide, und sie hatte ihn gebeten, sein Hemd auszuziehen, *das ist ebenso gut, denn ich spüre ja, dass du beinahe bebst*, hatte sie geflüstert, soll ich dir helfen?

Ja, hatte er gesagt.

Sie war sehr vorsichtig und schweigsam gewesen, und ihre Hand, es war die rechte, hatte sich sehr leicht über sein Glied bewegt, in erster Linie waren es die Fingerspitzen, und sie hatte sachlich konstatiert, dass er ja keine Probleme mit der Vorhaut habe, sie lasse sich auch nach dem Steifwerden zurückziehen. Sie war gleichsam konzentriert auf dies mit der Vorhaut, aber das war ja natürlich, hatte er nachforschend gedacht, wenn man berücksichtigte, dass sie im Winter Beraterin im Krankenhaus war, wenn auch mehr in der Wirtschaftsabteilung, und im übrigen hatte sich ihm ganz erheblich der Kopf gedreht, als sie sein Glied berührte, das jetzt gehörig steif geworden war. Und als sie ihm das Sonntagshemd auszog, war ihm fast schwarz vor Augen geworden.

»Ist genauso gut, wenn ich mich auch ausziehe«, hatte sie gesagt.

»Wieso das?«, hatte er beinahe verwirrt gefragt.

»Ja, dann ist es ausgeglichener«, hatte sie gesagt.

»Ja, das ist klar«, hatte er erwidert. Während einiger Sekunden hatte ihm etwas von Burmans ältester Tochter *vorgeschwebt*, die nach Sünde und geschlechtlichem Umgang (mit Stefan) ins Unglück geraten war, aber das verschwand. Es schwebte ihm nur ganz kurz vor, und sie murmelte die ganze Zeit weich und undeutlich etwas über diese Sache mit der Vorhaut. Es war ihr gleichsam wichtig. Und eine Weile hatte sie geschwiegen und zu ihm aufgesehen, beinahe mit Angst in den Braunaugen, als wären sie wässerig, vielleicht flehend, aber nicht auf die übliche Gebetsart, und sie hatte noch einmal gefragt, ob er es wirklich noch nie mit einer Gleichaltrigen probiert habe; aber er hatte verneint, was der Wahrheit entsprach. Und *dies mit der Sünde und Burmans Ältester* (und Stefan) hatte ihm da erneut vorgeschwebt, dass das hier vielleicht Sünde war, aber er vielleicht keine Todsünde beging, obwohl er im letzten Jahr nur gleichsam halbherzig am heiligen Abendmahl des Herrn teilgenommen hatte, ein Protest nicht aufgrund von Verneinung, sondern aufgrund von Zweifeln, oder eher Angst; dass dies, was gerade geschah, zweifelsohne keine Todsünde sein konnte. Aber, zweifelsohne!, hatte es dennoch mit Sünde zu tun (der etwas milderen, wenn man es mit der unheilbaren Todsünde verglich).

Irgendwie gab es dies alles in der Larssonküche, und es gab es auch wieder nicht; und er hatte etwas in dieser Richtung geflüstert. Allerdings nicht so deutlich, dass sie Anstoß nehmen konnte. Sie stand ganz unbekleidet dicht vor ihm, da auch sie den Schlüpfer hatte herabgleiten lassen, und trotzdem hatte er nicht gewagt, an ihr hinabzublicken. Aber da hatte sie beruhigend den Kopf geschüttelt und gesagt, dass sie ja mit den Fragen und dem Handanlegen nichts Sündiges meine, nur habe fragen wollen, ob er Erfahrung hatte, oder ob dies mit dem Schmerz, wenn die Vorhaut zurückgezogen wurde, also nicht jetzt, aber früher in seiner Jugend, ob nicht dies eher ein praktisches Problem sei, das viele in seinem Alter, *in der jungen Generation*, nicht selbst zu lösen imstande waren.

Sie hatte etwas unklar gemurmelt.

Es war schwer, ihrem Gedankengang zu folgen, aber es schien darum zu gehen, dass sie Verständnis für ihn hatte. Sie war, wie sie ja zuvor erwähnt hatte, jetzt einundfünfzig Jahre alt und hatte mehr von der Welt gesehen, *besaß Lebenserfahrung*. Und dann sah sie ihm in die Augen, auf eine so komische Weise, als habe sie Angst und sei gleichzeitig beinah durcheinander und außer sich, und ihre Augen glänzten jetzt, als wollte sie etwas ungeheuer Wichtiges fragen, wagte es aber nicht.

Sie hatte die ganze Zeit gleichsam in Gedanken sein Glied massiert, das jetzt sehr steif geworden war, mit den äußersten Spitzen ihrer Finger, es war die rechte Hand, und die Wörter *das eigentliche Leben* und *Lebenserfahrung* wiederholt.

»Ja, doch«, hatte er erwidert, sich aber unsicher und zugleich froh gefühlt, beinahe glücklich, weil die Küche auf dem Larssonhof jetzt von der Nachmittagssonne erfüllt war und von Fliegen, die am Fenster summten. Und es war so warm, dass sie still, eben wegen der Wärme, auf den Fußboden hinabglitt, den Holzfußboden also, es waren astfreie Kieferndielen, möglicherweise aus dem inneren Kern gesägt.

»Du kannstich eine Weile neem mich legen«, hatte sie geflüstert, und er hatte bemerkt, dass sie sich bemühte, ihn gleichsam mit einem kleinen Ton von Skelletmundart anzusprechen, um ihn ruhig zu machen vielleicht, und das, obwohl sie Stockholmerin war oder eher noch südlich davon.

»Du kannst mich streicheln, wenn du willst«, hatte sie gesagt, als sie eine Weile auf dem Holzfußboden in der Larssonküche gelegen und zur Decke aufgesehen hatten.

»Ja klar«, hatte er gesagt und sich ein wenig geschämt.

»Wenn du willst, also. Ich meine, wo ich dich so steif gemacht habe, es muss doch gerecht sein.«

»Ja, natürlich«, hatte er entgegnet und gemerkt, dass seine Stimme ein wenig zitterte. Es kam vielleicht daher, dass ihre Hand, jetzt war es die linke, sich wieder zu seinem Glied hingetastet hatte, das sich immer noch ganz steif anfühlte.

»Man sieht ja, dass die Vorhaut sich zurückziehen lässt, obwohl er starr ist«, hatte er da mit beinahe ruhiger Stimme gesagt.

»Steif«, hatte sie geflüstert. »Nicht starr. Steif.«

Er blickte vorsichtig über sie hin.

Sie hatte die Augen geschlossen. Und dann streichelte er sie. Es war phantastisch. Es war am ehesten Seligkeit, er suchte einige Augenblicke nach den Wörtern, aber es waren hauptsächlich die Worte des Psalmisten, die sich einstellten, und da er gerade jetzt den Psalmisten nicht hier hineinziehen wollte, hörte er auf, an die Wörter zu denken, und streichelte sie nur.

Einen Augenblick wagte er es, ihr Gesicht zu betrachten. Auch über ihrem Gesicht war etwas so Stilles und beinahe Seliges, praktisch fast wie bei dem Psalmisten in seinen verklärtesten Augenblicken, aber sie hatte beide Augen geschlossen. Fast sah es so aus, als schliefe sie, aber er spürte ja, wie die Fingerspitzen ihrer Hand gleichsam über sein Glied trippelten und hüpften, und da konnte sie ja nicht schlafen, logisch. Nach einer Weile wagte er zu fragen *schläfst du*, das hatte er gesagt, aber da öffneten sich ihre Mundlippen zu einem kleinen Flüstern, und daraus ging hervor, dass sie nicht schlief, sondern dass sie sich wohlfühlte. *Und du*, fügte sie hinzu. Ja, doch, hatte er erwidert. Er fühlte, wie ihre Hand sich da mit einem fast kräftigen Griff um sein Glied schloss. Sie kam hiernach auf das zurück, wobei sie sich vorher, seltsamerweise, aufgehalten hatte, nämlich die Vorhaut. Dass sie ohne Schmerz zurückgeschoben werden konnte. Es tut nicht weh? Hatte sie gefragt.

Er hatte dies bekräftigt, überhaupt nicht.

So wie hier hatte sich Jesus bestimmt gefühlt, als Maria seine Füße mit wohlriechenden Ölen eingerieben und massiert hatte, und Marta umhergelaufen war und sauber gemacht und sich aufgeregt hatte, weil Maria nicht mithalf beim Saubermachen, oder Essen zubereitete. Aber Maria massierte nur und liebkoste die Füße des Erlösers. Wie ein Blitz schoss es ihm durch den Schädel: Dieses biblische Gleichnis mit Marta und Maria hatte die Mutter ja ein ums andere Mal in Gesprächen kritisch kommentiert. Sie hatte sich auf Martas Seite gestellt, während er immer auf Marias Seite gestanden, dies jedoch nie zugegeben hatte, weil er Streit oder auf jeden Fall Disput in theologischen Fragen vermeiden wollte, besonders mit der Mutter; aber jetzt war es leicht, sich Marias Fingerspitzen vorzustellen, wie sie auf dem Fuß des Erlösers hin und her hüpften. Und dieses schwer zu deutende biblische Gleichnis verdrängte fast das Gleichnis von Burmans ältester Tochter, die ins Unglück geraten war (mit Stefan); es drehte und drehte sich in seinem Schädel, und die Bilder wechselten, wie Blitze. Aber vor allem war es ihr Körper auf dem Fußboden, der etwas im Hohenlied glich, allerdings ohne die aufdringlichen Worte des Psalmisten, der Holzfußboden war astfreie Kiefer, die durch die Schritte von Jahrhunderten so blank und poliert war, als lägen die beiden Unbekleideten auf Eiderdaunen.

Das war das Wort, *Eiderdaunen*!

Die Larssonfüße hatten gleichsam über Hunderte von Jahren Eiderdaunen aus dem astfreien Kiefernholz hervorgenutzt, und als er auf ihren Körper blickte, der kleine Zuckungen machte und kaum richtig still liegen konnte, obwohl er sie so vorsichtig streichelte, wie er konnte, dann waren es doch mehr die Worte des Psalmisten, die sie verkörperte.

Seligkeit zum Beispiel. Vielleicht war auch Maria ein Vorbild. Und legte man diesen Körper, auf den er blickte, mit den Worten des Psalmisten und Marias Vorbild, als sie die Füße des Erlösers knetete, zusammen, plus das leichte Hüpfen ihrer Fingerspitzen, dann schob das in hohem Ausmaß die Furcht vor der ewigen Verdammnis zur Seite.

Gerade da öffnete sie die Augen und sah ihn so seltsam an, als läge ihr viel daran, dass es ihm gutgehe. Aber gleichzeitig hatte sie etwas Blankes im Blick, als sei sie ein wenig besorgt darüber, was er empfand; dennoch war ihr Gesicht von etwas Empfindlichem erleuchtet, oder nur von etwas, woran ihr sehr lag.

»Wenn du willst«, sagte sie mit etwas beinahe Zärtlichem in der Stimme, oder bittend, ein wenig besorgt auf jeden Fall, »wenn du willst, wäre es am besten, wenn du ein oder zwei Zentimeter versuchtest, denn dann weißt du, ob der Schmerz in der Vorhaut für immer weg ist.«

»Weiß ich es dann«, hatte er nach einigem Nachdenken gefragt.

»Ich glaube schon«, hatte sie gesagt. »Vielleicht zwei Zentimeter.«

Sie hatte sich da auf dem Holzfußboden zurechtgerückt und begonnen, gleichsam zu summen, auf diese natürliche

Art und Weise, die ihm zu verstehen gab, dass all dies völlig natürlich war, und er beobachtete, dass sie, trotz allem, weiter mit kleinen, nahezu zerstreuten Bewegungen der Fingerspitzen seine Eichel massierte, von der die Vorhaut jetzt die ganze Zeit zurückgezogen war; und anschließend hatte sie das rechte Bein ein wenig hochgezogen und angewinkelt, dass er von der Seite näher heranrücken konnte.

»Du sagst aber Bescheid, wenn es weh tut«, hatte sie gesagt. »Du Lieber du«, hatte sie hinzugefügt, »ich will doch nicht, dass es weh tut, aber es ist besser, du versuchst es mit mir, falls es weh tut, versprichst du, dass du Bescheid sagst?«

Er hatte wieder bemerkt, dass sie, obwohl sie Stockholmerin war, oder genau genommen südlich davon, plötzlich gleichsam einen Klang der Skelletmundart bekam, aber er vermutete, dass sie ihn damit beruhigen wollte, weil er wieder angefangen hatte zu zittern, oder vielleicht sogar zu beben.

»Ja, ich sag Bescheid«, hatte er geantwortet, und da hatte sie sein Glied, mit der Eichel an der Spitze, gleichsam ganz dicht an die Spalte gezogen und sich ein wenig zurechtgerückt, so dass er eine Winzigkeit hineingekommen war, aber nicht mehr als vielleicht zwei Zentimeter.

»Wenn du dich jetzt eine Winzigkeit bewegst«, hatte sie da geflüstert, so leise, das das Fliegengesumm vom Fenster sie beinahe übertönte, »dann weißt du es.«

»Was weiß ich«, hatte er gefragt.

»Ob es weh tut.«

Dies war es ja, wovon er geträumt hatte, und er wusste, dass dies auf dem Fußboden in der Larssonküche gerade jetzt etwas war, was er noch nie erlebt hatte. Dies war das Hohelied und die Ewigkeit und Zeit, alle Zeit vielleicht, und nie würde er es stärker erleben, aber dann hatte er ja auf jeden Fall *das Höchste* erlebt, wenn man es so sah.

Dies hier war *das Leben, von dem die Rede war*, genau dies.

Und sie hatte gesagt *zwei Zentimeter* und sein Glied, mit der Eichel an der Spitze genau zwei Zentimeter eingeführt in dieses sehr Warme, das der wahre Sinn des Lebens war. Denn so kam es ihm vor. Es war etwas vollständig Komisches in diesem allen, und mitten in dem ganzen Chaos und dem Fliegengesumm und dem astfreien Kiefernholzboden in der Larssonküche, und den Resten des Gesprächs über die Bücher von Bernhard Nordh, mitten in alldem bekam er es nicht zusammen und wurde in dieser heiklen Situation von dem Gedanken übermannt, *dass es dies war, durchzukommen! Wie jene, die plötzlich heftig erlöst wurden! Genau so war es, durchzukommen und erlöst zu werden!* Obwohl gleichzeitig Ratlosigkeit. Es klingelten ja schrille Alarmglocken überall, Sünde! Und ins Unglück geraten! Es war Stefan! Hatten Burmans Älteste (und Stefan) es genauso gefühlt, und nicht als Sünder zum Abendmahl zu gehen! Die Alarmglocken dröhnten, fast so laut wie das Fliegengesumm am Fenster! Und gleichzeitig waren ja diese zwei Zentimeter etwas so Unbeschreibliches! *Etwas so Unbeschreibliches!* Nie hatte er sich vorstellen können, dass diese zwei Zentimeter hinein in den Sinn des Lebens so unbeschreiblich sein konnten.

Sie hatte beide Augen geschlossen und die Hand von seinem Glied weggenommen und die beiden Lippen da unten, also nicht die Mundlippen, gleichsam zu einem V-Zeichen geöffnet und kicherte, aber nicht für ihn. Er war fast sicher, dass sie nicht an Sünde oder Alarmglocken dachte oder auch nur an Maria und ihr Massieren der Füße. Sie sah aus, als ginge es ihr richtig gut, und kicherte, und dann schlug sie die Augen auf und sah ihm direkt ins Gesicht und sagte:

»Lieg nur still.«

»Isses in Ordnung so mit ungefähr zwei Zentimetern?«, hatte er da gefragt, weil ihm sonst nichts einfiel. Aber er war ja froh, dass sie überhaupt etwas gesagt hatte, denn da verschwanden die lärmenden Kirchenglocken sozusagen, und nur die zwei Zentimeter mit dem *Sinn des Lebens* blieben zurück.

»Schön«, hatte sie gesagt. »Wunderschön.«

Dann hatte sie begonnen, sich ein wenig zu bewegen, fast gar nicht, aber er spürte, dass es schwer wurde, sich an die Zweizentimeterregel zu halten, und sie schien beinahe ein bisschen atemlos und hatte wieder die Augen geschlossen.

»Leg dich auf mich«, sagte sie plötzlich, als sei ihr etwas eingefallen.

»Wie meinst du?«, hatte er gesagt.

Da hatte sie es ihm gezeigt. Und dann legte sie die beiden feinen Hände um seinen Rücken und zog ihn sehr langsam hinein, und er fühlte, dass es nicht mehr zwei Zentimeter zur Pforte zum Sinn des Lebens waren, es ging mitten hinein in den Sinn des Lebens, ins Zentrum des Lebens gleichsam, auf den Grund und in den Sinn von allem, dies war der Sinn des Lebens, beinahe wunderbarer als erlöst zu werden, und da hob sie ihn fast wieder hinaus, und er wurde beinahe ängstlich, nicht zu den zwei Zentimetern da an der Pforte des Lebens zurückkommen zu dürfen, es war wie ein überwältigender Verlust. Wahrlich, wahrlich, doch da zog sie ihn wieder hinein. Und nach einer *nahezu unermüdlich langen Weile* des Hineinziehens und Hinausstoßens hatte sie ihren Kopf nach hinten gebogen und beide Augen geschlossen gehalten und war immer atemloser geworden und hatte ihn gleichsam gepumpt, und gleichsam ihren ganzen Körper unter seinem zusammengekrümmt, und dann etwas Undeutliches gesagt, das er zuerst nicht verstand, und dann, nach nur einer Minute, höchstens, vielleicht nur wenigen Sekunden, die Augenlider geöffnet und ausgeatmet und nach oben an die Larssondecke gestarrt und dann gesagt, *Jetzt kannst du spritzen, wenn du willst.*

Und das wollte er.

Er hörte dann selbst, dass er gleichsam gestöhnt hatte, aufgrund dessen, *was er bekam*, leise, aber es hatte auf jeden Fall das Dröhnen der Fliegen im Küchenfenster da auf dem Larssonhof übertönt.

Und er begriff jetzt, zum ersten Mal, was er zuvor geahnt hatte: Dies war tatsächlich der Sinn des Lebens. Er war durchgekommen. Dies war das Leben.

Es war wohl ein Sonntag. Er erinnert sich nicht genau. Es ist ja so viel Zeit vergangen.

Sie hatte sich angezogen und war zum Wassereimer gegangen und hatte aus der Kelle getrunken und ganz natürlich geplaudert.

Er sollte ja gehen.

»Es war so lange her«, hatte sie gesagt und ihm den Rücken zugekehrt und das Gesicht abgewendet.

»Es war schön. Ich danke dir.«

»Dir selbst auch vielen Dank«, hatte er erwidert.

Sie hatte ihn da angesehen und gelächelt, als habe er genau das Richtige gesagt.

»Aber eins musst du mir versprechen«, hatte sie gesagt. »Dass du nie jemandem etwas hiervon erzählst. Nie jemandem, nie niemals.«

»Doch, ich verspreche es.«

»Sicher?«, hatte sie gesagt.

»Sicher.«

Und dann war er gegangen.

Aber jetzt ist es so viele Jahre her. Da kann es auch egal sein.

Kapitel 5

Das Gleichnis
vom innersten Raum

Vielleicht war es halluzinatorisch gewesen, es fiel ihm schwer, das klar zu sehen; war er von Anfang an in den falschen Glauben gerutscht, oder war er erst jetzt auf dem richtigen Weg? Was verneint er, warum der ironische und höhnische Ton; war wirklich die verneinende Tante das Vorbild des Jungen?

Dann war die Offenbarung in ihn eingetreten. Aber es konnte wohl nicht nur die Frau auf dem astfreien Kiefernholzboden sein?

War es wirklich so, dass er zitternd vor Kälte und am ganzen Körper von Glaubensschauern geschüttelt die ersten Schritte auf dem Weg der Selbsterlösung getan hatte. Oder war er auf dem Weg zurück zu dem gleichgültigen Erlöser?

Der stumm, mit einem wachsamen Blick, gierig die Arme öffnete, wie um ihn zu umarmen und ihn zu vernichten?

Er hatte, später, die Sexualität immer so aufgefasst, als sei sie die Öffnung der innersten Tür zu einem anderen Menschen. Es gab andere Türen, aber diese war die innerste, und die entscheidende. Er öffnete, sie öffnete, so traten sie ineinander ein, in einer vielleicht kurzen Begegnung, es konnte schön sein oder falsch, aber es war *ein Eintreten in den innersten Raum.*

Man trat ineinander ein, und hinterher war es nie mehr wie vorher.

Manchmal wurde dies Machtausübung genannt. Er hatte das nie verstanden. Man übte doch keine Macht aus, indem man gemeinsam den innersten Raum aufsuchte. Man hob alle Macht auf und war vollkommen schutzlos. Es war der einzige Augenblick, in dem man schutzlos sein konnte, ohne Angst zu haben. Dann verließ man den innersten Raum und dachte, dass die Tür jetzt wieder geschlossen war, aber man wusste ja, wie es gewesen war. *Man war zusammen dort gewesen*, und es war ganz still gewesen. Man war eingetreten, wie Kim und sein Lama in den Fluss des Pfeils hinabgestiegen waren. War es nicht so?

Er war in sie eingetreten, zuerst zwei Zentimeter, hauptsächlich als eine abwehrende Geste. Dann dem Geheimnis sehr nahe. Dann da.

Warum verlangten sie, dass er begreifen solle. Man kann das Unbegreifbare wohl nicht begreifen. Das Geheimnis mit dem Fluss des Pfeils war, dass dies der innerste Raum war, in den man hinabstieg. Und dann war es vollendet. So hatte er es verstanden. Fünfzehn Jahre, und er sah es! Es ist klar, dass er sich schämte, weil er es vorher nicht verstanden hatte.

Kim? Kim? War es nicht so?

Der innerste Raum war mit weichen Häuten ausgekleidet gewesen, an deren Farbe er sich nicht richtig erinnern konnte, es war ja so dunkel gewesen dort drinnen, aber es war doch eine Farbe gewesen, es hing wohl ein bisschen davon ab, wie es gewesen war. Man konnte es sich vorstellen. Am besten war es vielleicht, sich ein weiches Rot vorzustellen: kein helles Rot, aber ein weiches Rot. Die Herrnhuter waren die Einzigen, die richtig verstanden hatten, was das sexuelle oder das religiöse Erlebnis war, das warme, freundliche Blut, in der Wunde zu tanzen, spielend wie Kinder. Sie hatten Riten, die dies bekräftigten, wie die Hochzeit; in dem abgeschiedenen Raum getraut zu werden, nackt, allein, einander umfangend, im Sitzen. Es war verboten zu *beschreiben*, wie es war, wenn sie den innersten Raum mit den Häuten und der warmen Farbe betraten.

Die *Beschreibung* war tödlich für die Heiligkeit des innersten Raums. *Man musste sagen Heiligkeit!* Es war keine Blasphemie. Die Selbsterlösten auf'e Burheide gaben'e Erlaubnis! Und er hatte es erfahren! Und er hatte einen Freibrief dafür, nicht beschreiben zu müssen, was er erfahren hatte! Aber er war durchgekommen! Obwohl er erst fünfzehn Jahre alt war! Und da hatte er das Recht, es nicht verstehen zu müssen!

Wenn man sich nur die Zeit ließ, den Häuten und den weichen Bewegungen im innersten heiligen Raum zu lauschen, dann konnte man erahnen, *wie es war*. Und musste dieses Glaubenserlebnis nicht beschreiben. Dies mit den Benennungen dürfte es gar nicht geben. Er wusste, ungefähr so sollte es sein. Sich vorzustellen, dass das Kind es richtig erahnt hatte, obwohl es ein Kind war!

Es dann vergessen, so viele Jahre.

Und dann *erinnerte er sich*, gerade als der Krankenwagen Fahrt aufgenommen hatte und er abhob, wie ein Albatros über der Eiswüste. Flog man hoch, konnte man ruhig denken, zum ersten Mal.

Jetzt, bald, sollte er da denken.

*

Im Oktober 2011 plötzlich heftige Blutungen.

Er starrt an die Decke des Krankenwagens, war es diesmal ernst? Es ist der Enquistmagen, der am Ende zuschlägt, im Alter von siebenundsiebzig Jahren. So komisch, er ist ja so viele Male auf dem Weg gewesen. Zwei Herzoperationen.

Der Magen, das Loch, das die einfältigen Helfer nicht wie-
derfanden. Aber erst jetzt! Im Oktober 2011!

Und alles, wozu die Zeit nie gereicht hat! Wie beim Elof!

War er wirklich der Einzige in der Familie, der all diese komischen körperlichen Eigenheiten kultivierte? Besonders
den Magen! Es war ja hauptsächlich dieses *Kuriose*, bei dem
sie sich aufhielten.

Vor Angst gelähmt, sozusagen. Murmelnd, dass die
Dummheiten natürlich waren, wie der Magen zum Beispiel.
Und nicht Wahnsinn.

Das, was *anderst* war, hatte sich lediglich verkleidet! In
Kunst!

Der Großvater Per Walfrid hatte – nur als ein Beispiel!,
bereits erwähnt! wann hört dieses Wiederkäuen auf! – neben der Dorfschmiede eine Fuchsfarm und hatte einmal einen ersten Preis in Stockholm gewonnen, als er mit dem
Nordpfeil einen Kreuzfuchs von ungewöhnlicher Schönheit
dort hinunter zu einer Pelztierausstellung transportiert und
daselbst aus der Hand der Königin einen Pokal entgegen-
genommen hatte. Schöner als sein eigener Litteris et artibus.

Alle im Dorf sahen das Ereignis mit dem siegreichen
Kreuzfuchs als ein Wunderwerk an, also ein Kunstwerk,
und wurden aufgerüttelt. Es war ein Gleichnis und eine Pro-
phezeiung, die das Unerklärliche daran mindern sollte, dass
der *erkorene Künstler der Familie*, de Elof, mir nichts, dir
nichts starb, bevor er auch nur die Gleichnisarbeit hatte beginnen können.

In der Nähe des Todes waren die Rituale beruhigend.

Die Geschichte vom Kreuzfuchs, das erste durch und
durch biblische Gleichnis des Dorfs, war stark und beruhigend.

Großvater P. W. war der Erste! Es war etwas Großes und Rätselhaftes mit diesem *der Erste*. Es war wie die Frau auf dem Larssonhof! Die man ja auch als ein Kunstwerk sehen konnte, wenn man wollte. Das wollte er auch gern. Es war großartig, der Erste zu sein. Aber dass Großvater P. W., der Dorfschmied, der Künstler sein sollte, der ein Kunstwerk schuf, das in Stockholm einen Preis bekam!

Der Artikel mit dem Foto von P. W. und dem wild starrenden Fuchs auf seinem Arm war auf Seite 12 der Stockholms-Tidningen gedruckt, wurde dann mit der Schafschere ausgeschnitten und hinter Glas an der Küchenwand aufgehängt, wo alle ihn sahen. P. W. hatte deshalb das übliche Jesus-Bild »Kommet her zu mir alle«, das vorher dort gehangen hatte, abgenommen und es in den Schlafzimmeralkoven gestellt.

Danach hatte man im Dorf angefangen, darüber zu reden, dass P. W. Enkvist sich für was Besonderes hielt, und da hatte Großmutter Lova die Bilder zurückgetauscht.

Das Enkelkind hatte diese Geschichte bis zum Überdruss gehört, sie geliebt und sie als Erwachsener in einigen seiner meistgelobten Bücher erwähnt und die Fotografie auf diese Weise geistig wie physisch an einen sichtbaren Platz in der Öffentlichkeit zurückgehängt.

Die Geschichte vom Kreuzfuchs war für ihn ein biblisches Gleichnis. Stärker und kräftiger als die verwässerten und magermilchigen Gleichnisse des Neuen Testaments, wie zum Beispiel das vom verlorenen Sohn. Das war ja nur quälend und scheuerte. Besonders als er selbst aus dem Behandlungsheim, also dem zweiten Irrenhaus für Trinker, dem auf Island, gekommen war und ihm als Widerrede dieses Gleichnis um die Ohren geschlagen wurde, weil alle damit andeuten wollten, dass er bald einen heftigen Rückfall haben würde. Es kam gleichsam zu einem Kampf zwischen den Gleichnissen, nicht wie in der Bibel, wo man nur mitgeschwemmt wurde und zustimmend nicken sollte, obwohl das mit dem verlorenen Sohn schon eine knifflige Sache war, besonders, wenn man voll war.

Das Gleichnis von der Reise des Kreuzfuchses war *etwas kräftiger.*

Schon als Vierjähriger hatte er den Großvater bestürmt, diese auf dem Zeitungsbild *dokumentierte* Legende von der Reise des Kreuzfuchses von Hjoggböle nach Stockholm noch einmal zu erzählen. Und das Enkelkind hatte sich im Geiste daran ergötzt, dass der Großvater P. W. auf diese Art und Weise nationale Berühmtheit erlangt hatte. Und besonders ergötzt angesichts aller Zeugen, dass dieser Kreuzfuchs sich anschließend dafür entschieden hatte, nach Hause zurückzukehren!

Erpähl pom Puchs! Hatte er den Großvater angebettelt, der dann, mit dem Enkelkind auf dem Schoß, Jahr für Jahr gehorsam die Erzählung von der Stockholmreise wiedergekäut hatte, bis er gegen Ende der vierziger Jahre vom *Schlag* niedergestreckt und die Legende zum Gestammel wurde.

Das Enkelkind versteifte sich besonders auf die *Heimkehr des Kreuzfuchses.* Der Erfolgreiche war demütig und kehrte ins Dorf zurück! P. W. hatte im Sinn des Kindes besonders der Tatsache Nachdruck verliehen, dass der erfolgreiche Fuchs zurückgekehrt war! Dies mit den Stockholmern! Und der Königin! War nichts gegen die Heimkehr zu den Seinen. Nachdem er *pom Puchs erpählt* hatte, pflegte der Großvater mit dem Kind hinauszugehen ins Freie und hinter dem Lokus gemeinsam das Kunstwerk zu betrachten, das nicht abgeschossen und in Pelz verwandelt worden war, sondern quicklebendig wie das beinahe biblische »Gleichnis vom Kreuzfuchs« dort umherging.

Zuweilen hatte der Großvater dann ein Kirchenlied angestimmt, besonders das reichlich düstere, aber leicht singbare »O Haupt voll Blut und Wunden«, von dem sie wussten, dass es den Fuchs anlocken würde, und in der Tat! Der Fuchs hatte zunächst still in der Einzäunung hinter dem Lokus gesessen und sie betrachtet, dann hatte der Großvater unisono »O Haupt« angestimmt, mit der mächtig klagenden Stimme, die die richtige war für »O Haupt«, dann war der Kreuzfuchs herausgekommen und hatte dem Jong und seinem Großvater forschend geradewegs in die Augen geblickt. Und da, auf einmal, hatte er verstanden, was der Kreuzfuchs von ihm wollte.

Er, der die große Reise gemacht hatte, P.W.s Kreuzfuchs, hatte eine Botschaft. De Elof war mir nichts, dir nichts gestorben und also nicht mehr der erkorene Poet und Verkünder. Jetzt war de Perola anne Reihe.

Er war der Auserkorene. Ein bisschen wie Jesus, eigentlich. Und es war groß. Und da war de Perola verdammt.

War es übrigens nicht erschreckend, wie er in den ersten Jahren des 21. Jahrhunderts so schnell den Alten in der Familie zu gleichen begann, lange nachdem diese heimgerufen worden waren zum Erlöser?

Was für Gene steuerten ihn? Oder saß da jemand, hinter den Galaxien, wo nur Flash Gordon hingelangte, und steuerte ihn und sie, als wäre das Leben ein Hundegespann? War er überhaupt frei?

Er konnte, als Gealterter, lange vor dem Spiegel stehen und sehen, wie seine Unterlippe mehr und mehr der zitternden Unterlippe ähnelte, die seine geliebte Tante Elsa aufwies, bevor sie gestorben war. Sie war zweiundneunzig Jahre alt geworden. Die zitternde Unterlippe war ihre, aber jetzt seine.

Wie war das zugegangen?

Er schien aus Körperteilen zusammengenäht, die es in der

Familie gab. Es war wie Frankensteins Monster, und man sah nicht, wo die Nahtstellen waren.

Wo hatte er das her? Dass er der Kreuzfuchs war! Und *die Botschaft hinaustragen* sollte!

Kein Wunder, dass die Unterlippe zitterte.

*

Im Arbeitsbuch mehren sich Aufzeichnungen über *die Schuld am Geschriebenen, aber hauptsächlich am Ungeschriebenen, das nicht aufgezeichnet werden konnte.* Hierhin gehörte ja das Gleichnis von der Noterlösung Siklunds durch den Tod und die Auferstehung der Katze.

Dass er schrieb, oder *verkündete*, wie der Kreuzfuchs es ausgedrückt hatte, also zunächst viele Jahre ganz weltlich, aber dann mit einer versteckten Hinwendung zum Geistlichen, auch wenn er sich höhnisch gab, um sich nicht schämen zu müssen; dass er niederschrieb, bedeutete nicht nur, Botschaften zu vermitteln, als wäre er ein auserkorener Kreuzfuchs, der ohne eigenes Verschulden von Jesu Ruf ereilt wird, Kunstwerke unter den Heiden zu verbreiten.

Es bedeutete auch eine Verantwortung. Für das Ausgelassene.

Am schlimmsten war es an einem Herbsttag 1977, eine Explosion gleichsam, als er erfuhr, dass Siklund sich im Irrenhaus eine Plastiktüte über den Kopf gezogen und das Leben genommen hatte. Und zehn Jahre später hatte er dieses Gleichnis als Hilferuf für seine eigene Erlösung vom Saufen benutzt, wenn auch vergebens! und voller Scham!

Es war ja nicht das einzige Mal. Aber das schlimmste. Die anderen Male stimmte es nur nachdenklich.

Aber wenn es alles addiert wurde! Dann musste man sich zusammennehmen, wahrlich!

Er hatte einmal ein Theaterstück über den legendären dänischen Kommunistenführer Aksel Larsen verfasst, der zum Verräter wurde, und darüber, wie *seine Überzeugung Risse bekam*. Wie der kommunistische Fundamentalismus zusammenbrach, von innen heraus. Am Ende konnte dieser Larsen sich nur noch auf das altmodische Wort »Gewissen« berufen. Aber hatte er es gewagt? Nein! Die fundamentalistische Schale, die er selbst aus dem Bethaus so gut kannte, war für Larsen ein Schutzpanzer gewesen, jetzt stand er frei und nackt da, und es wurde einsam um ihn. Und wehte ziemlich kalt.

Er inszenierte das Stück selbst fürs Fernsehen. Wie wunderbar, in der Gruppe zu arbeiten! Weit entfernt von der normalen Isolation, der sich ein Verkünder aus dem Norden aussetzte, wenn er schrieb. Die Schauspieler Josephson, Granhagen und Wollter waren im biblischen Sinne so wahr angesichts seiner Textstummel, als wären sie, wahrlich!, *durchgekommen* und als wäre ihnen die Gnade zuteil geworden.

Zuerst hatte er sich vor der Verantwortung, Anweisungen zu geben wie ein Vorbeter, gefürchtet, und war gleichsam im Kopf zitterhändig geworden, doch dann hatte er sich gefasst.

Alles wäre himmlisch gelaufen, hätte er nicht, nachdem das Stück in den Fernsehgeräten ausgestrahlt worden war, von einem Mann in Norsjö, Tallstigen 12, wenn er sich richtig erinnerte, einen Brief erhalten, in dem die Vorstellung gelobt wurde. In dem der Mann erzählte, wie viel die Vorstellung ihm bedeutet und wie sie sein Leben verändert habe.

Es sei wie ein Weckstoß in der Kirche gewesen. Er habe sich *geistlich diesem Enquist überlassen*.

Das war ein Schlag. Für diesen Enquist!

Der Mann wohnte in einer kleinen Ortschaft und war Mitglied in der Gemeinde der Zeugen Jehovas. Nicht nur er, sondern auch seine Eltern und seine Ehefrau und die Kinder. Und die Zeugen Jehovas waren eine ziemlich strenge Gemeinde und ziemlich gefestigt in ihrem Glauben. Und man stellte diesen Glauben nicht in Frage und verließ die Gemeinschaft nicht ungestraft. Aber dann hatte der Mann, der den Brief geschrieben hatte, dieses Stück über den Zusammenbruch des kommunistischen Fundamentalismus gesehen und angefangen, darüber nachzugrübeln, was er selbst glaubte, und über die Gemeinde und den Fundamentalismus. Und war dies nicht ein Sektenverhalten, das den Verstand ausblendete?

Und das Gewissen.

Sollte dieser sein Gewissen jetzt höher stellen? Über den anerkannten Glauben? Und es war ja außerdem allgemein bekannt, dass der Verfasser des Theaterstücks in seiner Jugend einmal der Erweckungsbewegung angehört hatte und innig gläubig gewesen war. Und also im Glauben nicht stumm gewesen. Sondern eher überquellend. Und dann war ein Monat vergangen, nachdem das Stück im Fernsehen ausgestrahlt worden war, und der Mann aus Norsjö hatte sich, unter Gebeten und Seufzen, Gedanken gemacht und sich dann ein Herz gefasst und der Gemeinde davon erzählt und gesagt, dass er ein Theaterstück über Fundamentalismus und Gewissen gesehen habe und dass es von einem allgemein geachteten Schriftsteller verfasst war. Und dass sein Gewissen ihn jetzt dazu gebracht habe, nachzudenken.

Die Vernunft hatte ihm gesagt, dass er bisher in einer Sekte gelebt habe, doch jetzt wolle er nein sagen. Und daraufhin war er ausgestoßen worden, nicht nur aus der Gemeinde, sondern auch von der Familie. Von Frau, Eltern und Kindern. Und hatte ausziehen müssen, praktisch auf ungesatteltem Pferd.

Jetzt lebte er allein. Und in Stockholm.

Sein ganzes Leben lag in Trümmern, aber er hatte Frieden mit seinem Gewissen geschlossen.

Obwohl es ja ziemlich einsam war. Aber alles beruhte auf diesem Stück, das ihn aufgerüttelt hatte, und jetzt wollte er dafür danken, dass er zur Einsicht gekommen war. Und Frieden mit seinem Gewissen gefunden hatte. Obwohl es im Privatleben ja ein wenig einsam geworden war. Er hatte den Glauben verlassen, und da hatten alle, die er zuvor geliebt hatte, ihn verlassen. Er hatte sich sozusagen der Vernunft ausgeliefert.

Der allgemein respektierte Schriftsteller hatte in der folgenden Nacht keinen Schlaf gefunden. Man hat eine Verantwortung für das, was man schreibt, das ist ja die allgemein vertretene Meinung. Aber er hatte nun auch eine Verantwortung für *das Leben eines anderen*, das jetzt in Reinheit gelebt wurde. Aber in Trümmern lag. Der Mann aus Norsjö, vermutlich Tallstigen 12, das war also die alte Anschrift vor seinem Umzug, hatte die Konsequenzen aus einem Theaterstück gezogen. Das außerdem seines war!

Er hatte verkündet. Zweifellos. Und einer in der Norsjögemeinde hatte sich ergeben. War es nicht so, wie es sein sollte? Aber hatte er den Mann vom Tallstigen 12, das war die Adresse vor dem Umzug, nicht *umgestoßen*! So dass er unglücklich wurde? Wahrhaftig, aber ruiniert? Hätte es vielleicht eine Antwort auf diese Frage gegeben, wenn er selbst seine geplante Predigerausbildung in der Evangelischen Vaterländischen Stiftung in Johannelund – im übrigen nie begonnen – absolviert hätte?

Weil er unsicher gewesen war, was er sagen sollte, und sich angesichts der Verantwortung unlustig gefühlt hatte, hatte er den Brief nicht beantwortet.

Aber war es nicht genau dies: *zu dichten*! Und was die Mutter dazu berechtigt hatte, den Notizblock beinahe zu verbrennen? Und der Mann von den Zeugen Jehovas hatte sich auf die Forderung dieses Enquist hin der Vernunft ausgeliefert, aber E selbst lag da im Krankenwagen und hechelte wie ein alter Hund und versuchte, den Erlöser zu überreden, *ihn zurückzunehmen*! Man fasst sich an den Kopf!

Doch der Siklundjunge im Irrenhaus war schlimmer. Die Katze, die starb und wiederauferstand, und dann starb er und wurde aufgenommen, und *das Wunder war möglich*. Er hatte, während er schrieb, wirklich fest geglaubt, dass das Wunder möglich sei! Auch für ihn! Sturzbetrunken und zitterhändig hatte er um das Wunder gebettelt. Und sich in diesem Theaterstück zu diesem Glauben bekennen wollen!

Und behauptet, die Auferstehung sei auch möglich für den Säufer in Paris.

Er war ja voll und verzweifelt, als er schrieb. Und da war der Erlöser die einzige Zuflucht. Und so schrieb er »In der Stunde des Luchses« und wurde aufs Neue erweckt. Wie ein Häufchen Elend kroch er zu den Füßen Jesu und bettelte um Gnade. Wiewohl das Gebetsgestammel Theater genannt wurde.

Aber ganz schön klein war er, als er da kroch!

Und dann kam Island. Aber wesentlich früher geschah das mit der Auferstehung der Katze und dem Wunder. Wofür er sich ohne Zweifel schämte, weil es unmöglich war. Aber dennoch. Und endlich einer, der ihm vom Geheimnis des Rads, dem Fluss des Pfeils erzählen wollte.

Und die Einsicht, die das Geheimnis der Katze war.

*

Es kam jetzt in kürzeren Abständen, es blutete und hörte auf, und dann das Herz, und dann blutete es wieder.

Diagnose? Musste er nicht jetzt damit aufhören, wiederzukäuen?

Trieb man die Selbstprüfung zu weit, wurde man ja verrückt, wie Augustinus. Aber es musste einem doch erlaubt sein, sich vorzustellen, wie der Vater gestorben war, *nur als ein Beispiel*. Es musste doch auch für die armen Teufel von Dichtern Barmherzigkeit geben, wie den Trunkenbold Sibelius zum Beispiel, diejenigen, die nicht *sicher* das Geheimnis ihrer selbst kennen, sich aber erlauben, *angsterfüllt zu ahnen! und niederzuschreiben*, genug jetzt hiervon.

Etwas im eigentlichen Todesprozess, also des Vaters, nicht der Freunde, verwirrte ihn. Es können die Worte aus dem im Norran gedruckten Nachruf sein, dass der Vater »das Bessere gewonnen« habe.

Aber wenn es so war! Kein Gejammer mehr! Er hatte sich wohl einfach zusammengenommen und war gestorben! Und es war also nur ein Albtraum, als der Vater, in dem Bild auf dem Handy, hilflos wie ein vom Schlag Gerührter versucht hatte, *Wörter und Ratschläge für den Sohn* hervorzupressen.

Das Passende war ja eher dieses ständige *Lappalien!*, das Karl XII. ausstieß, wenn er eine Schlacht verloren hatte oder sein Adjutant mit einer klaffenden Bauchwunde vom Pferd sank. Dieses Wort, das aus dem bekannten Buch *Karl der Zwölfte und seine Krieger* stammte, welches er in seiner Jugend viele Male gelesen hatte, hatte er sich zu Herzen genommen, wenn ihn Nervosität überkam. Dann sollte man denken: *Lappalien!* Aber wie hatte der Vater gedacht? Abgesehen von dem, was im Norran stand; es war ja nicht bekannt, wer diese Schlussworte niedergeschrieben hatte, es kann Großmutter Lova gewesen sein, die Dorfchronistin.

Er begann schließlich den Nachruf des Vaters zu mögen. Er war rein. Keine Verkrampftheit, von der es im Arbeitsbuch zu viel gab, diese ständigen, wiewohl zitterhändigen *frohen Gedanken*.

Aber er hörte, in seiner eigenen Glaubensangst, oft den kreischenden Ton der ungespielten Geige. Und in der Partitur seiner eigenen achten Sinfonie wurden es nur verzweifelte Ausrufezeichen, und ein vereinzeltes *Lappalien*.

Er hat Angst. Das ist die ganze Sache.

Allerdings – nur in einem modernen, topp ausgerüsteten Krankenwagen, mit Satellitenverbindung zur kardiologischen Abteilung in Karlstad, kann man die Gedanken über das Leben, den Tod und die sexuelle Lust sammeln.

In Värmland hatte er die Verlockung gespürt.

Hatte er nicht gerade eine Epistel über die Pfingstbewegung und den Herrnhutismus niedergeschrieben? Doch ohne mit einem einzigen Wort vor der Gemeinde und allen Zeugen zu bekennen, was ihn an diesen frommen Sekten gelockt hatte: nämlich die Sexualität! Die Lust! Und sich deshalb, als es vorbei war, in seiner ganzen Verlogenheit, eigentümlich leer und ausgelaugt gefühlt. Aber diese geistige Mattheit, die nicht vom oberen Magenmund oder von wachsenden Pfropfen in seinem immer langsamer arbeitenden Herz herkam, hatte wohl eine andere Erklärung. Hatte nicht Sibelius eine Antwort zu geben? Als dieser die verbotenen Notenzeichen niederschreiben sollte, wurde er gleichsam gelähmt, nahezu allmächtig und vermochte sich nur durch den herrlichen Branntwein ins Leben zu retten – und wurde dann deswegen getadelt!

Man wundert sich!

Obwohl – hätte er sich nicht damit begnügen können, wie die Mutter, »Still ruht der See« zu orchestrieren, wo die zweite Stimme ja schon eingeübt war? Statt sich dem Tod zu nähern mit der Achten Sinfonie in Fetzen, wo die armseligen

Noten von herabgerutschten Hosen aufgefangen wurden, die an den Füßen hingen?

Gedankenlos und dumm? Nein! Er hatte erwidert: *Nix da!!!*

Das war die Botschaft von Sibelius. Die Achte Sinfonie sollte die Natur der Liebe erklären. Hatte er selbst nicht, beinahe wissenschaftlich, das Gefühlsleben des Monsters und Doppelschädels Pasqual Pinon erklärt, und die Empörung seiner Ehefrau Maria, als er untreu war? Und als Rache für seine Untreue! Als Sinnbild für die Verzweiflung und Normalität der Ehe! Hatte sie nicht – sie, der obere, festgewachsene Doppelschädel, der ja nicht sprechen, sondern nur stumm die Lippen bewegen konnte, als wäre sie ein Bild auf einem Handy! –, hatte sie nicht *böse gesungen*?

War dies das Bild der Liebe? Aber welcher? Die langsame und weiche Verzweiflung, wie die zweite Stimme in »Still ruht der See«, wie die Frau auf dem Larssonhof oder die schneidenden Bittrufe der verworfenen Noten in Sibelius' schlabbernden Hosen.

Er hatte kaum noch Zeit. Lappalien. Gib nicht auf. *Nix da!*

Dies war der Standpunkt, wenn es schneidend wurde. Die Bewegungen des Mundes im Handy stumm, aber sprechend.

Die Schuld der Geige? Oder auf jeden Fall des Bogens?

Es war, hatte er sich gesagt, *naturschön* in Värmland, dicht an der norwegischen Grenze.

Er fuhr jeden Tag mit dem Rad um den See, und es waren zehn Kilometer, nachgemessen! Er keuchte schwer, aber da war irgendein Echo im Innern des Keuchschädels, das ungewöhnlich war, das er nicht kannte; wie ein stilles Knirschen, vielleicht von Papas Geige, die ungespielt gewesen war, sich jetzt aber selbst in Gang setzte; es war nicht *wie Posaunen-*

schall, sondern ein etwas ängstliches Streichen. Er versuchte es als *eine Botschaft vom Vater* zu sehen, etwas anderes konnte es wohl nicht sein?

Es erfüllte ihn in gewissen schlaflosen Nächten mit einer eigentümlichen und glücklichen Erregung, aber nur in gewissen.

Die Symptome waren ansonsten glasklar. Er hatte Schmerzen in der Herzgegend, ließ sich aber nicht hinters Licht führen, sondern seine eigene Analyse zeigte geradewegs auf Probleme mit dem oberen Magenmund. Hatte nicht sein dritter Roman, schon im Alter von siebenundzwanzig Jahren!, von ihm ausgestrahlt in die Öffentlichkeit, Magenbluten und eine Operation nach Billroth 2 mit sich geführt. Und diese Operation war perfekt verlaufen! Eine Prachtrettung! Hatte man nicht in seiner ganzen Familie Magenprobleme gehabt! Hieß es nicht »der Enquistmagen«? Waren nicht västerbottnische Bauern in seiner Familie seit Jahrhunderten an Magenschmerzen gestorben, einer ererbten Schwäche des Magens, die dazu führte, dass manche direkt, wie aus einer Kanone abgeschossen, heimgerufen wurden zum Erlöser, während andere weitermachten, weidwund wie schreiende Krähen, aber weiterlebend? Fand sich nicht die nahezu intellektuelle Krankheit Porphyrie in den Genen der Familie vergraben? Und alle hatten sie den kränklichen Enquistmagen wie ein Medaillon mit sich herumgetragen, als etwas, das sie vom Gewöhnlichen unterschied. Der Magen *erhöhte* sie alle und hatte sie zuweilen zu etwas Gesegnetem heimgerufen, *über das Gewöhnliche hinaus*, wenngleich in aller Demut.

Er war einer von ihnen. Er sah die Dinge klar. Von einem Herzfehler war nicht die Rede. Die Enquists besaßen Magen, nicht Herz.

Es war ein sonderbarer Frühling und Sommer. Die Hitze schien ihm eine Kuppel überzustülpen, die es ihm schwermachte zu atmen, er fuhr jeden Tag Rad, kontrollierte die Zeit mit der Stoppuhr. Seine Zeiten wurden schlechter und schlechter, doch er erschrak nicht: Es war, als ob ein natürlicher Verfallsprozess ihn mit sich führte, hinein in die Geheimnisse des Enquistmagens. Er fühlte sich damit vereint. Es war bald vollbracht. In Kürze würde er in seinen Wurzeln aufgehen, und in seinen Vorvätern, in ihren Mägen, vielleicht als Überlebender, eventuell als Toter, doch das machte nichts.

Der Magen war also die Heimkehr. Erst wenn er im Enquistmagen aufgegangen, also in den Fluss des Pfeils hinabgestiegen war, würde er die Natur der Liebe verstehen können.

Zum ersten Mal seit langem fühlte er sich ganz. Der Schmerz war logisch. Er konnte schwer atmend auf halber Höhe der Steigungen stehen, später im Sommer am Fuß der Steigungen, und spüren, wie der Schmerz langsam wich und sich verteilte, was dazu führte, dass er mit dem Fahrrad die Steigung hinaufgehen konnte, immer langsamer, und jeden Tag wurde die Sorge seiner Angehörigen irritierender, wirklichkeitsfremder. Es war ja der Magen, der sein Problem war, nicht das Herz; und als er zehn Tage zwangsweise im Krankenhaus in Karlstad lag, wurde seine Analyse immer klarer. Er stellte sich in seinem immer traumartigeren, apathischen Zustand vor, dass er dort Dr. Hultman begegnen würde! Der den Vater umgebracht hatte! Und dann mit ihm ins Gespräch kommen! Mit einem Triumphgefühl registrierte er die verwirrten und verlegenen Gesichter der Ärzte angesichts seiner scharfsinnigen Analysen (der obere Magenmund!, der obere Magenmund!): Die Schmerzen waren wirklich, die Diagnose bewundernswert, war er nicht Schriftsteller! Beinahe Poet!

Und konnte den vier Zentimeter langen Pfropfen, der, wie sich später zeigte, in seinem Herzen saß, ignorieren.

Die Ärzte waren verzaubert von seiner Klarsicht. Aber sahen sie nicht seinen heimlichen Wunsch, nur zu sterben?

Sich still und leise aus dem Staub zu machen?

*

Die seine Bücher lasen, schrieben ja manchmal an ihn, weil sie glaubten, er verstehe etwas. Sie baten ganz einfach um Hilfe. Herr, erbarme dich! Sollte *er* Ratschläge erteilen!

Verkündete man, musste man sich jedoch mit diesem Missverständnis abfinden.

Aber gab es nicht einen Tonfall von Seelsorger in dem, was er schrieb? Abwehrend sowie einladend. Und hochmütig! Seine Verkündigung war demütig, aber doch ausgedehnt wie der Meersee, tief wie Hornavan, vollendet wie Sibelius' Achte, einsichtig patiniert wie das Bahnhofsgebäude von Bastuträsk vor der Stilllegung: Seine Sprache fiel langsam zusammen, die Wörter reproduzierten sich selbst, war das nicht eine Bestätigung? Verbrennen! Verbrennen!

In der Regel lehnte er ab. Er schrieb kurze Antworten und strengte sich an, freundlich zu sein. Dieser Schriftsteller, schrieb er, hat keine Einsicht in irgendetwas, und ich beschäftige mich gerade mit einem großen Werk – doch nicht mit einem Liebesroman –, das meine Zeit beansprucht, und will nicht. Stellung nehmen.

Auf dieses *will nicht* lief es hinaus.

Es ging wohl an, solange er wirklich irgendwie beschäftigt war. Aber den größeren Teil der achtziger Jahre war er ja hauptsächlich sturzbetrunken gewesen. Da hatte ja, was die Antworten betraf, eher Unsicherheit bestanden. So war er, erinnerte er sich, Hals über Kopf in diese wahnsinnige Geschichte mit einer Frau hineingestolpert, die er später Lisbeth nannte. Wonach er das, was geschehen war, verdeckt und revidiert hatte. Er hatte die Liebe in ein Schmierenstück fürs Theater gestopft.

Wieder einmal!

Warum musste er hineingezogen werden. Im übrigen war er ja beinahe ständig betrunken. Und schlief dann meistens. Verkünder, war ihm klar geworden, hatten das Recht zu schlafen. Den ewigen Schlaf. Es hatte damals, 1977, damit angefangen, dass dieser Anruf von Lisbeth gekommen war, und er hatte zugehört und war eigentümlich erregt gewesen, als ginge dies ihn etwas an, und dann hatten sie sich getroffen.

Das mit dem Jungen, Siklund, war anderst. Er wusste ja, dass sich Siklund geradezu krankhaft in seine Bücher hineingesteigert, sich fast für eine Gestalt in ihnen gehalten, im übrigen seinen Vornamen hergeliehen hatte. Er war ja außerdem ein Cousin dritten Grades. Und dass diese Lisbeth, mit der er in Uppsala ein Verhältnis gehabt hatte, Siklund jetzt als einen Teil ihrer Examensarbeit betrachtete, und dass es einen Zusammenhang gab.

Wenn er an Lisbeth dachte, war es immer *total hoffnungslos*. Er hatte sie viele Jahre gekannt, als *eine nie erkaltende Flamme der Lust*: Genauso schreiende Bilder stellten sich ein, und falsche. Immer wenn er an sie dachte, kamen zerfallende Bilder dabei heraus, Geschwafel. »Die nie erkaltende Flamme der Lust«! Eine zerfallende Sprache! Es war wie ein Krebs an der Niederschrift. Man wurde gelb und schrumpfte ein und starb. So war es mit der Sprache der Lust; er verzweifelte schier, wenn er las, was er krampfhaft niedergeschrieben hatte, und wollte aus Protest aufgeben. Es wurde so, alles kehrte durch sie wieder, obwohl sie sich nie sahen, und nie hatten sie sich im *Sinne des innersten Raums* geliebt.

Nie als Herrnhuter!

Mechanisch wiederholt er die Versuche, einen Liebesroman zu schreiben.

Lange glaubte er, durch das Beispiel Søren Kierkegaards und seiner Regine eine Erklärung für die innerste Struktur der Liebe gefunden zu haben. Erst als dieser Kierkegaard sich zu einem Ungeheuer entwickelt hatte, *das von der Geliebten verabscheut wurde*, konnte er frei werden und *wahrhaftig* über die Liebe zu ihr schreiben.

Das war Kierkegaards Syndrom. Der Gedanke hatte ihn in seinen Bann geschlagen.

Völlig krank. Der Charakter des Arbeitsbuchs als auf dem verkommenen Abfallplatz, der einmal Granholmen gewesen war, aufgestellte Mülltonne war immer komischer. Kierkegaards Syndrom war nicht einmal eine halb brauchbare Entschuldigung. Handgeschriebene und zerknüllte Fragmente.

Lichtjahre entfernt von der Frau auf dem astfreien Kiefernholzboden.

Er sagt sich, dass es nach *Entweder – Oder* aus dem Ruder läuft, jenseits der Vernunft des Fliegenfängers. Søren und Regine jetzt auseinander, wie siamesische Zwillinge nach der Operation. Nach der Trennung hatte Regine sich jedes Mal zu Søren vorgebeugt, wenn sie auf dem Sandweg vor dem Haus Sortedam Dossering 25 aneinander vorbeigingen und mit leiser Stimme geflüstert: *We are running out of time!!!*

Kann man die Liebe so erklären.

Er sah ein, dass sie von ihrem Gatten sprach. Wenn er nur sterben wollte!, hatte sie geflüstert. Und er wusste, sie hasste ihren Gatten so intensiv und mit so beschwörenden Gesten und mit so aufrichtigen Gebeten, dass es ein Wunder war, dass dieser noch lebte. Und Søren selbst blieb nur, sich ihre Liebe vorzustellen, nachdem der Gatte gestorben war, heimgerufen von Regines Hass; dass seine und Regines Liebe danach so schwindelerregend rein sein würde, dass sie die Belohnung eigentlich verdient hatte.

Die, dass der Gatte tot wie ein Stein umsinken würde. Die Belohnung.

Zumindest verdiente Regine eine Belohnung. Die Gebetskraft in ihrem mörderischen Hass, die intensive Anrufung des Erlösers, die Aufrichtigkeit in ihren Lockrufen dort an der Sortedam Dossering, dies alles würde sie am Ende erhören, so dass der Gatte, der sabbernde Rest eines Menschen, jetzt für immer am jenseitigen Ufer des Flusses umsinken konnte, und ihre Tränen konnten hervorbrechen, zum Lobpreis des Erlösers. Die beiden zurückgebliebenen Liebenden waren endlich frei. Kierkegaard hatte verkündet und ausgestrahlt, dass dies die Liebe war.

Aber dann war der Gatte gestorben. Und nichts! nichts! war übrig von der Liebe. Nur Leere! Blank! Und Regine hielt ihn dennoch fest und sang böse! Als säße sie auf seinem Schädel, wie der Doppelschädel auf einem Monster, eine vollkommen normale scheintote Ehe, so dass der warme innerste Raum geschlossen war, und als wäre die Liebe in ihn eingestempelt, wie ein Brenneisen in ein Tier! Und dies schrieb er nieder! Das sollte er einen Liebesroman nennen! Man schämt sich!

Und er wiederholt. Die Liebe konnte man nie verstehen. Aber wer wären wir, wenn wir es nicht versuchten.

Wie viele Jahre bleiben ihm noch dort am Ufer des Flusses? Er verliert die Kontrolle.

Die Probleme kommen in unterschiedlichen Verkleidungen. Blutstürze! Der Magen! Eine Frau namens Lisbeth! Regine!

Er hat Angst, kein Zweifel.

An eiskalten Morgen in den achtziger Jahren scheint Lisbeth ständig aufzutauchen, ein Brandzeichen, aber verdeckt.

Texte, die Sibelius' Achter Sinfonie ähneln: verrenkte Noten, die Partitur eines fortgeworfenen Lebens. Lächerliche Ausflüchte. Im Arbeitsbuch jetzt immer halluzinatorischere Aufzeichnungen. Er scheint von Verwirrung wie vom Schlag gerührt, spricht er von Erlösung oder Lust? *Was ist es, das einen Menschen an einen Menschen bindet: ein Name, ein schwacher Duft, ein leichter und schimmernder Gestank von Lust, das bleibt. Es lockt einen anderen Menschen fest in den Klebstoff der Liebe. Aber ist es Liebe? Niemand kann es begreifen, es ist wie das Meer für diejenigen, die im Binnenland wohnen und von der unendlichen Fläche träumen! Und wovon reden sie! Sie vergleichen das Meer mit den riesigen kleinen Binnenseen wie dem Hornavan! oder dem See mit dem kleinen Granholmen, der jetzt Majaholmen genannt wird. Aber trotzdem behält das Meer diese unerhörte Verlockung, sie verschwindet nicht, sie klebt fest und nichts kann sie entfernen, keine Aufzeichnungen oder Arbeitsnotizen oder klarstellenden Darlegungen. Die Liebe. Das, was den Ärmsten nicht zuteil wird, die überwachsen dort im Wald stehen, nein, es wird ihnen nicht beschert, denen, die nicht fortwachsen vom Wald, die die Ausgänge nicht finden, das, was sich nicht öffnet, wie das Leben, das, was vielleicht übrig ist, wenn er sich noch einige Jahre anstrengt, ein einziges Jahr! wie viele?*

Ihm bleibt nicht viel Zeit. Er sitzt fest in seinem Binnenland. Was soll er tun. Er trinkt nicht mehr. Er weiß nicht ein noch aus. Er nimmt sich zusammen.

Etwas später, aus dem Arbeitsbuch: *»Du bist wohl der, der ich sein sollte.«*

Er liegt im Krankenwagen und starrt an die Decke. Ist es jetzt vorbei? Was ist das, woraus nie etwas wurde? Vor dem er floh? Wie ein Hund meidet er weiter seine eigene Witterung, er kennt den Duft und weicht scheu zurück, erschrocken angesichts der Witterung, die noch nicht ausgedünnt ist, der Krankenwagen jetzt sehr schnell, bald hebt er ab. Wie ein Albatros! Sehr still war er im Juli zur Behandlung eingeliefert worden, alle Werte wiesen auf unergründliche Wahrheiten hin, niemand verstand etwas.

Warum war er so ruhig? Im Februar 1990 hatte er ein zweites Leben als Geschenk erhalten, er fühlte sich leicht, befreit, jedes Jahr ein Geschenk, unfassbar war die Leichtigkeit des Lebens. Und jetzt, nur fünf Jahre später, machte er sich nichts mehr daraus. Eingeschnürt in Schläuche und Messgeräte, wünschte er sich nur Schlaf. Sein Herzschlag immer langsamer, alles sackte ab, er machte sich nichts mehr daraus.

Dann hatten sie ihn operiert, waren in sein Herz eingedrungen, und die Herzschläge wurden wieder schneller. War dies das Leben?

Sich nichts aus dem Leben zu machen war eine Todsünde. Da hatte er es. Der Hund nahm jetzt seine eigene Witterung auf.

Dann lauf! Lauf.

Kapitel 6

Das Gleichnis
vom veruntreuten Pfund

Immer unklarere halluzinatorische Verwechslungen. Auf den neun herausgerissenen Blättern noch keine Zeichen sichtbar. Er wirkt immer unsicherer. Nach wem sucht er? Die Bearbeitung der Rede im Gemeindehaus kommt immer schleppender voran.

Was ist los?

Vielleicht hat der Hund am Ende die Witterung des Jungen Siklund aufgenommen. Eigentlich hatte er Angst vor ihm. Der Junge war im Herbst 1977 vierundzwanzig. Er selbst war dreiundvierzig. Er wurde da Zeuge der Auferstehung, vorausdeutend. Die wirkliche sollte sich viele Jahre später auf Island ereignen.

Der Hund nimmt erst da seine eigene Witterung auf.

Er hatte am letzten Abend mit dem Jungen zusammengesessen, es war ein Sonntag in der letzten Novemberwoche 1977, vor dem letzten Selbstmordversuch.

Lisbeth war im Zorn gegangen und hatte mit der Tür geknallt. Eine Stunde später war E selbst gegangen, weil der Junge gesagt hatte, er habe wirklich alles erzählt, *verstehen musst du es schon selbst*, hatte er hinzugefügt, allerdings nicht unfreundlich, und dann hatte er nur noch dagesessen und »Sailing« von Rod Steward gesungen.

Es gab nichts mehr zu erzählen, aber alles zu verstehen; er ging.

Das Experiment mit dem Jungen war abgeschlossen. Er

selbst war vielleicht Kontrollgruppe gewesen, auf seine Weise, es war unklar, er fühlte sich unklar. Er hatte die Tür zum Zimmer des Jungen hinter sich geschlossen und war den Korridor entlanggegangen, und da plötzlich war ihm eingefallen, was er erlebt hatte: Es war wie ein Film aus den frühen siebziger Jahren, *Five Easy Pieces.*

War es nicht einer von Jack Nicholsons frühen Filmen?

Er handelte, wenn er sich richtig erinnerte, von einem jungen Pianisten, der aufgegeben hatte, vielleicht weil er in seine Schwester verliebt war, vielleicht war er ein gescheiterter Komponist, der den *Ton* des Werks, das er schrieb, nicht zu fassen bekam, es war wohl eine Sinfonie. Hatte er, es war wahrscheinlich Jack Nicholson, nicht etwas von Sibelius und dessen Arbeit an der Achten Sinfonie gesagt? Jedoch ohne zu wissen, dass der Zusammenbruch auf den Alkohol zurückzuführen war!, dass Sibelius scheiterte, weil er so voll war, aber das konnte Nicholson wohl nicht wissen. Auf jeden Fall war er von zu Hause abgehauen und hatte auf einer Ölbohrinsel gearbeitet. Und dann war er zurückgekehrt, zur Ziehschwester, an deren Namen er sich nicht erinnern konnte, aber sagen wir zum Beispiel Eeva-Lisa, das ist immerhin ein Name. Und auch zurückgekehrt zum Vater, der vom Schlag getroffen worden war und ihn nur ganz leer mit blanken, beinahe wässerigen Augen ansah, als stände er am Ufer des Flusses.

Er überdenkt, und radiert. Immer schwerer, klar zu denken. Welcher Fluss? Der der Einsicht oder der des Todes? Und der Fluss des Todes war anders, nicht Klarheit, sondern ein schwarzes Schaffell, das im Krankenwagen um ihn gestopft war, während das Herzflimmern ihn hochhob, und immer höher!!!

Da war es gekommen, dieses letzte Gespräch. Oder die letzte Abrechnung, zwischen dem Vater und dem Sohn, der abgehauen oder geflohen war. Es war auf der Wiese vor dem Haus, dessen Farbe nicht auszumachen war, es war ein grasbewachsener Hang, nicht so ausgedehnt, sah aus wie ein halbes Kuhland.

Der Traum und der Film und das Erwachen wichen die ganze Nacht nicht. Er konnte nicht schlafen. Oder er schlief doch, es war der Typ erregter Träume, die aufsteigen und versuchen, mit ihm ins Gespräch zu kommen, aber nicht selbst sprechen wollen. Irgendwie hatte er von dem Jungen in dem Film, also Siklund, geträumt, doch es war Jack Nicholson, der ihn spielte. Wie er vor dem vom Schlag gerührten Vater, der stumm war, niedergekniet war und gesagt hatte, *Mein ganzes Leben lang habe ich versucht, dich zum Sprechen zu bringen*, wenn du mir nur erzählen könntest.

Wie soll ich das zusammenbekommen!

Aber alles, was ich schreibe, sind nur Ausflüchte, und ich weiß, dass du von mir *enttäuscht* bist, das Eigentliche sind ja die Musik! und das Notenschreiben! und der Bücherhaufen!, nicht Ölbohren.

Und du bist enttäuscht. Ich kann es sehen.

Kannst du nicht sehen, dass ich Angst habe? Und dann war der Traum immer wilder geworden, sein ganzes Leben wurde gleichsam halluzinatorisch, das war das Wort, keine Ordnung in dem Leben, das er gelebt hatte, und in dem Tod, den er jetzt nahen fühlte wie den Schlag auf'n Quappenkopp. Es glitt ineinander. Es gab keine Ordnung, warum war es so geworden, er hatte es doch immer so genau genommen mit *der Ordnung*! Aber dann war dieses elende Notizbuch, nein der Block, gekommen; die Ordnung weg! Mir nichts, dir nichts! Plötzlich hatte der Traum ihn ausgewechselt, obwohl es ganz natürlich war, so dass es der Junge war, der Siklund hieß, der jetzt vor ihm selbst kniete, auf diese natürliche Art und Weise, wie *ein Sohn immer vor seinem Vater kniet* und zischt oder flüstert *Wenn du enttäuscht bist, dann sag es!*, und es war auf einem Rasen vor dem Irrenhaus, das das gelbe Bethaus war. Und der Junge hatte gesagt *erpähl pon Dem Grünen Haus!*

Ich weiß, dass du den Mund bewegen und erzählen kannst, ich sehe es doch, die Mundbewegungen sind beinahe deutlich, *ich habe es doch auf dem Handy gesehen, dass du etwas erwidern willst! Deine Mundlippen, Papa!, sie bewegten sich ganz jämmerlich, hattest du nicht aussprechen wollen, dass ich tauge!*, und dann war es noch seltsamer geworden, und jetzt war er selbst es, der Worte hervorzubringen versuchte, aber plötzlich Stopp.

Die Mundlippen rührten sich nur *im Leeren*, und er konnte dem Jungen keinen Bescheid geben, er konnte nicht einmal *pom Puchs erpählen*.

Stumm. Stumm.

Ich habe gelesen, was du geschrieben hast, hatte der Junge geflüstert, also Siklund, ich habe auch den heimlichen Notizblock gelesen! (jetzt war der Traum sehr aufgewühlt), es sind zu viele *tote Noten* in deinen Schriften! Du kannst nicht einmal *Wunder* buchstabieren, ich höre es ja, *erpähl pom Punder!*, noch weniger kann ich verstehen, obwohl du versuchst, dich selbst zu erlösen! Kannst du nicht etwas ohne diese Notenzeichen schreiben, die wie eingetrocknete Kuhfladen sind, oder von Angst erfüllt, etwas Einfacheres. *Über Liebe.*

Ich kann diese Frage nicht beantworten, hatte er gesagt.

Was ist denn die Frage, hatte der Junge erwidert.

Er war jetzt dicht unter der Oberfläche des Aufwachens, er stieg, war aber nahe daran zu ersticken; ich wollte nur, dass du von der Möglichkeit des Wunders erzählst, und der der Auferstehung, hatte der Junge halb erstickt geflüstert, um mein Leben zu retten! Und dann durchbrach er die

Oberfläche des Traums und war wach. Und um 8.45 Uhr an diesem Morgen, als das Laken noch feucht war vom Traumschweiß, hatten sie angerufen und erzählt, dass der Junge tot war, und wie es zugegangen war.

Und das war das Ende der Geschichte.

Da blieb nur noch der Anfang, und warum.

*

Es war so.

Das erste Wichtige war ja Kapitän Nemo, der Wohltäter im Inneren des Kraters in *Die geheimnisvolle Insel*. Dies stellt er fest. Punkt. Aber dann kam *Kim*.

Er hatte Kiplings *Kim* dreimal gelesen und sich im Geiste verwundert, aber nach einer langen Zeit war die Mutter darauf gekommen, die Schrift zu prüfen, weil das Kind angefangen hatte, so sonderbar zu reden, nahezu lästerlich, ganz und gar nicht fromm christlich, sondern ein bisschen orientalisch, und sie hatte fast einen Blutsturz bekommen angesichts der Gefahr, die sie heraufziehen sah. Das Kind stieß Wörter aus *fast wie ein Hindu* und erklärte, in *einem schlecht gekleideten Lama!* einen Vater gefunden zu haben. Und da hatte die Mutter das Buch in der Speisekammer eingeschlossen, auf dem obersten Bord, wo nicht einmal die Mäuse hinkamen.

Und damit war die Sache ausgesabbelt.

Die Sehnsucht nach dem gefangenen und eingeschlossenen Buch hatte ihn im Geiste gequält, und eines Morgens, als die Mutter ihn wie gewöhnlich geweckt und aufgefordert hatte, sich anzuziehen und zur Schule zu gehen, hatte er wahrheitswidrig behauptet, krank zu sein, und wurde daraufhin ins Bett gesteckt mit zwei Scheiben Brot mit Margarine, also letztere auf einem Stuhl am Bett, plus ein Glas

Magermilch. Dann hatte die Mutter sich die Ski angeschnallt und im Morgengrauen den Weg zur drei Kilometer entfernten Schule angetreten, um zu unterrichten. Aus Sorge um den schwerkranken Sohn hatte sie ein bisschen gejammert und gestöhnt, und dieser war da von einem Hauch von Sündenangst gestreift worden, fühlte aber in noch stärkerem Maße das Bedürfnis nach dem in der Speisekammer gefangenen Buch, und hatte sich deshalb zusammengenommen und gewartet, bis sie in der Dunkelheit verschwunden war.

Es hatte geschneit und war nicht gespurt. Im Mai war dann alles getaut, und sie fuhr auf einem Monark-Fahrrad mit Ballonreifen. Aber jetzt war es ungespurt.

Er hatte den Küchenstuhl in die Speisekammer gerückt und es geschafft, das Buch herunterzuholen. Es war ein gesegneter Tag gewesen. Eine Woche später war er erneut heftig erkrankt und gezwungen, zu Hause zu bleiben. Die Mutter hatte wieder gejammert, schien aber ein wenig nachdenklich zu sein, und als er zum dritten Mal von der gleichen unerklärlichen Krankheit befallen worden war und dazu noch vergessen hatte, den Küchenstuhl zurückzustellen, hatte sie nach einem langen Verhör die Wahrheit erfahren und das Buch beschlagnahmt, sie hatten unisono den Erlöser um Vergebung gebeten, und danach war Kiplings Schrift *Kim* für immer verschwunden.

Aber er erinnerte sich ja! Und nachts, obwohl das Buch versteckt und verstoßen war, lag er wach mit kinderklaren Augen. Und hatte sich im Dunkeln ein ums andere Mal unermüdlich vorgestellt, wie er den Lama bei der Hand nahm, es war die rechte Hand, und den Fluss des Pfeils aufsuchte. Und sie gingen über Indiens grünende Felder und durch Kiefernwälder. Und der böse Gott Jehova und sein hilfloser Sohn waren nicht in der Nähe. Und dann hatten sie den Fluss erreicht und waren ins Wasser hinabgestiegen, das so sauber war, dass es nicht durch die Anwesenheit von Fröschen gereinigt werden musste, wie die in ihrer eigenen Quelle unterhalb der Rosenhecke, die verteidigt werden mussten.

Und es war wie das Warmwasser. Und Papa Elof hatte sich umgewandt, und gelächelt, wie aus Dankbarkeit.

Die nicht berichtigte Version über Siklund, die vorgab, die Wahrheit zu sagen, schrieb er in einem Winter Mitte der achtziger Jahre als ein Schmierenstück fürs Theater zusammen.

Er hatte sich in diesem Winter 1987 wie eine nasse Katze in der Wohnung zusammengerollt und in Alkohol eingelullt und gewusst, dass alles verloren war, aber am Ende das Abenteuer des Jungen niedergeschrieben, während er gleichzeitig in allen Schränken nach den Flaschen suchte, und seine rote Katze, die ihm in therapeutischer Absicht zugeteilt worden war, die Katze hatte voller Empörung erklärt, *zurückgelassen* worden zu sein, genau wie die Psychologin es angedeutet hatte, bevor sie ihn hinauswarf, weil er ganz unschuldig und ohne nennenswerte Nebenabsichten bekannt hatte, dass er sich von ihr angezogen fühle *und mit der Angesprochenen gern eine Limonade teilen wolle.*

Daraus wurde also nichts.

Da hatte er sicherheitshalber beschlossen, sich zu erlösen. Das war der Ausdruck, er würde sich nicht ausliefern, sondern ganz allein durchkommen. Sturzbetrunken oder nicht, *erlösen* konnte man sich ja immer.

Wie 'de Elof. Und der Beweis existierte ja, neun Blätter, aber sie mussten gedeutet werden. Sich selbst erlösen konnte nur ein Verkünder, und das war er ja schon. Und dann konnte er aus dem *Jungen und der toten Katze* ein Gleichnis machen, aber nicht so verlogen wie die im Neuen Testament.

Diese wahre Erzählung aus dem Leben würde von dem Jungen handeln, der sich Gott erst auslieferte, als die Katze getötet worden und wiederauferstanden war. Und wie der Junge ihn dazu gebracht hatte zu verstehen, dass es keinen Gott gab, außer dem kleinen Kind, das ihn begleitete und das man an der Hand halten konnte. Als sei Gott der kleine Kim, der dich durch die Wildnis der Bosheit begleitete, also *begleitete* wie eine Katze an einer Schnur, ja genau, wie eine kleine Katze voller Vergebung. Und die Gnade würde von einem Kreuzfuchs vermittelt werden, der im Besitz der Wahrheit war und sie *als ein Gleichnis vermittelte*. Direkt an P. W. Und 'n Elof, der ihnen rein metaphorisch ja immer über die Schulter blickte. Und an ihn selbst. Wie sie andächtig hinter dem Lokus dem Gleichnis des Kreuzfuchses lauschten.

Man brauchte sich nicht der Gnade verdient zu machen, die von jemandem erteilt wurde, der mit stummen Lippenbewegungen geradewegs durch die Generationen hindurch sprechen konnte. Und das Gleichnis sollte niedergeschrieben werden, es sollte in aller Eile geschehen, und vor der Nacht auf der isländischen Schneeebene, weit früher, mehrere Jahre früher, als er noch Zeit hatte und den Mut, die Zeit zu nutzen, obwohl er hinter sich den hechelnden Atem des unerbittlichen Jehova spürte.

Kim, kleiner Freund. Wohin führst du mich.

✳

Er arbeitet, dem Arbeitsbuch zufolge, intensiv. Dort sind die Reste eines zerschlagenen Liebesromans zu erkennen.

Man fasst sich an den Kopf!

In einer der Vorarbeiten zu Sören Kierkegaards *Furcht und Zittern* findet sich eine nie publizierte Aufzeichnung über das einzige Mal, dass er eine Frauenbrust sah.

Es war die Ehefrau eines seiner Freunde. Er ist bei ihnen zu Besuch. Die beiden Männer sprechen über einen gemeinsamen Feind, Grundtvig, sie unterhalten sich ruhig und tauschen Gehässigkeiten über ihn aus. Die Tür zu einem hinteren Zimmer ist nur angelehnt, man kann sagen, sie steht fast offen. Kierkegaard sieht da, hinter dem Rücken seines Freundes, wie dessen Ehefrau im hinteren Zimmer ihre Bluse auszieht, um eine andere anzuziehen. Sie ist nackt darunter. Sie dreht sich langsam, mit einem kleinen Lächeln, sieht, dass er sieht, aber bedeckt sich nicht, und beschleunigt auch ihren Akt nicht, der eine Einladung ist.

Das ist alles. Kierkegaard ist zu diesem Zeitpunkt noch mit Regine verlobt.

Was hat er erlebt? Sein einziger Kommentar ist: »Ist denn die Liebe ein einziger brüllender Notruf, wie von einem Ertrinkenden?«

Sah der Junge nicht *rank* aus?

Man konnte an gewissen Worten hängenbleiben. Die Frau auf dem Larssonhof hatte gesagt, er selbst sei rank. War es nicht so. Doch dieses kleine, entschuldigende Lächeln bei Siklund, das sich plötzlich in Wut verwandeln konnte, und dann – in was? Und wofür bat der Junge um Entschuldigung?

E konnte, direkt, diese eigentümliche Atmosphäre in der Luft spüren, als Lisbeth ihn in das Zimmer des Jungen geführt hatte. Oder in die Zelle. Konnte man nicht Zelle sagen? war es nicht eine Zelle, mit dem Jungen auf dem Bett und der Balalaika auf seinem Schoß und dem unaufhörlichen Summen von »Sailing, home again, home again«. Und dann Lisbeths beinahe allzu weiches *Wie geht es dir?* und das lakonische *Jo* des Jungen, und dann Lisbeths flehendes *Du versuchst aber nicht, das noch einmal zu machen?*, *Lieber?*, und dann des Jungen *Du kannst mich auf jeden Fall nicht daran hindern, denn ich habe es Kim versprochen,* und Lisbeths *Und das bedeutet dir mehr, als wenn ich dich bitte?,* und keine Antwort, nur die verdammte Balalaika, und dann Lisbeth wieder: *Du begreifst wohl, dass ich traurig bin?, auch unseretwegen?,* und dann plötzlich dieser Ton. Als habe sie eine Intimität hineingebracht, um die niemand gebeten hatte.

Er hatte den Kopf in eine Plastiktüte gesteckt, eine Konsum-Tüte, genau wie Bachmann, der Junge in der Erzählung, die er aus Berlin geschrieben hatte, der auf Rudi Dutschke geschossen, es aber bereut hatte.

E hatte Lisbeth mit einer Art von Verbitterung angesehen. Albert Schweitzers Lebensbejahung war havariert. Jetzt war offenbar ein anderes Projekt angesagt.

Er war Lisbeth zum ersten Mal bei einem Treffen im Fjällstedtska in Uppsala begegnet.

Sie hatte von Albert Schweitzer gesprochen, von seiner Lebensbejahung, mit jener notdürftig verdeckten, aber lockenden erotischen Ausstrahlung, mit der sie sich einbrannte, als sei ihm ein Stempel aufgedrückt worden. Fjällstedtska skolan war ein Internat für Theologiestudenten, das häufig für diejenigen, die allzu fromm für die Verbindungsfeste waren, als Aufreißerlokal diente. Und so hatten sie ein halbes Jahr lang ein Verhältnis gehabt, und dann endete es.

Sie hatte immer verlangt, dass er ihr in die Augen sehen sollte, wenn sie einen Orgasmus hatte, weil das ihr Lebensgefühl steigerte. Es war ein Muss. Sie war wie ein Fliegenfänger. Im Stall bei Onkel John auf Gammelstället hingen immer Fliegenfänger von der Decke, also auf dem Hof, der hundert Meter vom Larssonhof entfernt lag, wo er der Frau begegnet war, und so weiter, genug davon.

Die Fliegenfänger, diese klebrigen Streifen, die sich herab-

ringelten, waren immer voll, fast schwarz von Fliegen im To-
deskampf, er konnte sich in ihnen erkennen; am Ende war es
wohl so gewesen, wenn er, am besten ohne zu zögern, sich
zusammennahm und ihr in die Augen sah, wenn es ihr kam.
Dann sollte man gleichsam eingesogen werden und kleben
bleiben. Die Fliegen im Stall starben langsam und kämpf-
ten lange, es war wohl Todesangst, verzweifelte Flügel, die
wahnsinnig vibrierten.

Manchmal nannte sie sich Psychologin. Davon gab es
reichlich. Psychologen waren wirklich Verkünder. Von ihnen wurde einem wahrlich übel. War das wirklich der Ver-
künderhaufen, mit dem er sich einmal hatte vereinigen wollen? Nein! Nein!

Sie sollte ihn nie mehr in ihre besitzergreifenden Augen
festsaugen können. Aber dann kam die Sache mit dem Projekt, und dem Jungen, und Psychotherapie *mit instrumentel-
ler Hilfe von Tieren.*

Der Junge halluzinierte irgendwie, behauptete, einen Dop-
pelmord begangen zu haben, doch das ließ sich nicht bewei-
sen.

In seinen zusammengerührten Tagträumen lebte er mit
dem *Tod als Abhängigkeit hervorrufender Droge* und dem
Glauben an einen Erlöser, der am Ende eingreifen würde:
Also war er verrückt. Alles war möglich. In jedem Fall war
er geisteskrank. Er war bei seinem Großvater aufgewach-
sen, dann starb dieser, das Haus wurde an ein älteres Paar
verkauft. Und danach brannte es, und beide starben. Es gab
keine Beweise dafür, dass der Junge beteiligt war, aber er war
geisteskrank und nahm es auf sich. Und da E und der Junge zufällig am Beginn der siebziger Jahre lange Gespräche
geführt hatten – einer von jenen, die die gleichen Schriftstel-
lerträume hatten wie er selbst! einst! und jetzt glaubten, dass

er einen Schlüssel besaß –, hatte der Junge angefangen, sich hineinzusteigen.

Zweiundfünfzig Briefe hatte er geschrieben.

In Ermangelung eines engagierten Jesus hatte er sich E verschrieben, ohne zu wissen, dass dieser seinerseits sich betrunkenen Träumen von der Achten Sinfonie verschrieben hatte. Hiervon hatten die Gespräche, Fragen und Erwiderungen nicht gehandelt.

Stattdessen hatte E dem Jungen etwas von Dem Grünen Haus erzählt. Und da hatte dieser geglaubt, dass dort, *in der wiederauferstandenen Kindheit!*, die Möglichkeit der Rettung liege.

Das Experiment mit der Katze hatte Lisbeth persönlich durchgesetzt, nachdem Schweitzers Lebensbejahung sich zu verflüchtigen begonnen und sie weitere Intimität mit E verweigert hatte. Und dann hatte Lisbeth ihn angerufen, nach vier Jahren, und war verzweifelt und vorwurfsvoll gewesen, und hatte angedeutet, dass E in gewisser Weise verantwortlich sei, oder auf jeden Fall mit dem Jungen reden müsse.

Vier Jahre!

Warum rufst du an, hatte er gesagt. Weil du zurückgelassen bist, hatte sie geantwortet.

*

Vergeblich versucht er, die halluzinatorische Unklarheit in den Griff zu bekommen.

Er klagt oft die Freunde am Ufer des Flusses an. Mit der Strahlung aus ihren hasserfüllten Augen machen sie den Liebesroman unmöglich; ich weiß, dass wir sterben werden, erwidert er. Aber das, was hängenbleibt?

Sie zeigen dann stumm auf den Jungen.

Der Junge war in das verlogene Schmierenstück hineingekrochen. Er hatte aufgehört, Balalaika zu spielen, saß nur da und starrte vor sich hin. *Erzähl, was du dir gedacht hast, Lisbeth*, hatte dieser Siklund dann mit einem schüchternen kleinen Lächeln gesagt.

Eigentümlicherweise keine Gemälde oder Bilder an den Wänden. Kleine Löcher in der Tapete, als hätte jemand Bilder losgerissen. Gekritzel an den Wänden, kleine Notizen, mit Bleistift geschrieben, die meisten unmöglich zu deuten. Diese niedergeschriebenen Gebete, wie auf Notizblöcken, *wie ein Chor von Stimmen*, dachte er manchmal, Gebete von ihr, die verrückt wurde und mit Sechszollnägeln heimliches Geflüster an den Jungen Siklund einritzte. Was war das für ein Leben, von dem sie träumten. Oder war es nur die Angst, ausgelöscht zu werden, dort am Ufer des Flusses.

Hauche mein Gesicht hervor. Er erkannte es!

Ein Tisch, ein Stuhl. Papier und Bleistift. Von hier hatte Siklund fünfzig Briefe an Enquist geschrieben. Lisbeth hatte gesagt, sie wisse nicht, was darin stehe. Hast du die Briefe gesehen, hatte er gesagt. Selbstverständlich nicht, hatte sie geantwortet. Er schreibt nicht in einer neuen Zeile weiter, wenn die erste zu Ende ist, so dass das Geschriebene überdeckt wird, hatte E gesagt. Konntest du es lesen? Nein, aber er hat es an dich geschickt, hatte sie gesagt. Du solltest es wissen. Ein schwarzer Teppich, hatte er gesagt, unmöglich, ein einziges Wort zu erkennen. Halluzinatorisch! Ja, aber es zu verstehen ist deine Verantwortung, hatte sie entgegnet.

Verantwortung?

Erzähl ihm, was du dir gedacht hat, Lisbeth, hatte der Junge sehr freundlich gesagt.

Da hatte sie das Projekt erläutert, das ein Gemeinschaftsprojekt von Universität und Krankenhaus war.

Irrenhaus, hatte der Junge eingefügt. Irrenhaus, wie wir Aktive zu sagen pflegen.

Sie ließ sich nicht stören. Lisbeth hatte mit der unerhörten Ruhe gesprochen, die er so gut kannte, diese beunruhigende Ruhe und die totale Kontrolle, die ihm einen solchen Schrecken eingejagt hatten und ihn für kürzere Augenblicke dazu brachten, ihr zu glauben, wenn sie, obwohl sie diese beinahe virtuose sexuelle Begabung war, behauptete, nie Freunde gehabt zu haben, und *das zu mögen*; es war vielleicht irgendwie ein Teil der Sexualität. Eine Voraussetzung für die fast selbstverständlich hervorgerufenen seriellen Orgasmen. Er hatte Lisbeth erzählt, wie es einmal angefangen hatte, also mit der einundfünfzigjährigen Frau auf dem Larssonhof, und dass es das vielleicht stärkste religiöse Erlebnis seines Lebens gewesen sei, vielleicht das einzige, das ihn dazu gebracht hatte, trotz allem am Glauben daran festzuhalten, dass es das religiöse Wunder wirklich gab und dass es ihm *einmal helfen würde zu überleben*. Aber da war sie ganz überraschend aus der Haut gefahren, hatte sich ihre Sachen übergeworfen und war gegangen, und das war der Anfang vom Ende.

Ja, man bedankt sich. Wirklich.

Manchmal war ihm der Gedanke gekommen, dass er in der ganzen Zeit, in der die Mutter noch lebte, niemals, nicht ein einziges Mal!, das Sexualleben der Eltern *berührt* hatte; vielleicht musste er die neun oder eher achtzehn herausgerissenen Seiten so deuten!

Lisbeth hatte ihre lächelnde Ruhe auch behalten, als sie sich trennten, im übrigen war sie es, die ihn hinauswarf. Er erkannte den Tonfall wieder, es war wohl dies, was sie in Albert Schweitzers Lebensbejahung *ins Werk zu setzen* versucht hatte, was dazu geführt hatte, dass das Projekt scheiterte. Die Lebensbejahung sträubte sich vielleicht, ließ sich nicht in ihre glänzende sexuelle Begabung einfügen, leider.

Auf jeden Fall: Er erkannte es wieder. Aber dies mit dem Jungen schien etwas anderes zu sein.

Sie hatte am Telefon geweint!

Die Eissäule hatte geweint. Es war unglaublich. Als ob die Eishaut zu schmelzen begänne. Hatte er etwas an ihr missverstanden, an der Königin der Fliegenfänger? Aber es fand sich ein rätselhafter Unterton hier im Raum oder der Zelle, konnte man nicht Zelle sagen. Etwas war da.

Und jetzt kam die gleiche erklärende Leier wie am Telefon. Also bevor sie zusammenbrach und schreiend zu weinen begann.

Das Gespräch am Telefon war völlig verwirrt gewesen, jetzt kam es distinkter.

Sie hatte sich wohl gefasst.

Man hatte *eine Zukunftsgruppe an der Universität* gegründet, erklärte sie ruhig, die nicht theologische Grauzone (ein Rückfall in die ironische Ruhe!; es war nach einem höchst gelungenen Beischlaf, als er ihre Ironie *moralisch verantwortungslos* genannt hatte, dass die Risse zwischen ihnen ernsthaft aufgebrochen waren) – *mit alternativen Versuchen im Psychosektor, und wir laborieren in den Grenzbereichen, wo wir bestimmte einfache Unterscheidungen vorzunehmen versuchen: Wie wird der Mensch der Zukunft aussehen, welche Bedürfnisse hat er/sie, ist Zugehörigkeit oder Freiheit die unterste Wurzelfaser, wo sind die schwarzen Löcher im Universum der Psyche, was ist der Unterschied zwischen Mensch und Nichtmensch. Du kannst es ja an Siklund sehen, so schwer er auch zu deuten ist,* hatte sie gesagt, *diese Sehnsucht nach Schuld. Dieses Unbegreifliche.*

Und er hatte gefragt: Wie seht ihr denn den Unterschied zwischen Mensch und Nichtmensch? Und sie hatte geantwortet, *Du kannst eine Auster mit einem Tropfen Zitrone testen*, lebt die Auster, zieht sie sich zusammen, ein Mensch reagiert in gleicher Weise auf ein Tier, es ist das Menschliche, das freigesetzt wird. Auf eine Katze, hatte er gefragt, ja, oder einen Hund oder ein Pferd, aber eine Katze ist praktisch.

Der Gedanke war ja selbstverständlich. Den Geisteskranken wurde ein Tier zugeteilt. Es war heilsam, Verantwortung für ein Tier zu übernehmen.

Das Problem war, dass der Junge seine Katze zwar sehr liebte, aber dennoch beharrlich versuchte, sich das Leben zu nehmen. Vielleicht war das Bild von der Auster und der Zitrone nicht ganz falsch. Die Katze war ein Tropfen Zitrone, und dann zog der Junge sich zusammen, und dann der Tod.

E hatte zugehört.

Der Junge saß still da. Es war der 22. September 1977, die erste Begegnung im Irrenhaus. Und der Junge hatte mit einer direkten und einfachen Frage angefangen. Sie lautete:

»Warum durftest du nie eine Katze haben?«

Und Es Antwort ebenso einfach:

»Wir hatten einmal eine Katze. Aber sie schiss auf den Herd. Da mussten wir sie wegmachen.«

»Wie denn?«

»Töten. Mit der Axt. Onkel Ansgar hat es gemacht.«

»Aber wer hat es bestimmt?«

Der Junge Siklund hatte mit einer bemerkenswerten Selbstverständlichkeit die Gesprächsführung übernommen. Im übrigen nicht eine Blume, nicht eine grüne Pflanze im Zimmer oder der Zelle. E erinnerte sich, dass er in Kopenhagen einen Benjaminfikus gehabt hatte, er stand am Fenster, das auf die Sortedam Dosering hinausging. Wie man ihn auch goss oder es sein ließ, er starb. Er war zu der Überzeugung gekommen, dass sie ihn hineingestellt hatten, um zu testen, wie lange die Pflanze es aushielt. Mit ihm aushielt also. Es waren wohl die Alkoholdünste aus seinem Mund, wissenschaftlich gesehen, die tödlich wirkten.

Starb die Pflanze, war wenig Hoffnung.

Jeden Morgen zählte er die abgefallenen Blätter. Es war unausweichlich. Aber der Junge hatte keine Grünpflanze! nicht eine einzige! und hatte, kurz bevor E gegangen war, gesagt, dass alle Pflanzen starben, die sich im selben Raum befanden wie er.

Seltsam!

Der Junge dachte genauso! *Alles stirbt in meiner Nähe!* Nur die Katze hielt es aus.

Er ritt auf gewissen Fragen herum, es war unangenehm. Ganz private Dinge über E selbst! Man begreift nicht, woher er die Information hatte. Konnte es Lisbeth gewesen sein? Aber so offen war er zu ihr nicht gewesen. Und dann die Fragen danach, wer bestimmte, dass *die Katze, die auf den Herd geschissen hatte*, sterben sollte. Er musste es dem Jungen im Februar 1973 erzählt haben, als er zu Besuch war, und der Junge mit glänzenden Augen dagesessen und nach Dem Grünen Haus gefragt hatte.

Man konnte solche Gespräche nicht führen, sie lenkten in die falsche Richtung. Der Junge schleckte Schuld und Rache auf wie eine durstige Katze.

Lisbeth rief ihn zur Ordnung.

Und der Junge hatte – trotzend! – beinahe glücklich gelacht und genickt und gesagt:

»War es deine Mutter? Dann muss sie sterben.«

Man konnte solche Gespräche nicht führen.

*

Es war eine Gruppe von fünfen, denen je ein Tier zugeteilt worden war. Und dann eine Kontrollgruppe von dreiundzwanzig, die nichts bekommen hatten. Es war genauer gesagt der Rest der Irren, hatte der Junge angemerkt. Die nichts bekamen waren Kontrolle. Gleichsam *zu Nichts ausersehen*. Und das war ja auch eine Aufgabe.

Dann kam dieser Hass auf. Es war ein unbegreiflicher Hass bei denen, die das Wort *Nichts* entdeckt hatten.

Wenn man genauer nachdachte, war es ja bemerkenswert, dass die Kontrolle nicht ständig aufbegehrte. Das war wohl eher ein politischer Gedanke, hatte der Junge angemerkt, und Lisbeth hatte ungeduldig gesagt, dass kein politischer Gedanke dahinterlag, der Kontrolle nichts zu geben.

Und das ist ja wahr.

Wenn er an den Jungen dachte, stellte er sich ihn zuweilen als einen Auserwählten vor.

Selbst war er ja eigentlich auch auserwählt, es war in dem Jahr gewesen, als er die sechste Klasse der Volksschule absolviert hatte und im Normalfall anschließend seinen Platz unter der dröhnenden Rindentrommel in der Papiermassefabrik Bureå hätte einnehmen sollen, um die Rinde wegzukarren, was er schon zwei Sommer lang getan hatte.

Es war nach und nach dazu gekommen, dass er *das Leben unter der Rindentrommel* als sein Schicksal betrachtete.

Es war das einzige Leben, das es gab, in dem man den Höhepunkt seiner Karriere bestenfalls als Vorarbeiter eines Stauertrupps im Hafen erreichen konnte, was der Vater bestimmt anvisiert hatte, bevor er heimgerissen wurde; aber in dem Jahr, als er die Volksschule beendete, 1947, war durch das Eingreifen einer höheren Macht in Bureå eine Höhere Volksschule eingerichtet worden, wo die achtundzwanzig begabtesten Kinder des Kirchspiels noch vier Jahre Weiterbildung erhalten sollten und ihren Realschulabschluss ablegen konnten. Die graue Mütze.

Er war auserwählt worden. Und danach war es ja nur weitergegangen.

Achtundzwanzig in der Versuchsgruppe. Einige Hundert nicht so Glückliche in der *Kontrolle*, die nicht herausgesiebt worden waren, die zum Leben unter der Rindentrommel hingelenkt worden waren. So dachte er sich ihr Leben, oder sein ursprüngliches. Obwohl er ja Glück gehabt hatte. Man hatte ausgesiebt. Nicht den Begabtesten in jedem Dorf, aber vielleicht den Rastlosesten, mit Ausnahme derer, die so fromm waren, dass sie aus Angst davor, *den Glauben wegzustudieren*, von dieser Weiterbildung Abstand nahmen.

Wer hatte ihn davor gerettet, in der Kontrolle zu landen?

Plötzlich wusste er es fast ganz sicher. Es war die Mutter gewesen, die ihn aus der Kontrolle gepresst hatte! Als sie den Notizblock verbrannte und es dann plötzlich bereute, und mit der bloßen Hand in die lodernden Flammen griff! Und so weiter, und so weiter, wie er stets beinahe manisch wiederholte.

Er hatte sie also belogen!

Sie hatte sein Leben gerettet. Er hatte ahnungslos nach einer unsichtbaren Schrift auf den Seiten eines fast verbrannten Notizblocks gesucht, wie um die Mutter zu brandmarken!, die seine Retterin war!, aber es gab ja keine Zeichen auf den neun Seiten!

Aber vielleicht in den Briefen des Jungen! Den Briefen des Jungen! Der schwarze Teppich überschriebener Zeichen!

Die Grenzen zwischen dem Jungen und 'm Elof und ihm selbst und seinem eigenen Sohn immer undeutlicher. Er scheint sich an der Frau vom Larssonhof festzuhalten wie an einer Rettungsleine, voller Angst, dass sie reißt.

Der Junge Siklund hatte eine Botschaft, und er selbst hatte eine Bitte und eine Frage, eine angsterfüllte, die er nach der Nacht auf Island wiederholte und deren Echo er bei allen hörte, die fragten: *Weißt du jetzt, warum?*

Noch nicht.

Der Junge hatte seine Katze geliebt. Genauso sehr, wie er selbst in Paris seine Katze geliebt hatte. Und dann hatte Eriksson, der Kontrolle war, die Katze gestohlen und sie dem Fuchs geopfert, und so war die Katze gestorben, obwohl sie *völlig unschuldig* war hinsichtlich dieser Beschuldigung, auf den Eisenherd geschissen zu haben!

Die Projektionsschirme, die Antwort auf die beharrliche Frage *War dies das Leben* geben sollten, glitten immer halluzinatorischer ineinander. Seine Aufgabe jetzt am Ende seines Lebens war es, die *Wiederauferstehung* zu verstehen. Nur das. Am Ufer des Flusses. Dann würde er ruhig sein. Das Wunder war möglich. Und der Junge würde ihn genau zu diesem Zweck an der Hand halten, es war die rechte Hand, und gemeinsam würden sie zum Fluss des Pfeils wandern.

Ja, gemeinsam.

Er würde das Manuskriptbündel mit Christian IV. vernichten, und auch das von dem Jungen, der von seiner Katze erlöst wurde, das bewiesen hatte, dass das Wunder möglich war. Es war eine Sackgasse! Verbrenn es! Verbrenn es! Und also suchte er nach einem Platz, wo er die Hunderte von Seiten verbrennen konnte. Ein Eisenherd zum Verfeuern von Sackgassen existierte jedoch nicht. Mit Angst in seinem ausdruckslosen Gesicht erinnert er sich an das Zögern der Mutter: verbrennen, retten, die bloße Hand in die lodernden Flammen stecken.

Kim, Kim. Wohin gehen wir. Wohin führst du mich.

*

Die Katze, die dem Jungen zugeteilt worden war, um sein Lebensgefühl oder seine Lebensbejahung zu stärken, nach einer Idee des späten Albert Schweitzer, hatte ein kräftiges rotes Fell, war länglich schmal mit einem etwas spitzen Kopf, einem fuchsähnlichen Aussehen, und wurde Kim genannt.

Erst später verstand er, was der Junge empfunden hatte, damals nicht. Das Einzigartige an der Katze war ja, dass sie nicht tadelte. Sie hatte nichts Vorwurfsvolles an sich, keine Fragen, kein Abstandnehmen.

Sich nicht der Gnade verdient machen zu müssen.

Agape, hieß es nicht so?

Er hatte ja viel später das Gleiche in Paris erlebt; die gigantische Wohnung, die Streifzüge zwischen den Zimmern, die Angst, dass alles zu Ende war, die Katze, die August hieß und auch gigantisch war, wie ein Luchs, und die ihn mit klugen, ruhigen Augen betrachtet hatte, die sagten, *Ich tadele dich nicht! Du taugst! Du hast keine Schuld! Ich habe keine Fragen!* Und die sich langsam und gravitätisch um die Schreibmaschine drapiert hatte, das Arbeitsgerät, das er nicht mehr benutzte, das schweigend und vielleicht anklagend dastand; aber die Anklagen wurden von der Anwesenheit der gigantischen schlafenden Katze gemildert, die sich um die Schreibmaschine drapiert hatte, und deren tiefer Schlaf nur ausdrückte: *Schlaf! Fühl keine Schuld! Du vergeudest dein Leben, aber du taugst trotzdem!*

»Willst du denn nicht erzählen«, hatte er zu dem Jungen gesagt, als er ihn bei diesem ersten Mal im Irrenhaus besuchte.

»Was«, hatte dieser erwidert.

»Von Eriksson.«

Obwohl er es ja schon wusste. Der Aufruhr derer, die Nichts hatten. E selbst hatte alles, war nicht einmal Kontrolle, und dennoch war alles zusammengekracht und er hatte sich mit Mühe und Not gerettet. *Würde es zurückkommen.*

Selbsterlöst reichte vielleicht nicht.

So still an diesem Abend!

Der Junge zusammengekauert auf dem Bett, und das Experiment mit der Katze war gescheitert. Den Erzählungen von Tieren zuzuhören! Den unschuldigen Tieren, die eine Rettung bieten sollten, und eine Richtung! Lebensglauben! Rettung aus den lodernden Flammen! Mit bloßer Hand!

Menschen, die von Tieren erzählten, besaßen oft eine Art Heiligkeit. Wenn Großvater P. W. vom Abenteuer des Kreuzfuchses erzählt hatte, war er gleichsam von einer *Heiligkeit der Sprache* ergriffen worden, und er bekam nur mit großer Mühe Luft in die Lungen, wenn er das Schreckliche oder Übernatürliche in den Erfahrungen dieses Kreuzfuchses zum Ausdruck bringen wollte. Als der Junge von Eriksson sprach, und von dessen Übergriff auf die arme Katze, einem Übergriff, der so entsetzlich war, dass er mit dem biblischen Entsetzen verglichen werden konnte, das alle gepackt hatte, als die Mutter, die er so liebte, Onkel Ansgar aufforderte, die arme Katze, die auf den Herd geschissen hatte, mit der Axt zu ermorden – da war es, als ob zwei Gleichnisse einander überschrieben hätten. Wie Siklunds Gleichnis. Und das des Kreuzfuchses.

Ich kenne doch Eriksson, hatte der Junge ganz schlicht gesagt und mit einigen kurzen Worten seinen festen Glauben zusammengefasst. Eriksson wurde eifersüchtig! *Er war Kontrollgruppe, und ich war außerdem der Einzige in der Versuchsgruppe, der so gestört war, dass ich eine Katze haben durfte.* Die anderen bekamen Schnecken und Kakadus und so, aber alle wollten ja eine Katze haben, und besonders eine, die so schön war wie Kim. Eriksson wollte ein Tier haben, aber am liebsten eine Katze, und besonders Kim. Eriksson kam in der Kantine immer vorbei und schleimte sich ein und wollte sich Kim ausleihen. Nur eine Weile. Aber das durfte er ja nicht. Es wäre gegen die Regeln gewesen, das hatte Lisbeth gesagt. Eriksson sollte Kontrolle sein und nicht den Unterschied verwischen zwischen denen, die Versuch waren, und denen, die als Kontrolle eingeteilt waren.

E hatte die Geschichte mit der Katastrophe schon gehört, am Telefon. Aber nicht von dem Jungen. Von Lisbeth. Jetzt taugte er. Jetzt taugte er.

✳

Es war übrigens verblüffend, dass Lisbeth, damals nach der Begegnung in Fjellstedtska, eine Beziehung mit ihm hatte anfangen wollen. Er taugte.

Nachher klang es ja anders.

Es waren weiß Gott nicht viele, in den Jahren in Paris, die mit dem Finger auf ihn hätten zeigen und rufen wollen: *Du taugst! Trotz allem!*

August, die Katze in Paris, verfügte über eine rätselhafte Vorausschau, was die Gefühle des Säufers anging. Wie es sein sollte, nach seinem Willen.

Die Katze wachte fast jeden Morgen gegen vier Uhr auf, eine halbe Stunde bevor E erwachte und sich aus den verschwitzten Alkohollaken wand. Die Katze sprang ruhig auf seinen Bauch und erklärte ihm freundlich, also dem Säufer, dass sie jetzt bereit sei, die stummen Fragen entgegenzunehmen.

Diese Fragen des Säufers an die Katze lauteten:

Wie war es zugegangen, dass er von der Sauflust eingefangen worden war?

War dies eine Folge seines Unglaubens, seiner Verachtung für die warnende Stimme des Erlösers in seinem Inneren?

Taugte er nicht mehr?

Hatte er jemals getaugt?

War die falsche Vorspiegelung der Mutter, dass er eine einzigartige Fähigkeit besaß, Geschichten niederzuschreiben, sogenannte Schmierenstücke, auf Papier, vielleicht auf einem Notizblock, war dieser Glaube, der ihn auf diese Lebensbahn gelenkt hatte, schuld an seinem Zerfall?

Trug also die Mutter die Schuld?

Wer war der Vater eigentlich gewesen?

Musste er für die nie ausgelebten Sünden des Vaters einstehen, die dieser sich liederlich gewünscht, die aber die schonungslose Krankheit (es war der Magen) verhindert hatte?

Hatte er wirklich de Eeva-Lisa um Verzeihung gebeten?

Hatte er sein Pfund verwirkt?

Gab es eine Rettung?

War das Wunder möglich?

Und diesem allen lauschte die Katze (die August genannt wurde!) – lauschte mit ungewöhnlichem Mut, legte sich auf seine Brust, trotz des Gestanks von seinem Alkoholschweiß, und antwortete mit einem ruhigen Schnurren!

Diese vorbehaltlose Liebe!

Angesichts dieser Erfahrungen Es: Kein Wunder, dass der Junge seine Katze liebte. Und da kam dieser Mörder Eriksson! Fast mit einer Axt in der Hand! Und ohne dass die Katze des Jungen auch nur auf den Eisenherd geschissen hatte!

Er nähert sich jetzt der Wahrheit.

Auf einer der herausgerissenen Seiten des Notizblocks traten jetzt Zeichen hervor. Ein Zeichen: *Die Mutter hatte ihn gerettet,* davor, Kontrolle zu sein, einer von denen, die Nichts hatten, indem sie ihn auf die Höhere Volksschule gedrängt hatte. Aber wie dies mit dem anderen Zeichen in Einklang bringen: Onkel Ansgar *mit der blutigen Axt in der Hand?!!*

Die Mutter musste zu Zugeständnissen gezwungen werden! Im übrigen der gleiche Gedanke wie bei der Großkusine aus Istermyrliden! Untersucht werden von der Polizei oder vom Erlöser! Egal von wem! Jetzt war die Geduld am Ende!

Ausgequatscht.

Er sah ziemlich nettig aus, wie er da mit seiner Balalaika saß. Er war tatsächlich ein wenig rank.

Der Junge hatte versucht zu erklären. Er hatte vor der Operation, also der Kastrierung, zu Kim gesagt, der sich schuldig fühlte, weil er sich unbalanciert aufgeführt hatte, er solle sich nichts daraus machen, wenn er wie ein Irrer in der Zelle umherlief und in alle Ecken pinkelte und sich fühlte, als läge er in einem Ameisenhaufen, und es ihn am ganzen Körper juckte, nur weil er sich danach sehnte zu vögeln. Es sei ganz klar, dass es so sein müsse! Völlig normal.

Der Junge empfand es genauso. So war es auch, Mensch zu sein.

Er hatte es selbst durchgemacht. Und beide hatten geflennt, so stark hatte der Junge geredet. Die Angst, die er in der Zelle verspürte, war normal und nichts, wofür man sich zu schämen brauchte. Nicht vögeln zu dürfen verursachte diese Angst. Also *nicht* vögeln *zu dürfen*. Oder lieben, wenn man es so nennen wollte. Und wenn das Leben endete und man starb, dann war das Leben ja ziemlich sinnlos gewesen, wenn man alles auf einen Haufen legte und zusammenzählte. Es war ja nicht nur, dass man entbehrt hatte. Der Junge hatte mit der Katze Kim eine kleine Andacht gehalten und darüber gesprochen, *das Vögeln zu entbehren*, und über das Leiden, das dies mit sich brachte, doch besser das als *die Leere, gar keine Möglichkeit zum Vögeln zu haben.* Man wurde beinahe verrückt davon, nicht vögeln zu dürfen, und sie würden jetzt zusammenhalten, wenn es ganz schlimm würde; aber wurde man operiert, war es ja nur leer. Wie der Tod. Schwarz! Und wenn man sich selbst fragte, was der Sinn war, also wenn er operiert wäre, war der Sinn *nicht einmal das Leiden!*

Im Ameisenhaufen zu liegen und sich zu sehnen war schrecklich, es war jedoch immerhin Leben! – aber operiert, da war es nur schwarz!

Da hatte Kim geweint und hatte sich in der Achselhöhle verkrochen, so nettig, wie Kim sein konnte, und hatte geschluchzt und gesagt, dass es vielleicht genauso gut wäre, operiert zu werden. Doch da hatte der Junge gesagt, das bedeutete, das Menschliche zu beschneiden, der Kreatur gleichsam zu nehmen, Mensch zu sein, oder Katze, und man müsste daran glauben, dass *das Leiden, nicht vögeln zu dürfen, obwohl man konnte, zu diesem Leben dazugehörte.*

Ein Leben ohne Leiden war kein Leben.

Es wäre völlig platt, wie eine Fotografie, und auch wenn es manchmal hoffnungslos war und das Leben gleichsam außer Kontrolle geraten war und man feststeckte im Dreck und nachts dalag und schwitzte und um vier Uhr morgens aufwachte und eine Menge Fragen hatte, auf die sich keine Antworten fanden, war es schön, dass er da war, also Kim, und zuhörte, und sagte, dass man taugte, und dass es nicht zu spät war und man nicht aufgeben sollte.

Und dann waren sie verdammt noch mal eines Morgens gekommen und hatten Kim geholt und operiert, und als der Junge darüber sprach, hatte er angefangen zu fluchen und Schimpfworte auszustoßen. Wie in Verzweiflung. Aus der Sache mit dem Operieren entstand verdammich keine Lebensbejahung, nur Scham, und mehrere Wochen hatte Kim sich nicht zeigen wollen, sondern war nur unter das Laken gekrochen.

Es nicht zu tun ist Tierquälerei, hatte Lisbeth gesagt.

Diese Frauen! Unglaublich! Begriffen nicht, was die Liebe war! Diese Scharfrichterinnen!

Gab es denn nur eine Frau, die alles verstanden hatte?

Die auf dem astfreien Kiefernholzboden, deren Name Maria war? Die die Erlöserfüße mit Öl gesalbt hatte! Gab es nur eine, die Zutritt hatte zum innersten Raum, in dem er, sie und die Herrnhuter sich vereinigen konnten?

*

Man kann vom Fenster des Jungen über das Tal blicken.

Auf der anderen Seite der Mauer kann man sehen, wie sich die Bäume sammeln, wie Kühe am Abend. Die Bäume sind schweigsam, sie muhen nicht, wohin sind die Bäume unterwegs. Der Junge stand am Fenster und dachte darüber nach, dass es etwas glich. Es waren Wörter, die sich sammelten, und nur die Katze verstand. Er nahm die Katze auf die Schulter und beschrieb ihr, was er als Kind gesehen hatte.

Da antwortete die Katze flüsternd. Es war das *Glaubensbekenntnis*.

Du sollst nicht in Verzweiflung verfallen.
Jede kleine Handlung, die du in deinem Elend
    hervorklammerst,
Wird wie Scheite auf den Ameisenhaufen gelegt
Und in der Umklammerung des Großen Rades
    verschont.
Aber gibst du auf und liegst dort im Eisloch
Und krallst unter Gebetsrufen

Und reißt dir an der Eiskante die Nägel ab
Und beginnst zu bedenken wie beruhigend es wäre,
Dich auf den Grund sinken zu lassen,
Dann bist du ein Betrüger am Leben.
Aber du sollst bleiben und dich mit zerrissenen Nägeln
In Schmerzen festklammern!

Lisbeth pflegte zu sagen, dass Katzen nicht sprechen könnten.

Siklund hatte erwidert, dass der Mund sich bewegte, und sobald der Mund mit seinen Bewegungen der Lippen fertig wäre, brächen Töne zwischen ihnen hervor, so wäre es, er hätte ein Foto seines Großvaters sprechen sehen, warum sollte Kim nicht sprechen können.

»Wer ist denn Kim, der so über die Gabe des Redens verfügt«, war er gefragt worden.

»Er ist tot, seine Lippen bewegen sich, er gleicht einem Fuchs, vielleicht ist er ein Kreuzfuchs, dann hat er eine Botschaft, er gibt ein Zeichen, dass ich tauge, obwohl mir vom Erlöser oder einem anderen Vorgesetzten gesagt worden ist, dass ich mein Pfund vergeude. Da habe ich dem Erlöser erwidert, dass auch ein solcher einen Wert besitzt, es ist auch eine Aufgabe, Nichts zu haben und Kontrollgruppe zu sein.

Wie Eriksson.

Quatsch nicht, hatte Lisbeth gesagt. Erzähle jetzt deinem Freund von dem Vorfall mit Eriksson, dem, der Nichts hatte. Du warst doch nicht Kontrollgruppe. Das war dein Pfund. Und was hast du gemacht. Wie hast du dein Pfund verwaltet.

Als er Kind war, hatte er die Welt von seinem Küchenfußboden aus betrachtet, der mit Linoleum bedeckt war, und hatte da die wirkliche Welt schräg nach oben durchs Küchenfenster gesehen.

Dort hatte er, aus seiner niedrigen Position, die Eberesche beobachtet, die ein Glücksbaum war, was die Mutter ihm nach der Heimholung des Vaters viele Male unter Tränen erzählt hatte, und das vom Vater erbaute Haus bewachte. Es gegen Unglücksfälle bewachte.

Die Vogelbeeren sah er vom Linoleumboden aus. Die Eberesche stand gerade vor dem Fenster und versperrte ihm die Sicht aufs Tal. Als er älter wurde, nicht länger ein Kind war und keine kindlichen Gedanken mehr hatte, stand er auf und sah das Tal. Dann spannte er die Flügelfedern, wie Muskeln, und hoffte, dass das Fenster bei ersten Anflug zerschlagen werden konnte.

Und die Mutter hatte ihn da demütig gewarnt: Wer hoch fliegt, kann tief fallen.

Jeden Nachmittag zwischen 16.00 und 18.00 Uhr hatte der Junge die Katze mit auf seine Wanderung genommen.

Die Trainingsschleife, die 320 Meter lang und von einer 2,50 Meter hohen Mauer begrenzt war, ging er Runde um Runde auf der Innenseite. Sie war asphaltiert. Eigentlich war vorgesehen, dass alle im Irrenhaus dort gehen sollten, aber er und die Katze Kim waren fast immer allein. Man konnte die Runde machen und sich vorstellen, *wie es im Wald war*. Er konnte zwar nur die Innenseite der Mauer sehen, aber Großvater P. W. hatte ihn die Bedeutung der *Vorstellungskraft* gelehrt, und das konnte er jetzt anwenden.

Es war wie ein Freibrief.

Der Kreuzfuchs hatte ja das Gleiche angedeutet. Es hing zusammen. Und es gab keinen Grund, sich dafür zu schämen, dass er eine Dichternatur geworden war, und es hatte ihn ja auch einmal gerettet, auf Island, genug jetzt davon. Genug! Der Wald, den er jetzt mit der Kraft seiner Vorstellung beherrschte, erstreckte sich nach Osten und war enorm; aber er war nie weiter gegangen als bis zur Spitze des Bensbergs, die 113 Meter über dem Meeresspiegel lag, und fast immer legte er unter dem eigentlichen Gipfel eine Pause ein, wo im übrigen der später umgesägte Wachturm für die feindliche Flugüberwachung errichtet worden war. *Da war Eeva-Lisa!* Ja, er wollte nicht weiterdenken, *aber es war auf jeden Fall da.* Gleich unter dem Gipfel lag Die Grotte der Toten Katzen. Er konnte dort hinaufgehen, mit Hilfe der *Vorstellungskraft,* und dort eine Weile ausruhen und sich gleichsam fassen.

Er hatte die Katze an einer Schnur. Die Geisteskranken, zu denen er ja nicht gerechnet werden konnte, sowohl die Irren, die Nichts hatten, also die in Kontrolle, als auch diejenigen, die hatten, brachten Skepsis und Hohn zum Ausdruck, wenn er jeden Tag mit der Katze an einer Schnur loszog. Ihr Standpunkt war, dass man einen Hund an einer Schnur haben konnte, aber keine Katze.

Es war ja lächerlich, Hund konnte er selbst sein.

Ein Hund war ja von Witterungen besessen, für ihn bestand die Welt aus Witterungen, die zusammenflossen, so dass der Hund nie zwischen der Welt der Witterungen und der wirklichen unterschied! Und manchmal erschnüffelte er seine eigene Witterung und wurde aus guten Gründen von Angst gepackt und brach ab! brach ab! Im Kopf fast gelähmt. Beinahe erlöst, wenn auch nicht auf die scharfe und große Art und Weise wie der religiöse Durchbruch im Larssonhof!, aber durch eine Katze. Die Katze blickte auf und nach vorn.

Eine Katze hatte etwas ganz Zukunftsorientiertes. Sie war nicht von der Witterung der Geschichte besessen. Mit August in Paris war es das Gleiche, in der abgeschlossenen Wohnung mit den Kleiderschränken voller Alkohol. Da war weiß Gott keine Rede von Angst und Reue und Tadel. Da galt nur *Schnauze hoch und Zukunftsglaube.*

Wenn er mit Kim an der Mauer entlangwanderte, ging er durch den Kiefernwald hinauf zum Bensberg. Es war möglich, dank der Lehren P. W.s, und in gewissem Maße des Kreuzfuchses, also der Einsicht bezüglich der Vorstellungskraft. *Die Vorstellungskraft!* Dieser Riesenmuskel! war notwendig im Wald und auf der Innenseite der Mauer, wohin die Kraft die umherwandernden Bäume versetzt hatte.

Es gab ja Plätze im Wald, die er hergerichtet und festgelegt hatte. Sie glichen Schützenständen, wo er sich verteidigen konnte, und die sicher waren. Dann gab es Pfade zwischen diesen Plätzen. Aber wenn er auf den Pfaden zwischen den festgelegten Plätzen ging, war es, als ob das Alte und Festgelegte ganz *anderst* wurde. Es war schrecklich und glich zugleich etwas, das *atemlos* war. Er fand, dass es ein neues Leben wurde, ganz *unglaublich*. Man konnte das alte Leben aufsuchen, und es stand auf dem Kopf, oder wie man es nun ausdrücken wollte. Man sollte es wohl nicht ausdrücken, das hieße ja benennen!, man konnte einfach losspringen, beinahe haltlos.

Er ging mit der Katze an der Schnur, und es war ziemlich gemütlich, und er hielt die Schnur, und die Katze führte ihn gleichzeitig auf Pfade oben im Wald, und sie gelangten zu den alten Plätzen, die jetzt plötzlich ganz anderst waren. Die Grotte der Toten Katzen!

Da fühlte er: Jetzt! Lauf los!

Wie sich auf Skiern den Bensberg hinabzustürzen! Und man musste es tun, obwohl es schlimm ausgehen konnte.

Aber das war es wert. So war wohl das Leben.

Wenn man aufsuchte und es anderst war, dann musste man es zusammenbekommen.

Das war eine Möglichkeit.

An diesem Tag war er später mit Kim losgekommen, aber er hatte das Gefühl, dass der Wald sich in so aufmunternder Weise um ihn scharte, dass er *es zusammenbekommen würde*. Die Dunkelheit hatte eingesetzt, doch das machte nichts.

Die Katze bewegte sich wie ein roter Schatten auf dem Pfad neben der Mauer, und es war ein gutes Gefühl, und er selbst war schon nach ungefähr dreißig Minuten, dank der *Vorstellungskraft* des Großvaters, beinahe oben an der Grotte der Toten Katzen angelangt. Es waren vielleicht noch hundert Meter bis zum Gipfel, und alles fühlte sich schön und ruhig an, und wäre er eine Katze, doch das war er ja nicht, wäre er ganz cool da gegangen und hätte geschnurrt. Und es war so gegen 18.00 Uhr. Einen Augenblick hatte er an Kim und den Lama gedacht, und dann an den Wohltäter im Krater auf der Geheimnisvollen Insel, der fast ein Fliegender Holländer war, wenn man so wollte. *Und gleichzeitig kam die Musik!* Zuerst ein wenig halblaut, dann unisono anwachsend! Kam in der Dunkelheit, während die Katze vor ihm durch seinen Wald ging, *es war sie*! Es war die Mutter! Und sie sang.

Er erkannte es wieder! *Es war sie! Und sie sang Panis Angelicus, Engelsbrot,* wie sie es im Bethaus zu singen pflegte! Solo! Während Elsa Lundström aus Yttervik sie auf der Orgel begleitete. Sie sang mit ihrer ziemlich schönen Stimme, in die sie einmal so viel Hoffnung gesetzt hatte.

Aber da, plötzlich, kam ihm Eriksson auf dem Pfad entgegen.

Einmal war er mit Hilfe der Mutter der Kontrollgruppe entronnen. Aber jetzt kam die Strafe. Das war die Erklärung. Er war jetzt von der Kontrollgruppe eingefangen, und es geschah in Paris. Das war der Grund.

Er war zurück, eingefangen, zurückgeschleudert an den

Platz unter der Rindentrommel, *obwohl alles so vielverspre-chend gewesen war.*

Deshalb sollte die Achte Sinfonie nie geschrieben werden. Und da half nicht der immer hilflosere Gesang der Mutter, das Panis Angelicus, das war der Grund. Er hatte alle Mög-lichkeiten gehabt, Gott hatte ihm eine Katze zugeteilt, er war der Begünstigte in der Versuchsgruppe, hatte alle Privilegien, er hatte die Schreibgabe, aber jetzt hatte er sein Pfund ver-untreut.

Er hatte alles gehabt. Jetzt hatte er nichts.

Jetzt war er selbst Kontrollgruppe.

Kapitel 7

Das Gleichnis von den fünf Tulpen

Im Arbeitsbuch jetzt nur kürzere Notate. »Das Gleichnis vom herausgerissenen Rätsel«; er scheint aufgegeben zu
haben. Oder sucht er jetzt anderswo? »Wenn er schrieb,
hatte er nie Angst, aber nur dann.« Durchgestrichen, als
verlogen. Oder: »Er wusste, dass er vielen für vieles zu danken hatte, aber er tat es nie. Er wusste, dass er dann verloren
wäre.«

Unterstrichen!

Seine Angst war immer gewesen, eingefangen zu werden.

War er sich dessen bewusst? Festgeklebt, im Unterschied
zu der ersten Frau, der auf den Kieferndielen auf dem Larssonhof. Sie hatte die Augen geschlossen und nur die Tür
zum innersten Raum geöffnet, wo sie sich vereinigt hatten
wie zwei spielende Kinder, und hatte danach ganz schlicht
adieu zu ihm gesagt. Und ihn gehen lassen, ganz befreit,
als sei dies mit dem religiösen Erlebnis auf dem Larsson-
fußboden ein nahezu maßloses religiöses Erlebnis gewesen.
Das ihn jedoch, nachdem er den innersten rätselhaften und
phantastischen Raum verlassen hatte, nicht in lebensläng-
licher Gefangenschaft band, einer Versklavung gleich, die im
Himmel oder in der Hölle enden würde – an beiden Orten
gemeinsam mit dem Vater, es war ja unklar, an welchem! Es
hing vielleicht von den achtzehn leeren Seiten ab!!! –, und
das ein Erlebnis gewesen war, das sich zunächst schuldbe-
laden, *also zwei Zentimeter*, aber dann vollkommen himmlisch angefühlt hatte.

Und das keine große Verpflichtung mit sich gebracht hatte, sondern nur wie *Erlösung mit Freiheit* war.

Genau diesen Ausdruck hatte er in der Sommerwoche 1953 in Munkvikens Freizeitheim als Thema für eine Gruppendiskussion vorgeschlagen, also in der Nähe von Lövånger, wo sich gläubige Gymnasiasten aus dem Küstenland von Västerbotten zum Gebet und zur Glaubensstärkung versammelten. *Erlösung mit Freiheit* hatte er vorgeschlagen, im Unterschied zu *Erlösung ohne Freiheit*, woraufhin Pastor Stjärne *um eine Erklärung gebeten hatte*, und da hatte er sich in dem Begriff Selbsterlösung verheddert. Pastor Stjärne, der im übrigen, was den Fliegenkleister anging, eine Kopie von Lisbeth war, hatte die Gewohnheit, an den Abenden herumzugehen, den Arm um einen zu legen und zu fragen *Wie geht es dir mit Jesus, Per Olov*. Es war sehr unangenehm. Er konnte ja nicht anfangen und zu seiner Verteidigung von Tante Valborg erzählen, obwohl es dem Gefühl hinter dem Schrank in der guten Stube glich, bereits bekannt.

Dieser Pastor Stjärne hatte sich empört und ein ernstes Wort mit ihm geredet, dass er sich schämen solle, und auweia, da hast du's aber gekriegt! Wie Halvar Bergström aus Renbergsvattnet am abendlichen Lagerfeuer beinahe schadenfroh bemerkte.

Die Frau auf den Kieferndielen auf dem Larssonhof hatte Erlösung mit Freiheit gegeben. Wahrlich. Aber das konnte er ja Pastor Stjärne auf der Munkviksfreizeit nicht erklären. Das hatte sie, wahrlich und wahrhaftig. Man hatte es nicht nötig, die Liebe wie einen Kartoffelsack herumzuschleppen und sich durchs Eis der Burebucht zu hacken wie Onkel Aron. Und seitdem hatte er – dies wollte er vor Gott und allen Zeugen in dieser Versammlung, wenn auch insgeheim, bekennen – sich nach ihr gesehnt. Also der Frau auf dem Fußboden da bei Larssons, furchtbar gesehnt! ganz furchtbar gesehnt!!!, und als er in Skellefteå auf dem Gymnasium angefangen hatte, zur Untermiete einquartiert in der Skeppargatan 7, das Haus ist jetzt abgerissen, war seine Sehnsucht so groß geworden, dass er ihre Telefonnummer in Södertälje ausfindig gemacht hatte, weil er ja ihren vollen Namen kannte.

Also nicht nur das knappe Ellen!, das ihm an dem Nachmittag zuteil geworden war, als sie ihn sozusagen erlöst hatte. Sondern den ganzen Namen. Was half es da, seine Mundlippen zu verschließen und zu schweigen. Aber ein Roman über Liebe sollte es nie werden.

∗

Das Folgende ereignete sich im letzten Gymnasiumsjahr.

Er war zu seiner Vermieterin in der Skeppargatan, wo er wohnte, hineingegangen – zu der Frau, die jeden Morgen mit zwei Scheiben Hefestollen und einem Glas Milch hereinkam und ihn weckte, indem sie ihn am Arm rüttelte und ihn mit einem freundlichen, wenngleich etwas rätselhaften Lächeln ansah, während sie die Decke hochzog und dann zurechtzupfte, um seine Steifheit zu verbergen, *es war nur einmal!* – und hatte sie gebeten, für ein Ferngespräch nach Södertälje ihr Telefon benutzen zu dürfen.

Sie hatte gefragt, wen er anrufen wolle, aber er hatte sich gewunden, es war ja unnötig, dies zu erzählen, nicht zuletzt, wenn man an die gerade entlarvte Steifheit dachte, aber *es war nur einmal,* und sie hatte weder etwas gesagt noch seine Steifheit getadelt. Und danach hatte er immer darauf geachtet, sie zu überdecken, obwohl es ihr sicher egal war. Vielleicht zweimal, höchstens. Auf jeden Fall durfte er das Telefon benutzen, trotz ihres Argwohns und ihrer schlecht verhohlenen Missbilligung.

Und er war durchgekommen! Das war das Phantastische.

Sie hatte sich gemeldet, mit ihrer ziemlich schönen Stimme, die verblüffend gleich geblieben war seit jenem Mal, als sie über Bernhard Nordhs Bücher gesprochen hatten. Er hatte gesagt, dass sie sich vielleicht an ihn erinnere, vom Larssonhof, ob sie sich erinnere, dass er eine Limonade von ihr bekommen hatte? Ob sie sich an ihn erinnnerte, er sei ziemlich groß und von rankem Körperbau, und sie hätten über Bernhard Nordh diskutiert; und da hatte sie ziemlich kurz angebunden gefragt, *Was willst du?* Und er hatte geantwortet, er habe darüber nachgedacht, oder vielleicht hatte er gesagt, er *habe sich ein wenig Gedanken gemacht, wie es ihr ginge*, und sie hatte gefragt, woher er ihre Telefonnummer habe.

Und da hatte er es ihr erklärt, mit eigenen Worten, aber bestimmt in einem etwas zu angelegentlichen Tonfall, und war wieder unterbrochen worden. Sie hatte erneut gesagt *Was willst du?*, und dies ließ ihn gleichsam verstummen, und er hatte den Hörer aufgelegt.

Was für ein Fiasko!

Aber ihre Stimme klang nicht mehr ganz so nettig, also war es vielleicht auch gut so. Und die Vermieterin hatte hinter der Tür gestanden und ziemlich unwirsch ausgesehen und gefragt, was los sei, denn er wirkte ziemlich geknickt, oder bedröppelt, aber weil er ihr keine Antwort gab, hatte sie abrupt gesagt *Das macht zwei fünfzig*, und er hatte gefragt *So viel? Es war doch ganz kurz?*, und sie hatte an ihrer Forderung festgehalten und hatte ganz komisch geklungen, und ihre Augen waren überhaupt nicht mehr so warmherzig wie sonst, also wenn sie mit den Hefestollenscheiben und dem Milchglas kam. Und, hatte sie weiter gesagt, sie könne ja auch seine Mutter bitten, die Kosten für das Gespräch mit der Frau in Södertälje zu überweisen.

Dies hatte er eilig abgelehnt. Also hatte er keine andere Wahl als zu blechen.

Dann hatte es bis 1958 gedauert.

Er war unten in Stockholm bei den Schwedischen Leichtathletikmeisterschaften gewesen und hatte das Treppchen verfehlt, weil er Vierter geworden war, und war ziemlich enttäuscht. Aber am Abend hatte er sich zusammengenommen und einen Entschluss gefasst. Er würde sie noch einmal anrufen. Es half ja nichts, Tag für Tag an die Frau aus der Larssonküche zu denken, und sich abspeisen zu lassen half ebenso wenig; im übrigen war er es ja selbst gewesen, der in Panik den Hörer aufgelegt hatte!, und weil er bei seiner Tante Elsa übernachtete, ja, es war die mit der Unterlippe, die zitterte, als sie neunzig wurde, und er hatte es geerbt, also die Unterlippe, wie Frankensteins Monster, ja, alles schon gesagt, sie war also zum Glück am Morgen zum Konsum gegangen, um Dickmilch zu kaufen; da hatte er zum Telefonhörer gegriffen und ihre Nummer angerufen, in Södertälje. Denn wenn er eins in Erinnerung behalten hatte, dann war es ihre Nummer! Die hatte er in seinem Bewusstsein eingeritzt! Wie mit einem Sechszollnagel in die Wand gleich der Alten, die verrückt wurde, als ihre sechs Kinder blau geworden und gestorben waren! – es war die Würgekrankheit, zuvor erwähnt – oder wie eine Telefonnummer im Notizblock, dessen leere Blätter er jetzt 2011 auszufüllen versuchte! Dies also nur als Bild oder Gleichnis, genug davon.

Und sie hatte sich gemeldet!

Er hatte sich aufs Neue vorgestellt, mit verschiedenen Details. Ja, er erwähnte wieder die Limonade, falls sie sich erinnerte; und er sagte, dass er zwar nur Vierter geworden sei bei der Schwedischen Meisterschaft, obwohl er ziemlich dicht an zwei Metern gewesen sei, was eine Lüge war, denn er hatte schon bei eins fünfundneunzig klar gerissen, aber er erinnere sich ja, wie sie sich dafür interessiert hatte, dass er in der B-Mannschaft von Bureå spielte, und für die halbe Limonade in der Pause. Diesmal unterbrach sie ihn nicht, und er erzählte ziemlich *klar und ausmalend*.

Er hatte einen Plan.

Der lief darauf hinaus, dass er sich ausführlich vorstellen wollte. Also mehr persönlich. Damit sein Charakter besser zur Geltung kam. Vielleicht in leicht humoristischer Form, damit sie den Hörer nicht aufknallte. Und am Ende fragte er, ob sie sich sehen könnten.

Ganz kurz. Bei einer Tasse Kaffee oder so. Bevor er mit dem Nordpfeil wieder nach Hause fuhr.

Zwischendurch war es gleichsam stumm im Hörer, aber sie war noch dran. Und plötzlich hatte sie ihn mit einer ziemlich komischen Stimme an sein Versprechen erinnert. Dass er versprochen habe, nie, niemals auch nur einem einzigen Menschen etwas zu erzählen; und sie fragte ihn jetzt und wollte es ganz ehrlich und auf Ehrenwort wissen, ob er sein Versprechen gehalten habe. Und da hatte er bekräftigt, dass er dieses Versprechen gehalten habe, und er hörte an seiner eigenen Stimme, dass er ein bisschen zitterte, und es war wahr! *Wahrlich, wahrlich,* er hatte keinem einzigen Menschen etwas von diesem Großen, das er erlebt hatte!, erzählt. Dann war es eine lange Weile gleichsam still geworden im Hörer, und er hatte gesagt *Hallo?* Und sie hatte geantwortet, *dann müssen wir wohl miteinander reden.*

Dass ist unausweichlich. Es führt kein Weg daran vorbei.

Sie war auf einmal sozusagen ganz sachlich geworden und hatte ihm eine Abfahrtszeit für den Lokalzug nach Södertälje genannt und wann er ankäme, und sie schien ihrer Sache ziemlich sicher zu sein; das war vielleicht ganz natürlich, sie fuhr wohl eifrig zwischen Stockholm und Södertälje hin und her, wie man sich leicht vorstellen konnte.

Und wo treffen wir uns? Hatte er gefragt.

Du kommst um fünfzehn Uhr fünfunddreißig an, hatte sie geantwortet, und wir treffen uns auf dem Bahnsteig, du setzt dich auf die letzte Bank ganz am nördlichen Ende, und da bleibst du sitzen, bis ich komme. Am nördlichen Ende, hatte er gefragt, weiß ich denn, wo Norden ist? Sie hatte erwidert, du weißt doch wohl, in welcher Himmelsrichtung das Moos an den Bäumen wächst! Und da hatte er einen Augenblick *nachgegrübelt* und gesagt, er sei nicht sicher, ob das Moos auf der Nordseite oder der Südseite wuchs. Aber sie hatte kurz erwidert, *soweit ich mich erinnere, warst du nicht auf den Kopf gefallen, und du solltest dich nicht dümmer stellen, als du bist. Nein, das ist klar*, hatte er entgegnet, *das war ein Scherz*, es gibt ja wohl in Södertälje keine Bäume. *Jedenfalls nicht auf dem Bahnsteig*, hatte sie gesagt. Auch keine Kiefern? Nein, keine Kiefern und keine anderen Bäume. *Soll ich ein Erkennungszeichen tragen*, hatte er gefragt, eine Blume im Knopfloch oder so? Nein, hatte sie ihn da heftig unterbrochen, als habe er etwas Falsches gesagt, aber sicher war er sich nicht. *Ich erkenne dich schon*, hatte sie in etwas nettigerem Ton geantwortet. *Ich erinnere mich*. Ich habe übrigens kein Jackett, hatte er da eingeworfen. Was hast du denn? *Eine Trainingsjacke, auf der Bureå IF steht*. Ja, nimm die, hatte sie geantwortet. Und dann war sie still geworden. Kommst du, hatte sie am Schluss gefragt.

Ich komme, hatte er geantwortet. Fünfzehn Uhr fünfunddreißig, die nördlichste Bank.

Dann hatte es im Hörer geklickt, und da legte er auch auf, obwohl er ein wenig zitterhändig war, und gerade da kam Tante Elsa zurück, ja, die mit der Unterlippe, und es war fast schön, dass sie gerade in dem Moment kam, sie trug die

Konsumtüte mit der Dickmilch, und sie sagte, *Was ist, ist alles in Ordnung?* Und er sagte *prima, prima*, und dann begannen sie gemeinsam das Morgenmahl.

✻

Er ging auf dem Bahnsteig nach Norden, also vom Zug aus gesehen zurück. Den gekauften Tulpenstrauß hatte er unter die Trainingsjacke gestopft, es kam ihm so dumm vor, ihn inne Hand zu halten.

Der Zug war pünktlich gewesen, aber er war trotzdem nervös. Er wusste eigentlich nicht, warum er angerufen hatte. Aber er hatte es sich so lange vorgestellt und vorgestellt. Und er konnte weiter darüber nachdenken, dass es aufquoll, und dann gab es kleine Erinnerungen und große. Und dies war eine ziemlich kurze Erinnerung, ungefähr drei Stunden, wenn man die Analyse von Bernhard Nordhs Werk hinzurechnete, die mit den Jahren begonnen hatte anzuwachsen, und *auszufüllen*. Und sie füllte zweifellos einen so großen Raum in ihm aus, dass es sich beinahe anfühlte, als müsste er zerspringen. Manchmal dachte er an den Großvater P. W. und seine Erzählungen von den Abenteuern des Kreuzfuchses, und dann hüpfte dieser Ausdruck hoch, ***die Vorstellungskraft! Dieser Riesenmuskel!*** Mit der Vorstellungskraft war man ja frei und konnte große und kleine Erinnerungen versetzen und umgestalten, und dies mit dem Riesenmuskel erklärte ja so vieles.

Und es hörte sich ja scharf an.

Aber die Frau auf dem Larssonhof hatte, so lange danach, gleichsam angefangen, seine Gedanken und Erinnerungen, also eher seine Sinne, auszufüllen, und am Ende gab es nahezu keinen Platz mehr für etwas anderes.

Es war wie eine Selbsterlösung, die schiefgelaufen war.

Er ging den Bahnsteig entlang nach Norden, und dann endete der Bahnsteig, und richtig, da stand eine Bank. Sie war leer.

Er dachte daran, dass er mit der Mutter einmal in Södertälje gewesen war, als er sie zu einer Sommerwoche der Missionsvereinigung der Lehrerinnen, LMF, begleitet hatte, aber jetzt war es ja gleichsam ein anderes Anliegen, und ziemlich anderst. Er setzte sich auf die Bank und schaute nach oben, er saß also unter einer Art Dach, für den Fall von Regen oder anderen Niederschlägen. Raucher hatten Kippen auf den Bahnsteig geworfen, der aus Zement war. Er hatte damit gerechnet, dass sie schon auf der Bank säße, und der Gedanke, unverrichteter Dinge zurückfahren zu müssen, machte ihm zu schaffen.

Er setzte sich ans nördliche Ende der Bank und starrte auf die Zigarettenkippen.

Er rauchte natürlich nicht, und ebenso wenig trank er. Er war ja seit seinem siebten Lebensjahr Mitglied im Heer der Hoffnung, also der Jugendabteilung des Blauen Bandes, und hatte ein Enthaltsamkeitsgelübde abgelegt. Aber er war rank, einen Augenblick dachte er daran, und danach an die Frau vom Larssonhof, und dachte *dies bin ich*.

Daraus bestand er. Aus kleinen Teilen zusammengesetzt, wie ein zusammengeschustertes Monster Frankensteins, das nicht raucht und nicht trinkt und viel liest und manchmal kleine Textstücke in ein Notizbuch schreibt, also keine Romane, sondern eher kürzere Romanzusammenfassungen, ein Bernhard Nordh war er eindeutig nicht, noch nicht; er schrieb eigentlich auf einen Notizblock wie dem, den die Mutter nach dem Fortgang des Vaters verbrannt hatte. In dieser Form über sich selbst nachdenkend, saß er vor dem Kippenhaufen und in seinem Schädel drehte es sich; Wiederholungen! Also trinkt nicht! Aber schreibt! Und ist rank! Und hat jetzt eine ältere Frau angerufen, mit der er einmal vereint war und die ihm damals *Erlösung mit Freiheit* gegeben hatte. Und ist es das, Mensch zu sein, ist das der eigentliche *Sinn des Lebens*?

War das Leben nur dies? Ein zusammengeschustertes Wesen zu sein, in dem aber dank der fürchterlichen Vorstellungskraft, dieses Riesenmuskels, etwas einen immer größeren Platz einnahm?

Da sah er, dass sie kam.

Sie ging ruhig, trug ein graues Kostüm, und er erkannte sie, obwohl neun Jahre vergangen waren. Kein Zweifel. Ihr Haar war immer noch braun, aber jetzt trug sie ja Kleider, so dass er andere Vergleiche fallen ließ.

Die Augen, ja.

Sie trat vor ihn, und er stand auf, sie streckte die Hand aus, und sie gaben sich die Hand, und sie zeigte auf die Bank und sagte, wenn er sich an das eine Ende setzte, würde sie sich an das andere Ende setzen, und er verstehe vielleicht, warum sie wolle, dass sie getrennt säßen. Damit niemand etwas falsch verstehen könnte. Ich möchte es, und du verstehst sicher, warum. Er hatte sich daraufhin gesetzt, und sie setzte sich tatsächlich ans andere Ende der Bank, in südlicher Richtung sozusagen, er fand es sehr unklar und verwirrend, wie sie sich setzen sollten, und deshalb erwiderte er in sehr positivem Tonfall:

»Aber das ist doch klar.«

Es muss im August gewesen sein, wegen der Schwedischen Meisterschaft, es war ganz still und gleichmäßig bewölkt, und zuerst schwiegen sie beide. Keiner von ihnen meldete sich zu Wort. Doch dann sagte er, sie fände es vielleicht sonderbar, dass er angerufen habe, und er wolle ihr ja nicht zur Last fallen, wie man so sagte, also lästig werden. Aber er habe so viel nachgedacht, und an sie gedacht, er habe ziemlich schön gedacht, wenn er einmal so sagen dürfe, und genau da, als er zu dem *Ich habe so viel an dich gedacht* gekommen war und danach zu dem mehr persönlichen *und ziemlich schön,* war plötzlich Totalstopp gewesen.

Absolut Stopp.

Nicht dass er hemmungslos zu flennen anfing, aber halbwegs, er konnte sich nicht richtig ermannen. Und da hatte sie den Kopf gedreht und ihn eine Weile angesehen, während er dasaß und seine Fassung zurückgewann, gleichsam hechelnd, wie nach einem Geländelauf, also höchstens schniefend, weg damit, und die linke Hand vors Gesicht hielt, die andere hatte er gegen den Trainingsanzug gedrückt (es war Bureå IF), wo die Tulpen steckten, die zu überreichen er völlig vergessen hatte. Sie sah ihn an, aufmerksam, gleichsam fragend, aber sie hatte sich nicht bewegt. Und als er eine Körperbewegung machte, als wolle er eine Winzigkeit in ihre Richtung rutschen, während er immer noch leicht schniefte, hatte sie ihn mit einer einzigen Armbewegung gestoppt! Eindeutig! Wie ein Stoppschild! Fast wie die eindeutige Armbewegung, mit der Dutzende Jahre später eine sehr schöne Psychoanalytikerin in Kopenhagen den alkoholisierten Restmenschen, der er geworden war, auf Distanz hielt, genau mit einer solchen abweisenden Gebärde! und damit jegliche Form von gefühlsmäßigem oder körperlichem Kontakt verhinderte.

So erniedrigend, damals in Kopenhagen, als wäre er ein Kind, das die ausgestreckten Arme zu seiner Mutter aufhebt, und diese weist es ab! Weist es ab! Mit einer abwehrenden Geste, deren Bedeutung vielleicht ist Fahr zur Hölle! Oder nur Ich ertrage deine verquere Seele nicht!

»Bleib sitzen!«, hatte sie gesagt.

Sie blieben beide sitzen, und es kamen keine Züge, auch Güterzüge fuhren keine durch, und es musste fast eine Minute vergangen sein oder eine Viertelstunde. Es war wie mit der Ewigkeit, hatte er einmal durch Lektüre des Erlösungsbuchs festgelegt, ein Sandkorn wie tausend Jahre. Und da begann sie gleichsam mit dem Fuß vor sich auf dem Bahnsteig zu zeichnen, es war Zement, wie in Kreisen, und dann sagte sie, dass sie in den vergangenen Tagen viel nachgedacht habe. Und dass jeder von ihnen gleichsam auf seiner Seite säße, hinge vor allem damit zusammen, dass sie hier und da Bekannte habe, und Vertrauensposten, und im Kirchenvorstand sitze, ja, es sei eine ganze Menge, und sie wolle nicht, dass diese Leute sich wunderten. Aber das ist klar, sagte sie beinahe mit einem Lächeln, wenn jemand uns beide so komisch hier sitzen sieht, dann wundern sie sich ganz bestimmt.

Aber bleib sitzen. Und ich wollte dich trotzdem treffen, war sie fortgefahren, weil ich eine Sache sagen wollte.

Ich habe tatsächlich viel an den Nachmittag damals auf dem Larssonhof gedacht. Es war ja ein bisschen verrückt. Du warst erst fünfzehn. Es war ja sozusagen total verboten, und vielleicht war es deshalb so stark. Aber schön. Das war es.

Und sie hatte sich daran erinnert, dass er gesagt hatte *Und dir auch vielen Dank.*

Sie sprach ziemlich leise, manchmal flüsterte sie beinahe. Es war dieses *Und dir auch vielen Dank.* Und dann kam sie darauf zu sprechen, wie es gewesen war, wenn sie sich erinnerte, es war nicht verblasst, sondern beinahe aufgegangen und übergequollen, wenn er verstehe, was sie meine. Und da hatte er genickt, für ihn sei es genauso, wenn er sich erinnere, vielleicht noch mehr! Da hatte sie eine kleine Denkpause gemacht und gesagt oder eher gesungen *Sturm geht da draußen und schließt des Sommers Tür, zu spät ist's zu suchen und zu fragen, ich liebe vielleicht weniger als früher, doch mehr, als du je könntest sagen.*

Was ist das, hatte er gesagt. Das »Herbstlied« von Tove Jansson, hatte sie geantwortet, kennst du das nicht? Aber er hatte nur den Kopf geschüttelt und gesagt, je mehr er an jenen Tag denke, desto schöner werde es. Er sagte, dass es ihm inzwischen eigentlich egal sei, wie es in Wirklichkeit gewesen sei. Aber es war gewachsen, und dann pochte es in ihm, es war so unglaublich, es hat vielleicht nicht so viel damit zu tun, wie es war, darauf pfeife ich, sagte er, und sie sagte, so leise, dass er es kaum hören konnte, *Rede nicht so viel. Das Wichtige ist, wie es geworden ist, und wie es am Ende ist.*

Aber ist es geblieben?

»Doch dann bekam ich solche Angst, als du anriefst«, sagte sie nach einer langen Pause. »Ich hatte solche Angst, dass es sozusagen platt würde. Realistisch würde. Nicht wie ...«

»Durchzukommen«, hatte er da gesagt. »Wie die, die eine Erweckung erlebt haben.«

»Wie meinst du das?«, hatte sie gefragt und die Stirn in Falten gelegt. Ja, da waren mehr Falten jetzt, das sah er.

Er hatte versucht, es zu erklären. Dass es auch für ihn gleichsam gewachsen war, gleichsam unkontrollierbar, es war, als habe sich die Vorstellungskraft das, was dort in der Küche geschehen war, angeeignet und es so groß werden lassen wie ein Erweckungserlebnis, aber ihm dennoch die Freiheit gelassen. Es war absolut nicht wie mit Hilfe von Jesus erlöst zu werden, oder so.

Sie dürfe das nicht falsch verstehen, hatte er beinahe in Panik gesagt.

Er fühlte plötzlich, dass dies mit Erweckung die *völlig falschen Worte!* waren und dass er nur Angst vor dem Wort *Liebe* hatte, oder *Wunder der Liebe*, er war ja zu schüchtern dafür! also musste sie mit *Erweckung* vorliebnehmen.

Das auf jeden Fall irgendwie unbegreiflich war, so dass er sich nicht zu schämen brauchte.

Ja, eigentlich war es vielleicht größer als das religiöse Wunder, und er spürte, dass dies, diese Erklärung, in die richtige Richtung ging, aber dass er es in der Sprache einschnürte, und er redete jetzt fein, und es gab nicht einmal Wörter aus der Skelletmundart, die Heilung bringen konnten, was sollte er sagen? Aber die Vorstellungskraft, fügte er nach einer Weile hinzu, nachdem er sich ermannt hatte, habe es dazu gebracht zu wachsen, beinahe so, dass es gefährlich wurde, und deshalb habe er angerufen. Da hatte sie das Wort wiederholt, als ob es sie zum Nachdenken brächte.

»Die Vorstellungskraft«, hatte sie ihm nachgesagt.

Er erklärte ihr, dass sein Großvater das Wort benutzt habe, und er selbst zu denken pflege, *Die Vorstellungskraft! Dieser Riesenmuskel!* Und da, bei diesen Worten, hatte sie gleichsam die Hand gehoben, wie aus einem hilflosen, unkontrollierten Reflex heraus, und die Worte wiederholt und dann eine Weile geschwiegen, aber danach gesagt:

»Ich wollte nicht, dass es kaputtgemacht würde. Deshalb habe ich Angst bekommen, als du anriefst. Und es muss jetzt vorbei sein. In Zukunft sehen wir uns nicht wieder. Das ist nicht möglich.«

»Bist du sicher?«, hatte er gesagt, obwohl ihm fast die Kehle ausgetrocknet war. »Warum denn?«

»Ganz sicher. Ich will nicht eingefangen sein. Und du willst es auch nicht. Dann sind wir nicht frei.«

»Es ist wie *Erlösung mit Freiheit*«, hatte er wie zu sich selbst entgegnet, aber es klang so komisch, dass er eine ausladende Armbewegung machte wie bei einem Scherz. »*Ein Scherz*«, hatte er sicherheitshalber hinzugefügt.

»Ich habe mich zuweilen gefragt, was daraus geworden

ist«, sagte sie nach einem langen Schweigen. »Ich habe mich sehr oft gefragt. Deshalb ist es ebenso gut, dass wir uns getroffen haben.«

»Wie meinst du?«

»Was daraus geworden ist. Aus diesem Sonntagnachmittag. In dir. Man weiß es ja nie. Oder was in mir daraus geworden ist, genauso. Ja, was in uns daraus geworden ist.«

Er sah sie an. Es tat weh. Er fand nichts zu sagen.

»Darf ich einen Brief schreiben?«, fragte er am Ende.

»Nein. Das darfst du nicht.«

»Darüber, was in mir daraus geworden ist?«

»Nein. Schreib einen Brief, wenn ich tot bin.«

Danach hatte sie eigentlich nichts mehr gesagt. Nicht, soweit er sich erinnern konnte. Doch, *aber die Vorstellungskraft!* hatte sie gesagt und gleichsam abrupt im Gedanken innegehalten. *Aber die. Aber die.*

Der Lokalzug nach Stockholm fuhr ein, und hielt.

Es war nicht mehr viel zu sagen. Ohne ihn anzusehen, sagte sie, dass er jetzt fahren und diesen Lokalzug nehmen müsse, der um 18.15 Uhr von Gleis eins abgehe. Er machte eine Art Geste mit der Hand, wie um eine Frage zu stellen, aber sie hob die Hand, es war unausweichlich. Er sah sie an, und zum ersten Mal sah sie zurück. Sie sah nettig aus, und sie hatte sich gut gehalten. Ihre Haare waren noch immer braun, und sie hatte ziemlich schöne Augen.

Nein, es war unausweichlich. Er ergriff ihre Hand und sagte mit einem kräftigen Händedruck adieu und tat so, als sähe er nicht, dass sie weinte. Gerade als er die ersten Schritte auf den Wagen zu gemacht hatte, fielen ihm die Tulpen ein; er öffnete den Reißverschluss seines Traininganzugs, es war Bureå IF, und holte sie heraus, alle fünf, sie hatten sich trotz allem ganz gut gehalten, streckte sie ihr hin und sagte:

»Ja, ich hab ganz vergessen …«

»Danke«, sagte sie.

»Dir auch vielen Dank.«

Da lächelte sie, und er wusste, dass er, wieder einmal, die richtigen Worte gesagt hatte. Er stieg ein.

Signal.

Er stand am Wagenfenster und guckte.

Sie hatte sich wieder auf die Bank gesetzt und sah auf den Bahnsteig mit den Kippen, oder auf die Tulpen in ihrer linken Hand, eins von beiden, und sie blieb sitzen, als der Zug anrollte. Er winkte vorsichtig.

Und da hob sie die Hand.

Kapitel 8

Das Gleichnis vom Postfräulein

Er rechnet nach, wie viele Jahre vergangen sind seit jenem Nachmittag in der Küche des Larssonhofs.

Es sind viele.

Konnte das, was da geschehen war, wirklich so wichtig sein? Er hat sich ja dafür entschieden, dass die Liebe eingebrannt wird in den Menschen, wie ein Brenneisen in ein Tier! Aber auf sie traf das nicht zu. Da war ja die Liebe gleichsam nettig gewesen.

Nie wird er über die Liebe schreiben können. Er taugt nicht. Die Zeichen unbegreiflich. Ging es so zu, wenn man Mensch wurde? War es so für den Vater?

Er notiert, dass er eigentlich nichts von ihr gewusst hat, der Frau an jenem Sommersonntag, auf dem astfreien Kiefernholzboden. Die neunundsiebzig Jahre alt war, als sie starb. Und bei deren Beerdigung er zugegen war.

Also der Frau mit der Limonade. Nie gewusst hat, vielleicht nie wissen wird. War sie verheiratet? Hatte sie Kinder? Was hatte sie gearbeitet? Woran hatte sie geglaubt? Wovor hatte sie Angst gehabt?

Das war wohl der Grund, warum sie so viel in ihm *ausfüllte*. So viele Jahre lang. Durch ihre *stille und traurige Art*.

Da war es, diese Worte: »Durch ihre stille und traurige Art.«

Woher kamen sie.

Notiz aus dem Arbeitsbuch über das Postfräulein: Sie gehörte vielleicht dazu, er ist ausgewichen.

Dicht bei Brattbygards Schulheim – der Anlage, die die Monster und die Missgebildeten und den Jungen mit der Krokodilhaut und die lallenden und sabbernden Kinder enthielt, die Monster, die *Warnzeichen* waren, und von denen seine Mutter zu wiederholten Malen in ermahnendem Ton gesagt hatte, *so hätte es auch dir gehen können und du hättest eins von ihnen sein können! Wenn ... wenn!*, es war dieses *Wenn!*, das ihn verfolgte – lag das Postamt, Adresse Vännäsvägen 12.

Wenn er bei Tante Lily zu Besuch war, die Vorschullehrerin im Dorf war, doch nicht für die Monster, ging er jeden Tag und holte die Post. Dem Postamt stand eine Frau in mittleren Jahren vor, vielleicht fünfunddreißig Jahre alt, sie trug immer ein grünes Crêpekleid, das keinen Gürtel hatte und lose um ihren Körper hing.

Er war in diesem Sommer vierzehn Jahre alt.

Jede Sekunde, die er diese Frau auf dem Postamt bei Brattbygards Schulheim, es war Vännäsvägen 12, betrachtete, und er versuchte immer, den Besuch in die Länge zu ziehen, wurde er von einer unerhörten, beinahe besinnungslosen Lust erfüllt. Er begriff nicht, was die Lust war, aber er fühlte sie. Er dachte die ganzen Tage an ebendiese kurze Expedition zur Post und an die Minuten, in denen er die Frau betrachten konnte, deren Namen er nicht kannte, in die er jedoch auf irgendeine Art und Weise einzudringen, oder eher, die er zu umarmen wünschte.

Es war unklar, welche Rolle das dünne, lose hängende Kleid dabei spielte, er stellte sich nie vor, dass es verschwinden sollte, dass sie nackt wäre; es war eine Vereinigung, die eher ein *amöbenähnliches Umschließen* als ein Eindringen war, und ohne dass das Kleid verschwand.

In Brattby gab es diese beiden Pole: die Monster im Schulheim, die zeigten, wie es hätte gehen können, und die Frau auf dem Postamt.

Es gab eine Kollegin der Mutter, eine Vorschullehrerin in Lövanger, deren eingeborener Sohn ein Monster war, das jetzt dort in einer Art Holzkäfig lag. Und wenn nicht Jesus in seiner Gnade dazwischengegangen wäre und die Mutter von der Monstergefahr erlöst hätte, wäre er es vielleicht gewesen, der dort gelegen hätte.

Warum? Das war unklar, hatte jedoch etwas mit den weltlichen Strafen zu tun. Er stellte sich vor, dass die schweren Sündenstrafen manchmal auf Vorschuss verhängt wurden, wenn beispielsweise die Mutter eine Todsünde begangen hätte, was sie also nicht getan hatte, und wofür er dankbar sein sollte.

Auf gewisse Weise wurde damit durch die Monster die Sündenfreiheit der Mutter illustriert, also dass sie nicht als Unverheiratete Unzucht getrieben hatte, wie Burmans älteste Tochter (mit Stefan) – dass die Sündenfreiheit dadurch bewiesen wurde, dass er *nicht im Holzkäfig lag und seine Krokodilhaut kratzte*. Sie wurde auch dadurch illustriert, dass es eine Alternative gab, nämlich die Frau auf der Post.

War nicht auch dies eine Andeutung von der Kraft in der Lust! Von der Kraft!

Wenn er täglich mit der Post zur Tante zurückkehrte – die also Lily hieß und ein Jahr im Sanatorium von Hällnäs verbracht hatte, wo ihr die Rippen geknackt wurden, genau wie der Großkusine Yvonne aus Yttervik, im Vorherigen noch nicht erwähnt; diese Großkusine wurde Nonne und schrieb auf dem Totenbett einen Brief, in dem sie nach der Lektüre seiner Bücher eine baldige Erlösung für ihn erahnte, rippengeknackt, so sagte man, rippengeknackt –, suchte er unverzüglich den Lokus des Hauses auf, ein Plumpsklo im Freien. Der Lokus hatte auf der Innenseite der Tür einen Riegel, und diese Schließanordnung machte ihn freimütig.

Er onanierte dann heftig.

Seine Vorhaut war jedoch eng, er konnte sie nicht zurückziehen. Aber in diesem Sommer, als er vierzehn Jahre alt war und ein wahres und vorstellungsreiches Leben nur in den kurzen Minuten lebte, in denen er die stille und traurige Frau auf der Post betrachten konnte, sie hatte auch braune Haare!, und sie danach dank seiner schon damals starken Vorstellungskraft in besinnungsloser Lust umarmte, doch ohne die Kunst des Penetrierens zu kennen, nur die des Umarmens, in diesem Sommer gelang es ihm zum ersten Mal, die Vorhaut zurückzuziehen, so dass die Eichel ganz freigelegt war, es war im übrigen der Olympiasommer 1948.

Vermutlich tat es weh. Er erinnert sich nicht. Dann tat es überhaupt nicht mehr weh. Als er über ein Jahr später die Frau auf dem Larssonhof traf und sie ihn nach der Vorhaut fragte, wusste er sofort, was sie meinte.

Hinterher, als er fast vergessen hatte, wie es ihm zum ersten Mal gelungen war, die Vorhaut zurückzuziehen, sah er auf einmal ein, dass die Frau von der Post, dank des Riesenmuskels der Vorstellungskraft, ihm gewissermaßen behilflich gewesen war.

Sie war ernst gewesen, aber schön, und manchmal hatte sie ihn angesehen. Es hing irgendwie zusammen mit Ellen, der Frau mit der Limonade.

Seine Auffassung von der unerhörten Bedeutung der Frau stand danach fest.

Als es ihm gelang, die Vorhaut zurückzuziehen, verschwanden die Monster! Es war wie ein biblisches Wunder. Es rückte auch sein Frauenverständnis gerade. Auf eine Weise sollte die Frau – also die ursprüngliche, die Lust eingab – schön sein, ihr Körper sollte sich abzeichnen, aber sie sollte ernst sein. Er stellte sich vor, wie er freimütig, etwas Außerweltlichem, einem Weltraumwesen gleich?, etwas die Frau Umgebendes sein konnte, körperlich mehr als geistlich, aber also noch nicht eindringend in sie! Bei dieser Einsicht wurde er fast verrückt vor Ergebenheit, oder Sehnsucht, es gab verschiedene Benennungen. Dies galt sowohl für die Frau auf der Post neben Brattbygårds Schulheim, deren Kleid aufgrund des hauchdünnen Materials etwas von der Kontur ihres Körpers enthüllte, als auch ein gutes Jahr später für die Frau mit der Limonade.

Als er dies der schönen Psychoanalytikerin in Kopenhagen erzählte, es waren neun Sitzungen im Winter 1988, hatte sie vor Freude nahezu geprustet oder geschmatzt und es sofort mit der zuvor erwähnten Erinnerung an *die Mutter, auf einem Stein am Strand von Granholmen sitzend,* fast wie die Kleine Meerjungfrau, verknüpft und angedeutet, dass dieser Zusammenhang völlig klar sei und man jetzt einen großen Schritt auf dem Weg zur Selbsterkenntnis weitergekommen sei, und auf diese Weise könnten sie beide, also besonders die Analytikerin, die scharfsinnig seine Schutzmauern eingerissen hatte, seine Alkoholabhängigkeit zerpflücken. Da war er aus der Haut gefahren und hatte angedeutet, dass er weiß Gott *gerade von ihr nur sexuell angezogen sei!* also von der Analytikerin! und dass sie auf gar keine Weise mit der Mutter auf Granholmen verknüpft werden könne, worauf sie die Arme zu einer abwehrenden Gebärde erhoben hatte, wie gegenüber einem aufdringlichen Kind, und dann ging es zu Ende.

Einmal, als das eben erwähnte Postfräulein in Brattby ihm einen eingeschriebenen Brief überreichte, hatte sie seine Hand mit der ihren berührt und ihn unvermittelt angesehen. Und, wenn Blitze sprechen könnten!, das Gefühl von der Haut ihrer rechten Hand war ihm durch und durch gegangen!

So war es mit dem Postfräulein in Brattby in jenem Sommer. Er sah sie nie wieder.

✳

Weit später, als er auf der Beerdigung die Nichte der Frau auf dem astfreien Kiefernholzboden getroffen und sie gesagt hatte, er solle einen Liebesroman schreiben, das hätte Tante Ellen bestimmt auch gewollt, hatte er gleichsam zu sich selbst ausgerufen: *Wenn dies kein Freibrief ist!*

Aber er konnte ja nicht.

Er kehrte zum Sicheren zurück, der Liebe der Narren zu Tieren, dort war er zu Hause. Die Liebe der Menschen war schwerer, an sie würde er sich nie wagen. Er sammelte im Arbeitsbuch Notate über die Liebe, besser wurde es davon nicht.

»Die Liebe« war ja ebenso schwer zu fassen wie Gott.

Gott war bösartig oder nett oder fürsorglich. Gott und die Liebe waren vielleicht dasselbe, wie ein großes Weltraumwesen, beinahe ein Geleeklumpen, wie er es wesentlich später in seinem Leben benennen sollte, Gott und die Liebe sind eins! Aber die Benennungen flutschten einfach aus den Schreiberklauen heraus, wie Seife. *»Wo in der Welt ist ein metaphysisches Subjekt zu merken? Du sagst, es verhält sich hier ganz, wie mit Auge und Gesichtsfeld. Aber das Auge siehst du wirklich nicht. Und nichts am Gesichtsfeld lässt darauf schließen, dass es von einem Auge gesehen wird.«* Und dann wurde Wittgenstein genauso verrückt wie Sibelius, wenn auch nüchtern, wozu immer das gut sein mochte, und saß da oben auf der norwegischen Seite des Fjells in seiner Hütte und begriff, und begriff, und begriff, und dann starb er und seine unzähligen wissenschaftlichen Denkseiten, mit Nummerierungen ins Unendliche, die waren auch nicht vollgeschriebener als die des Vaters, obwohl er so viel begriffen hatte.

Und jetzt war ja die Zeit knapp.

Das Arbeitsbuch ist eine Mülltonne.

Er liest die Reste eines historischen Romans aus Dänemark wieder durch, und einen zeitgeschichtlichen über Siklund. Alles, was er geschrieben hat, ist übereilt, aufgrund des drohenden Gemurmels vom Fluss und der bösen Blicke der Freunde.

Da reißt er die Baugerüste ein. Weg mit Christian, weg mit Siklund.

Die Reste werden ins Arbeitsbuch verwiesen, also die Mülltonne, und dann die leckenden Flammen. Der Junge war ja nicht richtig bei sich, nicht annähernd, wenn man es so sah, was viele taten. Kein Wunder. Echte Liebe kann ja jeden verrückt machen.

Er liest die beiden letzten Bogen. Er scheint Wort für Wort niedergeschrieben zu haben.

Es war so zugegangen, dass Siklund mit Hilfe der Vorstellungskraft, dieses Riesenmuskels, durch den von Hjoggböle hereingehobenen Kiefernwald gewandert und dem Pfad auf der Innenseite der umgebenden Mauer und an ihr entlang gefolgt war, mit der Katze Kim an einer Schnur. Es war spät gewesen, und die Dunkelheit brach herein, und die Katze strich vor und zurück und hatte vermutlich die charakteristische Lebensbejahung aufgewiesen, die das Endziel des Projekts in Albert Schweitzers Geist war; es war der 22. November 1977, und da, plötzlich.

Da war Eriksson ihm entgegengekommen.

Und Eriksson hatte Kim gepackt und war zur Mauer gestürzt, die hoch war, aber nicht hoch genug. Und dann hatte Eriksson gleichsam mit einem Riesenschwung Kim ausgeeimert, ja mit einem Riesenschwung Kim *ausgeeimert* über die Mauer. Und man konnte einen Schrei hören, wie von einer Katze in Todesgefahr. Es war jetzt fast dunkel, und Siklund hatte, mehreren Zeugen zufolge, verzweifelt versucht, über die Mauer zu klettern, um seinen Begleiter zu retten, und auf eine beinahe groteske Weise mit den Händen an der Zementmauer gekratzt, die sich jedoch nicht besiegen ließ; und Siklund hatte so laut gebrüllt, dass sehr rasch Hilfe zur Stelle gewesen war und ihn festgehalten hatte, vier Mann, die Eriksson vor dem tobenden Siklund gerettet hatten.

Zwei Tage lang war die Katze verschwunden. Siklund hatte in dieser Zeit die Einrichtung in seiner Zelle, oder seinem Zimmer, demoliert. Es war einen Tag später, als er Erikssons Bauch mit einer Schere aufschnitt und als die Katze von einem Fuchs getötet wurde und wiederauferstand.

Das war Siklunds Geschichte in Kürze. Sie war ein Versuch, die Bedingungen der Liebe zu beschreiben, sowie vielleicht die der Wiederauferstehung; es war im Herbst 1977. Desperat hatte er zehn Jahre später, festklebend wie an einem Fliegenfänger im Alkoholsumpf in Paris, versucht, den Notruf aufzuzeichnen, aber wer hört auf ein Brüllen, das zwischen bebenden Mundlippen hervorgepresst wird, im übrigen hatte er bemerkt, dass seine Unterlippe begonnen hatte, der von Tante Elsa zu gleichen, als sie neunzig wurde, sie bebte, und war das nicht ein Beweis dafür, dass alles festgelegt war? Aber wie? Aber wie? Und niemand hört in unseren Zeiten auf ein stummes Brüllen.

*

Im Jahr 1974 versuchte er, Kontakt zu der Frau vom Larssonhof aufzunehmen. Es ging nicht. Der Telefonanschluss existierte nicht mehr. Ein Mitglied ihres Namens im Kirchenvorstand gab es nicht. Sie wohnte nicht mehr in Södertälje.

Er flieht 1978 nach Kopenhagen.

Die Witterung verschwunden. Immer rätselhaftere Fragmente zusammenzusetzen. Er hat geheiratet, sich scheiden lassen, wieder geheiratet. Er trinkt immer mehr.

Auch das ist unerklärlich.

Er deutete dies mit der Liebe und dem Tod jetzt so: *Liebe und Tod sind etwas Unsagbares, aber es kann gezeigt werden.* Vielleicht von ihm?

Er kämpft, während er die Lösung sucht – es ist jetzt das Jahr 2010 –, um sein Leben zu verlängern.

Nach zwei schweren Magenblutungen und drei Herzoperationen ist alles stabil, er redet sich ein, dass er jetzt sehr lange leben wird, wenn auch mit Todesangst. Aber wie zu der niedergeschriebenen Zusammenfassung gelangen, die ein für alle Mal die blendend weiße Leere auf den neun herausgerissenen Seiten ersetzen soll?

Da zeichnet sich eine rationale Lösung ab. Mit jedem Jahr, das er sich selbst überlebt, wächst das statistische Durchschnittsalter in seiner Altersgruppe. Er kann, gleich dem fruchtlosen Kampf des Hasen gegen die Schildkröte, die vor ihm gestartet ist, den Abstand, also die Zeit bis zu seinem eigenen Todesfall, nur halbieren. Er ist also statistisch gesehen unsterblich. Dies schreibt er nieder, keineswegs scherzhaft und ohne ein Lächeln oder möglicherweise mit einem erlöschenden Lächeln.

Den Schlüssel gibt es in keinem Notizblock. Den Schlüssel gibt es vielleicht bei der Frau vom Larssonhof? Und sie wollte nichts von ihm wissen. Ins Arbeitsbuch hineingesteckt jedoch eine Ansichtskarte mit Poststempel 4.1.1976, und Uppsala. Zum ersten Mal in tausend Jahren!

»Ich wünsche dir ein gutes neues Jahr, mit Hilfe des Riesenmuskels der Vorstellungskraft.«

Kein Name. Er konnte sich an ihren Körper erinnern, an das Geräusch der Fliegen am Fenster, ihr Haar, und wie sie die Augen geschlossen hatte. Ein tausendjähriges Schweigen.

Sollte diese Verfolgung nie ein Ende nehmen?

✳

Das erste Fragment des Arbeitsbuchs ist aus der Mitte der achtziger Jahre, er schreibt noch in Ich-Form, offenbar nicht so panisch wie später.

Jetzt beginnt er mit seinem Gleichnisbuch, vermutlich im Herbst 1986, in Paris.

Oft sind es kleine Scherze, die rasch in etwas Nachtschwarzes übergehen (»Das Gleichnis von Esel Ia und dem leeren Honigtopf«). Man merkt jedoch, dass er die Witterung von etwas (er nennt es »der Junge«) aufgenommen und ein Interesse gefasst hat.

»Als ich Kind war, lernte ich, dass es trotz allem einen Typ von Dichtung gab, der nicht Sünde war. Es waren die Gleichnisse der Bibel. Die Gedichte über das Wunder. Fünf Brote und zwei Fische, und damit konnte man fünftausend Menschen speisen. War es ein Gedicht, das vom Wesen der Liebe handelte: Sie wächst, wenn man sie teilt? Wenn dies wahr wäre. Ich habe nie Poesie schreiben können. Aber wenn ich nur ein Gleichnis schreiben könnte.

Heute werden vielleicht keine Gleichnisse mehr geschrieben. Gleichnisse über das Wesen des Wunders sind selten. Das ist vielleicht auch am besten so. Ich weiß nicht, wie ein solches Gleichnis aussehen sollte: wie ein Versuch, etwas Zerbrechliches und Empfindliches einzukreisen und festzuhalten? Aber man kann nicht ins Wunder hineingehen, direkt zur Sache, dann verschwände es ja.

War es nicht dennoch wichtig, es zu versuchen, weil es ja tatsächlich wichtig war?

Ich schreibe seit zwei Monaten, es sind insgesamt fünf Seiten geworden, einunddreißig Zeilen auf jeder Seite, eintausendsechshundertfünfzig Anschläge, vielleicht schaffe ich vor der Jahrtausendwende zehn Seiten, über den Jungen, die Katze und das Wunder in Paris. Schön, wenn wir Schnee hätten. Wenn er kam, damals, schaufelte sie den Schnee gegen das Haus, wegen der Wärme. Ich wünsche mir, wir hätten Schnee hier. Das Wunder mit dem Jungen war ja nicht genau so, wie ich es beschrieben habe, aber beinahe. Es war ein Gleichnis, aber alle glaubten, es wäre wahr, und da ging es kaputt. Die Wohnung ist sehr groß. Meine rote Katze schläft mit dem Rücken gegen die Rückseite der Schreibmaschine, das Dröhnen weckt sie nicht, auch nicht das unerhörte Schweigen, das üblicherweise herrscht: Die Tasten bewegen sich ja selten, jeder Anschlag ist vielleicht ein Wunder. Das Haus, das Papa gebaut hat, steht noch da. Der Notizblock mit seinen Gedichten ist verbrannt. Besser als so kann ich nicht erklären, dass das Wunder möglich ist.«

Die Geschichte in aller Kürze ist ja einfach. Es sind die späteren Wahrheiten, die sie entstellt haben.

Er hatte den Jungen 1963 einmal getroffen, später war der Junge geisteskrank geworden, hatte aber fleißig Bücher über Glauben und Wunder gelesen und in der Nervenheilanstalt eine Katze zugeteilt bekommen.

Von Lisbeth übrigens. Ihm wurde der Name Siklund zugeteilt. Warum, kann man sich fragen, aber es war wohl ein

Zugeständnis an die Wahrheit. Er hieß ja Siklund. Im übrigen hatte der Junge beinahe alle Züge von ihm selbst, er war zum Beispiel rank, er schrieb, er las die Bibel, er glaubte an das Wunder der Auferstehung, er stellte es nie in Frage. Er bezeichnete sich den halbtoten Freunden gegenüber als selbsterlöst, um sich nicht schämen zu müssen.

Es musste doch möglich sein, einmal von diesen Vorstellungen frei zu werden: Dass er selbst der Junge war, der sich das Leben nahm, dass es trotz allem ziemlich schön war und dass die Katze von jemandem getötet worden war, der Eriksson hieß. Und dennoch zurückkam, und dass die Katze – die Kim hieß, seltsamerweise, wie der Junge in Kiplings verbotenem Buch – reden konnte. Und die Katze hatte dem Jungen vorgeschlagen, dass sie gemeinsam fliehen und Papas Haus aufsuchen sollten.

Aber dann musste man sterben, und dann wiederauferstehen. Weil die Wiederauferstehung möglich war.

Der Junge hatte sich eine Plastiktüte über den Kopf gezogen, die Katze in seine Armbeuge gelegt und von einem Dasein mit Hoffnung geträumt, mit familiären Wurzeln, die taugten, und einem Vater, dessen Haus gut bekannt und sicher war.

Dass dieses Gefühl von Ruhe *tatsächlich die Liebe war*. Dass das Dasein war, was es zu sein behauptete. Hauptsächlich friedlich und ohne Schuld, ohne die eigene Schuld – dass dies das Wunder war.

Dies waren die Jahre in Paris *nicht*, sondern stattdessen eine Flucht vor der Witterung von Kindheit und Stille und der sicheren Rückkehr. All dem, was hätte sein sollen, aber nicht war.

Einfach nur schreiben zu können, wie es sein sollte.

Aber dann war es nur, wie es war.

Er hatte Siklund um eine Erklärung gebeten, aber dieser hatte gesagt, es gebe nichts zu erklären. Es war nur ein Gleichnis von Sicherheit, dem Riesenmuskel der Liebe und dem Tod gewesen.

Dann hatte er sich viele Jahre vorgestellt, dass der Junge recht gehabt habe, dass Gott eine rote Katze war, die ihm weder eine Schuld gab noch ihm vorwarf, sein Pfund zu vergeuden, dass dies, sein Tod, überhaupt nicht quälend gewesen sei, sondern dass alle Menschen das Recht hatten, eine rote Katze zu sein, die sich in Gottes Armbeuge bohrte. Und dort hatte die Katze gelegen, während sie beide starben, und es war überhaupt nicht sonderbar. Sie hatten sich in den Fluß des Pfeils hinabgesenkt, und die Katze Kim hatte geschnurrt und sich gut gefühlt, und es war ganz natürlich, dass Gott eine Armbeuge war, warm und sicher.

Wozu ist einem ein Gott gut, wenn man sich nicht in seine Armbeuge bohren und es schön haben und einschlafen und sterben kann?

Die Wahrheit war, dass er schlecht darin war, Gleichnisse zustande zu bringen.

Hinterher, als die Pariser Jahre vorüber waren, waren die Meisterdenker ja gekommen und hatten ihn gebeten zu erklären, warum er versucht habe, sich auf diese langwierige Art, die so widerwärtig war und stank und allen weh tat, selbst umzubringen. Aber das Einzige, was ihm einfiel, war, das Gleichnis von dem Jungen und der roten Katze zu erzählen. Darauf konnte er verweisen. Das war das Gleichnis. Und dann konnte er dieses Gleichnis auf die neun Blätter einschreiben und sagen *begreift ihr?*

Und dann wie der Junge Siklund sagen: Ich habe alles erzählt, wie es war. Begreifen müsst ihr es schon selbst.

Und er weigert sich, mehr von dieser Witterung seiner selbst einzuatmen.

Verblüffende Aufzeichnung im Arbeitsbuch:

»Für den Fall, ich wünschte, wenn ich auf der anderen Seite des Flusses bin, mich selbst anzusprechen, also wenn man sich vorstellt, ich stände noch dort und glotzte ganz ratlos, kann ich dann hoffen, dass die Mitteilung ankommt? Vom toten Ich an das lebende Ich? Oder wenn jemand, den ich geliebt habe, der aber tot ist, mir mit Rat und Hinweisen beistehen wollte, oder mir Lebensmut oder Lebensbejahung wie Albert Schweitzer eingeben, oder jemandem, der im Begriff ist, auf dem Lebensweg völlig aus der Spur zu kommen, nur eine Winzigkeit Glauben zu vermitteln, wäre das möglich?«

Es ist klar: Die Liebe war eine unerhörte Kraft. Man konnte ja hoffen. Und es sich vorstellen.

Der Frau vom Larssonhof war es ja gelungen, wenn man es so sah. Warum durfte man es nicht so sehen. Warum wollte man dem Leben auch dies nehmen. Das war wohl unnötig.

Nehmt uns nicht auch noch dies.

*

Er hatte eine Sache vergessen: Das Telefongespräch mit T. Die Freunde, die wegstarben.

Es begann sich zu lichten. Aber konnte man wirklich auch dies in die berichtigte Rede für die Mutter bei der Gedenkstunde im Gemeindehaus einfügen?

Das Scharfe wurde ja aus dem Riesenschlund des Nebels geboren. Das Barmherzige war, wenn der Schlund sich schloss. Ja, das Barmherzige, am Ende waren die Barmherzigkeit und die Liebe, *deren man sich nicht verdient gemacht hatte,* hieß es nicht agape? – am Ende war das alles, was blieb.

Gegen 20.00 Uhr am 3. Februar 2012 rief ein Freund namens T an, der klarsichtig war, aber *gleichsam auf Gnade* überlebte und einer in der Schar am Ufer des Flusses war; er fragte nach einem anderen der Freunde.

Dieser war seit einer Woche mausetot. Es hatte in der Zeitung gestanden.

Über manche wurde in der Zeitung geschrieben, wenn sie starben, wie beispielsweise über den Vater, der einen ziemlich langen Text in der Lokalzeitung Norra Westerbotten bekam, und in der Regel wurde ausschließlich positiv geschrieben. Das galt auch, kann man sagen, für den Freund, der jetzt den Fluss überquert hatte. Doch war es im letzten Jahr ein undeutliches Leben gewesen. Vermutlich hatte sich E bei den letzten Malen, die er den Freund besucht hatte, nur noch als eine schwarze Silhouette abgezeichnet. Und der Freund vielleicht, bestenfalls, fast guttural gefragt *Wer ist da?*, und was sollte er darauf antworten. Er wusste es ja kaum selbst. Und die Träume eines Sterbenden deuten, oder seine Gesichte oder Hoffnungen, das kann man ja im wirklichen Leben nicht tun, nur in der Poesie, deshalb war Poesie vielleicht sündig, und die Mutter hatte recht gehabt, ohne es zu wissen.

Aus diesem Grund rief T an. Sie, also T und der, der jetzt mausetot war, hatten ja die gleiche Krankheit. Es bedeutete ein Erlöschen; man wurde zuerst langsam tatterig, dann fielen die Nebelschwaden ein. Aber wie und wann begann der schwarze Nebel heranzurollen?

T meinte, er sei jetzt ziemlich dicht daran, doch er könne immer noch klar denken, obwohl darin ja auch keine Sicherheit lag. Nach dieser einleitenden Erklärung, dass er noch klar im Kopf und fast beweglich war, wenn auch mit kleinen Schritten, wollte er wissen, wie es in Wahrheit im letzten

Jahr vor seinem Tod für den Freund gewesen war. Ob es etwas war, dem man mit Ruhe entgegensah oder mit Grausen, sozusagen.

Dies wollte er jetzt durch das Telefon erfahren. Es war nicht so spaßig. Es war unerbittlich.

Hast du Angst zu sterben, hatte E am Telefon gesagt, als gleichsam Schweigen eintrat, nein, hatte die Antwort durch den Apparat gekratzt, *aber ich möchte vorher nicht hilflos sein*. Wie lange vorher denn nicht? *Überhaupt nicht, lang oder kurz, ich habe Angst vor dem schwarzen Nebel. So ist es doch für alle.*

Ist es das? *Ja*, hatte T erwidert, und in seiner Stimme war fast so etwas wie Ungeduld angeklungen, *du hast ja dein Herz, das plötzlich stopp sagt, aber wenn ich in den Nebel gehe!* Ist es das, was du wissen willst? Willst du denn, dass ich dir das Leben nehme? *Nee, ich wollte nur wissen, wie es wird.*

Es kamen immer längere Pausen.

T hatte anschließend davon erzählt, *wie es war*. Und wie er in seinen schlimmsten Stunden glaubte, dass es werden würde. Deshalb diese Nachfrage. Die nächsten Angehörigen waren ja so aufmunternd und liebevoll, dass man völlig das Vertrauen zu ihnen verlor. Deshalb der Telefonanruf. E war weder aufmunternd noch liebevoll, aber vielleicht ehrlich. Deshalb die Frage: *Wie war es gewesen für den Freund, der gestorben war?*

Und das war auf seine Weise einfach. *Es war wie eine sehr große Klarheit, und gleichzeitig ein erbarmungsloser schwarzer Nebel.*

War es so. *Am Ende nur Nebel?*

Ja, nur Nebel.

Und Hilflosigkeit?

Ja, vollständige Hilflosigkeit.

Schafft man es nicht einmal, irgendetwas zu schreiben?

Man konnte vielleicht mit einem Daumenabdruck signieren, hatte er nach einer langen Pause geantwortet. Wenn man nicht allzu zitterhändig geworden war.

Ts Stimme war jetzt schwächer, vielleicht nachdenklicher; was sollte er T sagen, etwas *Ablenkendes*, eine kleine Flucht? Ein Gleichnis vom Tod des Vaters? Man konnte sich ja vorstellen, dass der Vater damals auf der Krankenstation von Bureå die Stimme gehabt hatte, mit der T jetzt flüsterte. Es tat so verdammt weh, am Telefonapparat ruhig mit dem Freund zu sprechen; es wäre beruhigender, das Schicksal des Vaters noch einmal, und sei es zum x-ten Mal, zu bemühen. Die Wahrheit hierüber, besonders über die letzten vierundzwanzig Stunden, könnte man dem gierigen Schlund der Geschichte entreißen, indem man sich sozusagen des Riesenmuskels der Vorstellungskraft bediente. Festzustellen, dass dies, wenn auch nicht, was den Vater betraf, die Art und Weise war, auf die man starb! Fast immer! Also in den Nebel einzutreten, und dann in den Pausen dazwischen plötzlich alles mit unerhörter Klarheit zu sehen. Und dann wieder wegzusacken. Ja, vielleicht war es so, auch für den Vater, in den letzten vierundzwanzig Stunden, bevor Doktor Hultmann kam und routinemäßig die Augenlider hochschob und den Mann für tot erklärte und dies der flennenden Ehefrau sagte, genug jetzt, genug jetzt, *zuvor erwähnt!!!* Zuvor. Zuvor.

Nein. Er musste sich zusammennehmen.

Wovor T Angst hatte, waren mehrere Jahre im Nebel. Und keiner zur Hand, der barmherzig sein und *den Knüppel auf'n Quappenkopp schlagen* konnte, sozusagen, allerdings drückte er sich nicht so aus, weil er aus Stockholm war; aber jedes Mal, wenn man vom Tod sprach, war es schwer, *fein zu reden*, und dann brach der Dialekt durch bei *dem, der hier*

die letzten Gespräche mit den Brüdern und Schwestern am
Ufer des Flusses aufzeichnet.

Schreib, wie es ist, also lege ein persönliches Zeugnis ab, auch wenn du zitterhändig bist: Dann klärt es sich vielleicht für uns Übrige, hatte E insistiert.

Was schreibst du selbst jetzt, hatte T erwidert, beinahe gehässig, oder vielleicht verzweifelt. Ja, so dies und das, hatte er da zugegeben, denn was sollte er sagen. Wieso dies und das?

Ja gleichsam scharf, und dann plötzlich im Nebel. Er hörte ja selbst, wie unklar es klang, was nicht am Telefonapparat lag, und T hatte gefragt, *ist es denn so erbärmlich notwendig, dass du dieses Scharfe mitten im Nebel einschreibst?* Er stutzte bei dem Wort *erbärmlich*, denn das hatte die Mutter zuweilen benutzt, wenn sie zu einem Kraftausdruck greifen wollte, und er hatte das Wort siebzig Jahre nicht gehört! Auf jeden Fall: Einen vorwurfsvollen Ton konnte er in der Frage nicht ausmachen! Und hatte ausweichend geantwortet *Man fragt sich ja immer, ob dies das Leben war*, und da hatte T gefragt *Zeichnest du selbst die Antwort auf, oder dass du es nicht begreifst? Du, der du gesund bist und an den der Ruf nicht ergangen ist? Oder zeichnest du nur auf, damit es nicht offenbleibt?* Und das war ja eine komische Frage, die er jedoch mit einem ruhigen Bejahen beantwortet hatte. *Damit es nicht offenbleibt.*

Man will ja nicht, dass es offenbleibt, nachdem man eingeschlafen ist, also nachdem man gegangen ist, als bestünde das Lebensende aus völlig leeren Seiten; und er hatte dann zum Zwecke der Ablenkung, oder weil er ganz verzweifelt war, sich dies jedoch nicht anmerken lassen wollte, begonnen, T über die hinterlassene Leere des Vaters, die neun Blätter, zu informieren, doch dies hatte den Zuhörer T vielleicht nicht so sehr interessiert; dieser hatte ihn beinahe brüsk unterbrochen und gefragt *Wie weiß man, was scharf ist und was sich nur unklar im Nebel abzeichnet? Dann ist es ja nur eine Halluzination?*

Ja, aber vielleicht ist es so, hatte er geantwortet. Das war das Leben. Eine Halluzination oder eine doppelt belichtete Fotografie, auf der man nur mit Mühe die Mundbewegungen des Vaters erkennen konnte. Und dass man jetzt gezwungen war, es genauso aufzuzeichnen! Da hatte T gesagt: *Aber das Scharfe?* Wie kannst du es von dem unterscheiden, was du im Nebel fast nicht siehst?

Eine Stunde hatte das Gespräch gedauert.

Nachher tat es weiter weh. Früher hatte man wenigstens eine Bibel, man konnte eine Daumenlosung nehmen, und da hatte man die Antwort. Was war richtig scharf? Die Frau auf dem astfreien Kiefernholzboden? War dies das richtige und eigentliche Leben? Und die Liebe?

Und das andere waren nur Lichtungen im Nebel?

Nein, so konnte es nicht sein. Aber er hatte beschlossen, dass es so niedergeschrieben werden sollte. Nur als Trost, zum Beispiel. Ein Trost, dass es einige Stunden gegeben hatte, in denen er durchgekommen war, und das Wunder erlebt hatte, und auf der anderen Seite herausgekommen war.

Ungefähr so. Ein Trost, damit kein Rest offenblieb.

*

Er hält noch einmal den Notizblock in der Hand und bietet Frieden. Öffnet die Schreibtischschublade, schließt das Rätsel ein. Genug davon.

Genug davon?

Die neun Blätter waren vielleicht leer. Das Leben war voller Zeichen, aber sie hinterließen keine Abdrücke für den, der Angst hatte. Wenn sie von ihm selbst handelten, musste er wohl die Augen aufmachen.

Er reißt die Baugerüste ab, das ist wohl das Letzte, das was man abreißen muss. Dahinter findet sich – hoffentlich? – zumindest ein kleiner kindlicher Kern? Wie als es anfing?

Nicht nichts.

Dieses schwache jammernde Wimmern, wie von dem Hund, der zu seiner Witterung hingefunden hatte und nicht fliehen konnte?

Wird es nie ein Ende nehmen? Doch, einmal. Nicht jetzt.

Kapitel 9

Das Gleichnis
von Jesu zweiter Wiederkehr

Der Brief war ein weißer A5-Umschlag, adressiert an ihn, c/o Verlag P. A. Norstedts & Söner, Tryckerigatan 2, Stockholm, keine Postleitzahl und kein Absender auf der Rückseite. Im Brief ein Zeitungsausschnitt. Es war eine kurze Mitteilung, dass sie tot war. Dass die Beerdigung in aller Stille auf dem Skogskyrkogården in Stockholm stattfinden würde; Zeit und Ort.

Der Verlag hatte den Brief nachgesandt. Er öffnete ihn. Jemand hatte ihn geschickt.

Er archiviert, weit später, Papiere aus dem Frühjahr 2011, ein raschelndes Geräusch von Papier, als hätten die Blätter draußen im Schnee gelegen. Das Geräusch war, wie es sein sollte, oder wie es eben war.

Kein Liebesroman?

Eine Schar bald sterbender Freunde zieht sich gespenstisch durch die Notate, er wirkt in diesen krampfartigen Bekenntnissen panisch, aber die Freunde leben trotz allem noch, betrachten ihn, ganz und gar nicht sterbend, im Gegenteil, sie bewachen ihn mit strengen und ganz und gar nicht glänzenden Augen.

Nur er selbst wackelt vorwärts. Er hat eine wiederkehrende Vorstellung von *Baugerüsten, die abgerissen werden müssen.* Und wenn sie alle abgerissen sind, soll dort drinnen etwas übrig sein, sehr klein, aber wahr. Er reißt sie ab. Es ist notwendig. Man kann sonst nicht überleben.

Und etwas muss dort drinnen doch sein. Welchen Sinn hätte es sonst.

Ein eigentümlicher Ton von *zu spät! du schaffst es nicht!* in dem, was er geschrieben hat.

Und dann diese Fixierung auf den Sinn. Was hatte die Katze Kim zu Siklund gesagt, kurz bevor er starb? *Die Lösung des Rätsels des Lebens in Raum und Zeit liegt außerhalb von Raum und Zeit. Wie die Welt ist, ist für das Höhere vollkommen gleichgültig. Gott offenbart sich nicht in der Welt. Nicht wie die Welt ist, ist das Mystische, sondern dass sie ist.*

Und dann waren Siklund und die Katze gestorben. Und hier kämpfte er mit neun leeren Blättern eines Notizblocks. Von Kindern, Toren und Katzen soll man die Wahrheit hören.

Die Seiten legt er in Plastikhüllen. Dort setzt er sich zusammen, wenn denn das, was er schrieb, wirklich *er selbst* war. Das Sagbare sollten Stücke des Lebens sein, das er gelebt hat. Das Unsagbare waren Bilder auf Projektionsschirmen, die sich drehten und einander verdeckten, unbarmherzig, wie falsch belichtete Bilder. Oder neun unbenutzte Blätter eines Notizblocks. Klug von der Mutter, sie zu verbrennen. Dumm, es sich anders zu überlegen?

Eine Anzeige. Für die Beerdigung der Frau vom Larssonhof.

Ort und Zeit und ihr Name, kein Kommentar. Kein Absender. Auch nicht auf der Rückseite des Umschlags. Aber sie war ausgeschnitten worden. Und geschickt worden. So hatte es angefangen: Ihm war eine ausgeschnittene Todesanzeige zugeschickt worden.

Es war unbegreiflich. Er hatte sich gefügt.

✻

Er hatte den Wagen genommen, es war ein Saab 900, und den Weg zum Waldfriedhof in Stockholm herausgefunden.

Der Friedhof war ja ein wenig berühmt, stand irgendwie unter Denkmalschutz, enorme Offenheit und wogende Felder und Gedenkhaine. Dort konnte man ausgestreut werden. Dies mit dem Ausgestreutwerden war vielleicht besonders geeignet für jene, die eine bestimmte Auffassung über Jesu zweite Wiederkehr hatten und sich nicht viel daraus machten, was mit dem körperlichen Teil geschehen würde. Sie waren sich sicher, dass es die Seele war, die aufgenommen würde. Für diese gab es den Hain, wo man die Asche ausstreuen konnte. Und keine Angst haben musste, zurückgelassen zu werden.

Da kam dieses Wort wieder. *Zurückgelassen*!

Am Ende hatte er verstanden, dass das Wort »zurückgelassen« keinen Zusammenhang mit seinen drei Ehen hatte, oder mit der schönen Psychoanalytikerin, die der Ansicht war, dass sich dort, in diesem geheimnisvollen Wort, der Schlüssel zu seinen Katastrophen befand. Oder zu seinem Vater, oder zu dem zurückgelassenen Notizblock des Vaters mit den neun herausgerissenen Blättern.

Anfänglich war es ein spannendes Rätsel gewesen, das von Jesu zweiter Wiederkehr handelte. Danach etwas Schlimmeres.

Er ließ den Saab langsam auf den Fahrwegen dahingleiten, die den Skogskyrkogården durchkreuzten.

Er war früh dran.

Wie konnte er sich vorbereiten? Würde er, noch einmal und nach so vielen Jahren, hier an dem denkmalgeschützten Ort für die Plazierung von Leichen, für den er von den Herrnhutern einmal die Bezeichnung Gottesacker gelernt hatte, würde er hier und angesichts der letzten Begegnung mit der Frau vom Larssonhof von dieser *Vorstellung vom Heer der zurückgelassenen verlorenen Sünder* durchströmt werden? Als Erwachsener hatte er nur unklare Erinnerungsbilder an diese albtraumartigen Vorstellungen; aber er erinnerte sich jetzt, *ungefähr*, dass plötzlich, wie ein Dieb in der Nacht!, Jesus zu seiner zweiten Wiederkehr erscheinen würde. Und dann die Hälfte des Menschenhaufens mit sich empornehmen würde. So hatte er damals gemäß der Schrift gedacht, ungefähr. Empor, also mit der Hälfte der Bevölkerung, und die Sündigen tausend Jahre zurücklassen.

Eine nur von den Sündern bevölkerte Erde! Die sich dann nur damit beschäftigen würden, zu sündigen! Intensiv zu sündigen! Weil der Gedanke an die ewigen Strafen, die später verhängt werden sollten, so fürchterlich war, dass das Einzige, was man tun konnte, um ein wenig Spaß zu haben, war, sich der Sünde in die Arme zu werfen, als wäre die Sünde eine liederliche Frau. Wenn aber einer aufgenommen werden und einer zurückgelassen werden soll, wie verhielt es sich dann in seiner Familie?

Dass Eeva-Lisa zurückgelassen werden würde, war ja klargestellt. Die Mutter hatte klargestellt, dass sie eine Sünderin war. Der Vater? Er war ja schon aufgenommen! Also falls Jesus ihn nicht im Sarg zurückgelassen hatte? Und ihn nicht erst in dem Augenblick aufnehmen würde, in dem die Aufnahme der Masse erfolgte?

Der Vater also vergessen in seinem Sarg, wenngleich fotografiert? Und obwohl er den Mund siebzig Jahre später in einem kleinen Lächeln bewegte, auf dem Foto in dem Handy, das sein Enkel gezeigt hatte?

Wie handhabe Gott das eigentlich mit diesen Toten.

Es begann zu regnen, leicht und warm.

Er hielt den Saab zweihundert Meter vor der kleinen Kapelle an, in der sie um 15.00 Uhr der Ewigkeit übergeben werden sollte. Plötzlich schlug es über ihm zusammen, wie eine Flutwelle, diese ganze Vorstellungswelt, die die wachen Tage und Nächte des Kindes bevölkert und später Jahr um Jahr seine leeren Notizblätter ausgefüllt hatte.

Was geschah am Jüngsten Tag mit denen, die bereits tot waren? War der Geist aufgenommen worden oder eher die Seele, so dass der Körper sozusagen seelenlos noch auf der Erde weilte; war es so, dass, wenn Jesus zurückkam und die Erlösten aufnahm, er nur ihre Seelen aufnahm, so dass die Körper seelenlos zurückblieben? Man konnte sie dann vielleicht umherwandern sehen! Aber ohne Seele? Als Zombies? In den Erbauungsbüchern hatten sie von den seelenlosen Heiden lesen können, die Zombies genannt wurden: Lebten diese auch mitten unter dem Volkshaufen im Kirchspiel Bureå? Oder, das war das Erschreckendste, hatten die Gläubigen und in Heimlichkeit schon Aufgenommenen ihre Körper zurückgelassen?

Falls es so war, dann waren ja die Körper der warm und innig Frommen etwas ganz Entsetzliches! Hatte das Kind im Gebet zu sich selbst geflüstert.

Wie wusste man, zum Beispiel in Hjoggböle, welche Menschen nur umherwandernde Seelenlose, also bereits Aufgenommene waren? War das eine Erklärung dafür, dass manche gleichsam gemein wurden, besonders die Mutter mit Namen Tyra, die dadurch, dass sie den Verlobten der Tochter wegen Unglaubens hinauswarf, bewirkte, dass die Großkusine verrückt wurde? Dass manche, von denen er eigentlich meinte, sie seien *fast böse unter der frommen Schale*, dass diese Scheinfrommen den Teufel in sich zurückgelassen und emporgeflohen waren, Hand in Hand mit Jesus, mit der warm oder kochend heiß gläubigen Seele als Eintrittskarte? Wie verhielt es sich dann mit den Abfotografierten im Sarg?

Waren diese tatsächlich Zombies? Konnte man vielleicht, auf dem Leichenfoto, sehen, ob sie die Mundlippen in einem kleinen, aber vielsagenden Lächeln bewegten?

War jeder Mensch ein Heiliger und ein Teufel zugleich? War die sexuelle Lust daraus zu erklären? Und war es so, dass die Heiden, die nicht glaubten oder Gott verleugneten, oder während der Gottesdienstzeit Fußball spielten, dass dies erklärte, dass sie so viel netter waren, oder auf jeden Fall lustiger? Weil sie trotz allem noch ihre Seele hatten?

Wie es um diese auch bestellt sein mochte? Unaufgenommen, aber gut und teuflisch zugleich.

Hatte er selbst in einem Dasein gelebt, wo seine Seele aufgenommen war, da Jesu zweite Wiederkehr schon stattgefunden hatte? Die Seele schon auf eine geheimnisvolle Art und Weise *aufgenommen*! Während der Körper zurückgelassen worden war! Und war dies die Erklärung dafür, dass das fischartige Starren des von der Nabelschnur erdrosselten Bruders auf dem Leichenfoto dank dem Fotografen Amandus Nygren in kindliche Schönheit verwandelt worden war; oder war es der Unterschied zwischen aufgenommener Seele und zurückgelassener Schlangenhaut? War es so, dass der sündenfreie Bruder *im eigentlichen Sinne* emporgerissen worden war? Und dass auch ein dem Anschein nach gut trainierter und ranker Körper, wie die Frau auf dem Larssonhof es ausgedrückt hatte, gleichsam eine Schlangenhaut war!

Und dass *diese Schlangenhaut dann er sein konnte*, und dass diese Schale das war, was sich angesichts des Gedankens, tausend Jahre zu sündigen, ergötzte?

Jesu furchtbare zweite Wiederkehr.

Er hatte, nachdem er zum ersten Mal mühsam die Bedeutung der von Prediger Forsell vorgetragenen Verkündigung erfasst hatte, die Mutter um Rat zu fragen versucht, aber sie hatte sich nur geziert.

Aber der Vater? Hatte er beharrlich weiter gefragt. War auch ihm gleichsam die Seele abgezapft worden? Dann, könnte man im Nachhinein zusammenfassen, war es ja klar, als der Block gefunden und zurückgeschickt worden war, dass die neun Blätter, ja, leer waren. Sie würden am Jüngsten Tag beschrieben und ausgefüllt werden! Das war selbstverständlich so.

Die aufgezeichnete Seele.

Da hatte er, gleichsam für sich selbst, die Voraussetzungen der Familie vor dem Aufbruch nach oben aufgelistet.

Die Mutter konnte ja, unter gar keinen Umständen, bei den Sündigen und Verlorenen zurückgelassen werden. Ihr warmer Glaube und ihre gesunde Bekenntnisüberzeugung waren ja über jeden Zweifel erhaben. Einmal hatte er sie gefragt, von welchen Menschen sie vermute, dass sie mit den Heiligen aufgenommen würden, oder welche zurückbleiben würden, und hatte außerdem eine Klarstellung haben wollen, wo der Vater sich eigentlich befand – *oben oder unten*: mit der Seele aufgenommen, aber mit dem Körper noch da? Oder ob die Seele noch im Körper wartete? Und ob sie glaube, dass einige innig Gläubige, die schon aufgenommen waren, hier als Zombies umhergingen?

Da war sie zwar abrupt verstummt, und ein paar Tränen hatten ihr schönes Antlitz durchkreuzt, aber es sei doch selbstverständlich, wie es mit dem Vater war, hatte sie ganz kurz resümiert, nach näherem Gebetsnachdenken.

Der Gatte wartete ja oben. Der Körper im Sarg leer wie eine Schlangenhaut.

Einer soll aufgenommen werden, und einer soll zurückgelassen werden. Eins plus eins macht zwei. Würden es dann er selbst und Eeva-Lisa sein, die unter den Elenden zurückblieben? Was sollten sie dann tun?

Bei dem Gedanken stieß er oft auf Grund: *dass sie zurück-bleiben würden*. Es war schrecklich, aber schön. Allein darüber zu phantasieren, wie sie sündigen würden! Weit hinein in den Herbst des Alters, wenn die Nähe des Todes immer intensiver empfunden wurde und der Abstand zum Fluss schrumpfte und die vorwurfsvollen Augen der Freunde immer vielsagender wurden, war es dieses Dasein in einer *von zurückgelassenen Sündern bevölkerten* Welt, das ihn lockte: zuerst, als er klein war, wie eine kleine, kleine Sündengrube mit ihm und Eeva-Lisa, zwei eingerollte Blindschleichen, eine schwarz und eine weiß; die schwarze war Eeva-Lisa.

Später jedoch, gleichsam in dem erwachsenen Traum, als das, was hängenblieb, wichtig war, und nicht nur ein Trost, da wurde die Gewissheit undeutlicher. Als habe sich Eeva-Lisa in die Frau auf dem Fußboden in der Larssonküche verwandelt. Denn es war ja klar, dass auch sie eine Zurückgelassene war! Wer, wenn nicht sie!

Nachdem diese Frau dort drinnen bei Larssons sich tatsächlich seiner erbarmt hatte! Auf dem Fußboden, astfreie Kiefer! Und ihn nie verlassen würde, weil sie sich entweder schämen oder Angst vor ihm haben würde oder ihn liebte.

War dies dann die Liebe. Schon als Kind, und äußerlich rank, hatte er verstanden, dass die Liebe wie dieses Rätsel war. Sie war ein Gleichnis, mit Jesu zweiter Wiederkehr als dem eigentlichen Schlüsselproblem.

Die Frau vom Larssonhof sollte jetzt beerdigt werden. Sie hatte nach ihm gerufen, quer über das strömende Wasser. Und er hatte gehorcht.

*

Fünf Schwarzgekleidete hasteten in die Kapelle.

Alles kam ihm so wunderlich vor. Er saß in dem Saab, dessen Motor ausgeschaltet war, und atmete tief durch.

Hatte sie nach ihrem Tod nach ihm gerufen? Wollte sie etwas sagen?

Er versuchte sich seine kindliche Angst vor den ihrer Seele Entleerten, die aufgenommen waren, in Erinnerung zu rufen. Die richtig Frommen waren die Erschreckenden. War es vielleicht so, dass das Menschwerden darin bestand, in Sünde getauft zu werden, und dass dies der Sinn des Lebens war? Kein Wunder dann, dass er vor seiner eigenen Witterung zurückschreckte! Und davongelaufen war vor dem, was das eigentliche Leben war! War es dies, was der Kreuzfuchs ihm in sein überempfindliches Gewissen einzubimsen versucht hatte, mit seinen blechern klingenden Warnrufen, eines der Male, als der Fuchs hinter dem Lokus gesessen und den Großvater und den Enkel auf seinem Schoß betrachtet hatte?

Was wollte sie ihm durch den unbekannten Boten, der ihm die ausgeschnittene Todesanzeige geschickt hatte, sagen. Sie, diese Maria, die ihm die Tür zum Leben geöffnet hatte und als Belohnung vielleicht in Angst leben musste. Sie wollte vielleicht nur adieu sagen?

Hatte sie ihn von der anderen Seite gerufen?

Es kamen noch weitere zehn Personen, sie gingen hinein, alle hatten Blumen dabei, sah er und war froh, dass er daran gedacht hatte, welche zu kaufen.

Dann blieb es einige Minuten ziemlich leer, am Schluss kam eine junge Frau auf dem Fahrrad, sie hatte es eilig, warf das Fahrrad an die Wand der Kapelle und lief hinein. Danach keiner mehr.

Er öffnete die Wagentür und stieg aus. Der Wagen konnte

wohl so stehen bleiben. Dann ging er über den Rasen zur Kapelle, und jetzt war er sicher, dass er der Letzte war, so war es am besten.

Er öffnete die Tür und trat ein. Niemand drehte sich um. Er setzte sich in die letzte Bank auf der linken Seite. Die Kapelle war ja nicht so groß, sie war etwa zur Hälfte besetzt. Ganz vorn stand der Sarg, er war braun. An der Schmalseite eine Fotografie der Verstorbenen.

Ja. Das war sie.

Jemand hielt eine Rede.

Der Redner hatte ihm nicht so viel zu sagen, trotz der deutlichen Bewegungen seiner Mundlippen. Er hörte intensiv zu und versuchte, zusammenzulegen, aber die Gedenkrede handelte hauptsächlich von einem *Charakter aus einem Guss*, und dass sie *ein empfindsamer Mensch* gewesen sei, und dass, obwohl sie immer allein gelebt und sich vielleicht auch einsam gefühlt hatte, diejenigen, die sie gekannt hatten, sich mit Freude an sie erinnerten; man konnte annehmen, dass der Pastor, wenn er denn ein Pastor war, sich nicht allzu viel Mühe gemacht, sondern sich eher auf ein Telefongespräch verlassen hatte. Es ging dann in mehr allgemeinere Worte über das Wesen der Liebe über, und dass wir jetzt in Freude ihres Lebenswerks, vor allem im Kirchenvorstand von Södertälje, gedenken sollten.

Er saß auf einem Stuhl, es waren keine richtigen Kirchenbänke. Eher Bethausbänke.

Wie viel Zeit seines Lebens hatte er nicht auf Bethausbänken zugebracht. Zuerst auf den richtigen und geistlichen, dann auf den körperlichen. Das Problem war vielleicht, dass er zu viel über Den Sinn nachgegrübelt hatte, wie eine am Fliegenfänger festklebende Fliege.

Aber all die Sünden, die er *nicht* begangen hatte! Musste er nun auch die entbehren!

Es war komisch, das Gesicht dort vorne an der Stirnseite des Sargs zusammen mit den anderen zu fixieren. Wenn sich die Mundlippen jetzt bewegten. Die Vorstellung, dass all die anderen, vielleicht zweiundzwanzig, dasselbe Gesicht betrachteten und mehr über sie wussten als er selbst, erfüllte ihn mit einer Art Eifersucht. Hartnäckig starrte er das Foto an. Braune Haare, nettige Augen, ängstliche Augen? Dass es immer noch so intensiv war, wenn auch gewissermaßen wie ein weißes Papier, ohne erklärende Worte, und so würde es sicher bleiben, und der Pastor, wenn es denn ein Pastor war, klappte die Mappe zu, aus der er gelesen hatte, und wandte sich dem Mädchen zu, das zum Schluss mit dem Fahrrad gekommen war.

Und nickte. Da stand sie auf, stellte sich neben den Sarg und legte die Hand darauf.

»*Tante Ellen*«, sagte sie mit einer Stimme, die ein wenig angespannt klang, dann räusperte sie sich, »*hat dieses Lied von Tove Jansson sehr geliebt, und sie wollte nur ein einziges Lied auf ihrer Beerdigung, aber es sollte dieses sein. Und bevor sie starb, bat sie mich, es zu singen. Denn es enthielte eine Botschaft, meinte sie.*«

Sie sah patent aus und hatte den Schalk in den Augen, obwohl sie sich zusammennahm und wohl auch ein wenig nervös war. Er konnte sehen, dass einige der Anwesenden nickten, gleichsam erwartungsvoll oder positiv, und dann begann das Mädchen zu singen. Sie trug einen roten Pulli, schwarze Jeans und Turnschuhe. Wie alt mochte sie sein? Fünfzehn? Sie begann vorsichtig, aber sie hatte eine sehr schöne und klare Stimme, und nach einer Weile schien ihre Nervosität nachzulassen, und sie sang a cappella, ohne Begleitung, und ihre Stimme war gerade richtig für die kleine Kapelle.

Er kannte es ja, es war das »Herbstlied« von Tove Jansson. »*Sehr lang der Weg nach Haus und niemanden traf ich, die Abende werden jetzt kühl und spät. Komm, tröste mich ein wenig, denn ich bin ziemlich müde, und auf einmal so entsetzlich allein*«, ihre Stimme immer klarer, und sie hielt die Hand auf dem Sargdeckel, als wolle sie den Sarg streicheln, ein wenig trösten, wie einen Hund, und sah die ganze Zeit auf die Fotografie. »*Ich merkte nie zuvor, wie groß das Dunkel ist, ich denk an all das, was man sollte. So viel hätt ich sollen sagen und tun, und so wenig hab ich getan.*« Es war ja komisch, oder wahr, er merkte, dass er sich vorgebeugt hatte, als gelte es, besser zu verstehen, und dass dies sich in den Körper fortsetzte; der Rücken tat fast weh.

Das Lied handelte von allem, was man nicht getan hat.

Genau das, woran er gedacht hatte! Oder hatte er an die Bethausbänke oder den Brennholzkasten im Bethaus gedacht, er fühlte fast ein wenig Panik. Unverwandt starrte er auf das Foto an der Schmalseite des Sargs, als erwarte er, dass die Lippen sich zumindest zu einem halben Lächeln öffneten, oder als könne das Lied aus der Fotografie kommen, die schwarzweiß war, aber auf der keine Bewegung andeutete, dass sie versuchte, eine Botschaft auszusprechen, obgleich das Mädchen jetzt so intensiv sang. »*Eile, Geliebter, eil dich zu lieben, die Tage werden dunkler mit jedem Moment. Zünd an unsre Lichter, die Nacht ist so nahe, bald ist der blühende Sommer zu End.*« Er hatte früher gefunden, dass dieses finnische Lied ein wenig zu schön oder sentimental war, fast unerträglich, aber jetzt kam es ihm durch die Stimme des singenden Mädchens nicht als etwas Schönes vor, sondern als eine ziemlich grausame, vibrierende Frage, wie wenn im Bethaus auf der Säge gespielt worden war, von den Fuchsschwanzvirtuosen, etwas Vorwurfsvolles, das ein wenig weh tat. Es war völlig still in der Kapelle, er merkte, dass er den Blumenstrauß so hart umfasste, dass er gleichsam zusammengequetscht wurde. *»Vielleicht finden wir einander, vielleicht finden wir dann eine Möglichkeit, alles zum Blühen zu bringen«*, nein, das konnte es nicht sein, was war es, was war es? Er war durch eine ausgeschnittene Anzeige hierhergerufen worden, und dies mit dem Lied war die einzige Botschaft, aber sie war ja tot. Tot! *»Sturm geht da draußen und schließt des Sommers Tür, zu spät ist's zu suchen und zu fragen. Ich liebe vielleicht weniger als früher, doch mehr, als du je könntest sagen.«*

Das Mädchen sang den Refrain sehr still, blickte auf den Sarg, streichelte den Deckel behutsam mit der Hand und ging zurück und setzte sich.

Da, vielleicht. *Doch mehr, als du je könntest sagen.* »Schreib einen Brief, wenn ich tot bin.«

Was hätte er können sagen? Welchen Weg sie in ihm genommen hatte? Welchen Weg er in ihr genommen hatte? Ob sie vielleicht den Weg ineinander genommen hatten. Aber das war ja unsinnig.

Musste es denn einen Sinn ergeben?

Sie gingen nach vorn, einer nach dem anderen, und legten ihre Blumen auf den Sarg. Dann gingen sie hinaus. Sie sahen ihn an, als sie vorbeigingen. Es war vielleicht sonderbar, dass er dort saß. Er empfand es als quälend. Er konnte sich nicht rühren. Er starrte geradeaus.

Er blieb sitzen.

Der Pastor, wenn es denn ein Pastor war, blieb einige Minuten dort vorn stehen, es schien, als danke er dem Mädchen, das gesungen hatte. Dann ging er. Es war nicht mehr viel zu tun. Die fünf Tulpen, natürlich. Er kam sich müde und lächerlich vor. Es gab etwas in dieser ganzen Geschichte, der Geschichte, die einmal Ende der vierziger Jahre angefangen hatte, es gab etwas darin. Aber er bekam es nicht zu fassen. Vielleicht gab es nichts zu fassen. Eile, beeil dich zu lieben. War das eine Botschaft von ihr, so bekam er sie nicht zu fassen. Sie war ja tot. Tot. Allerdings dieses Letzte: *mehr als du je könntest sagen.*

Schreib einen Brief, wenn ich tot bin.

Das Mädchen kam zum Ausgang. Die Kapelle war leer. Sie waren jetzt vollkommen allein. Sie blieb vor ihm stehen, sah ihn scharf an und sagte:

»Ich kenne Sie aus dem Fernsehen! Sie sind Schriftsteller, das sehe ich doch!«

Er sah sie an, lächelte und sagte:

»Danke für das Lied. Es war schön!«

»Ich habe Sie im Fernsehen gesehen! Und ich habe Sie sofort erkannt!«

Was sollte er sagen? Sie hatte sich auf die Bank vor ihm gesetzt, den Körper nach hinten gedreht. Sie hatte ein neugieriges Funkeln in den Augen und sagte noch einmal:

»Sie sind es! Ich weiß es. Ich habe Ihnen die Anzeige geschickt. Über den Verlag. Also haben Sie sie bekommen! Was für ein Glück, dass Sie sie bekommen haben, nicht? Es war wichtig.«

Sie sah ziemlich nettig aus und lachte beinahe für sich selbst, oder auch über ihn.

»Sie hatte mich darum gebeten. Sie sagte, es wäre wichtig.«

»Wieso das«, fragte er, obwohl er nicht wusste, ob er es wissen wollte.

»Ja also sie bat mich darum, bevor sie starb. Ich sollte zwei Dinge für sie tun, ich sollte Ihnen diese Todesanzeige schicken, wenn sie gestorben wäre, und dann sollte ich das ›Herbstlied‹ singen. Das war ihr wichtig. Nur dies. Ich war die Einzige in der Familie, die engeren Kontakt mit ihr hatte, aber sie und ich, also ich mochte sie, sie war ja so freimütig. Kannten Sie sie?«

Was sollte er sagen? Er dachte, ich halte den Mund, und das ist auch eine Erklärung oder auf jeden Fall ein Übergang, und *sie hatte kein Recht, ihn zu verhören*, also antwortete er nicht. Sie runzelte die Stirn, als sei sie unzufrieden mit ihm, und sagte:

»Ich habe Sie sofort aus dem Fernsehen erkannt!«

»Jaja«, sagte er leise, »das lässt sich ja nicht abstreiten.«

»Es war gar nicht so einfach mit dem Brief! Die Adresse des Verlags herauszufinden! Aber sie wollte es unbedingt. Und Tante Ellen und ich hatten ja ein, also, wir mochten uns, ich war wohl die Einzige, mit der sie wirklich reden konnte! So richtig.

»Schön«, sagte er unsicher. »Schön.«

»Haben Sie sie wirklich gekannt?«

Ein Friedhofsangestellter war hereingekommen, blieb stehen, als er ihn und das Mädchen sah, machte unzufrieden in der Tür kehrt und ging wieder hinaus. Nur die zwei in der Kapelle. Oder drei, wenn man sie dort vorn mitzählte. Drei.

»Wollen Sie die Blumen jetzt nicht hierlassen?«, sagte sie scharf, »oder wollen Sie sie mit nach Hause nehmen?«

»Entschuldigung, ich war in Gedanken.«

»Machen Sie das Papier ab«, sagte sie mit einem Tonfall von Mütterlichkeit, »man soll sie ohne Papier hinlegen. Ich nehm das Papier, wenn Sie nach vorn gehen und die Blumen hinlegen.«

Er wickelte schuldbewusst die Blumen aus dem Papier. Sie knüllte es mit einer routinierten Bewegung zusammen. Als sie ihn musterte, wie er mit den Tulpen dastand, lag darin nicht nur Neugier, sondern auch etwas anderes, sie sah ihn mit einem lustig bittenden Ausdruck in den Augen an, dann hakte sie ihn unter.

»Jetzt geleite ich Sie«, sagte sie freundlich, »damit Sie nicht so hilflos wirken. Gehen Sie nach vorn und legen die Blumen hin und sagen Sie ein paar Worte.«

Sie gingen zum Sarg, sie steuerte ihn darum herum, an der Schmalseite blieben sie stehen, das Mädchen trat ein paar Schritte zurück und nickte ihm aufmunternd zu. Er trat einen Schritt vor, beugte sich hinab und legte die fünf Tulpen auf den Sargdeckel. Sie waren nicht so schlimm zugerichtet. Dann zögerte er eine Sekunde, wusste aber plötzlich, was das einzig Richtige war, das er sagen konnte, denn sie hatte selbst einmal gesagt, dass es das einzig Richtige war, er sagte es leise, damit das Mädchen es nicht hören konnte.

»Dir auch vielen Dank.«

Dann war das Schlimmste vorbei. Sie gingen hinaus. Es hatte aufgehört zu regnen.

Sie nahm ihr Fahrrad, das nicht angeschlossen gewesen war, und sagte, ohne ihn anzusehen:

»Sie haben meine Frage nicht beantwortet.«

»Welche«, sagte er, obwohl er es wusste.

»Ob Sie sie gekannt haben. Es ist wirklich komisch, dass Sie hier sind. Es gab ja nicht so viele, die sie gut kannten.«

»Es ist so lange her«, sagte er.

Das war alles, was ihm zu sagen einfiel. Es war lange her, und dann kam ein Leben, oder mehrere, er konnte es nicht wiederholen, sie würde es wohl nicht verstehen. Wie er sie gekannt hatte! Nein, er konnte dies doch nicht hervorzerren an diesem Alltagsnachmittag in den siebziger Jahren auf dem Skogskyrkogården.

Wie sollte sie es verstehen können, wenn er es selbst nicht verstand.

Das war wohl der Sinn des Schreibens; dann brauchte man es nicht zu sagen. Und hinterher, mehrere Jahre später, wenn er an das Gespräch zurückdachte und die Erinnerung sich gleichsam in ihm *eingegraben* hatte! Da hatte er sich verteidigt, vor sich selbst! Und hatte zu sich selbst gesagt, *Hätte ich vor der Nichte dieser Frau, und vor ihrem unverschlossenen Fahrrad! mein Inneres nach außen kehren sollen?*

Was hatte er sich eigentlich erhofft? Dass das Mädchen sagen würde, Tante Ellen habe alle seine Bücher gelesen und darin nach etwas gesucht, einer Erklärung, dass es auch ihr Leben verändert habe, dass die Stunden in der Larssonküche auch in ihr eine Tür geöffnet hätten, und dass der Raum dahinter nicht bedrohlich oder schuldgeschwängert, nicht schwarz und mit kochendem Öl angefüllt sei oder mit etwas, das an Burmans älteste Tochter und ihren Sündenfall (mit Stefan) erinnerte, sondern dass er etwas Warmes und Lächelndes war, und dass es *immer so sein sollte!*

Und dass sie wirklich wissen wollte, *was von ihr in ihm geblieben war*, obwohl so viele Jahre vergangen waren.

Nein, er hatte keine gute Antwort. Aber sie fragte weiter.

»Wissen Sie, dass sie mehrere Ihrer Bücher gelesen hat!«, sagte sie in einem aufmunternden Tonfall, beinahe mütterlich, »ich weiß es, weil sie Ihre Bücher im Regal hatte, mehrere, und vielleicht hat sie auch welche in der Bibliothek ausgeliehen. Wussten Sie das nicht?«

Er fühlte, wie es ihm gleichsam einen Stoß versetzte, es war, als ob es weh tat oder weh tun würde, wie ein kleines Signal, sich aus dem Staub zu machen, über das Feld zu laufen, die Wagentür aufzureißen und loszufahren, als habe er plötzlich eine sehr starke Witterung aufgenommen, vor der er unbedingt fliehen musste, aber jetzt war er so nahe, dass keine Flucht ihn retten konnte.

»Merkwürdig, was hielt sie denn davon«, sagte er leise und starrte unverwandt auf das Auto jenseits des Feldes.

»Ja«, sagte sie fröhlich, »das war ganz unterschiedlich. Einiges fand sie wohl gut, aber oft meinte sie, dass Sie es gleichsam zusammenkleisterten, so dass es undeutlich wurde, oder falsch, ja, sie konnte manchmal ziemlich kritisch sein, aber sie fand bestimmt nicht alles schlecht.«

»Gut«, sagte er. »Gut.«

»Sie war unzufrieden damit, dass Sie gleichsam keine Ordnung in Ihre Bücher bekamen, sie fand, dass Sie um den heißen Brei herumredeten, statt zur Sache zu kommen, um es mal so zu sagen, und damit war sie unzufrieden, sie gab aber nicht auf, sondern blieb dabei, obwohl sie unzufrieden war. Das war doch auf jeden Fall schön?«

»Schön. Doch. Schön.«

»Ja«, sagte sie, »und ein paar der Bücher hat sie gekauft, obwohl sie sie in der Bibliothek hätte ausleihen können!«

»Welche mochte sie denn«, sagte er und hörte, dass seine Stimme etwas krächzte.

»Ja, eins auf jeden Fall, ich hab vergessen, wie es hieß. Es war auf jeden Fall ziemlich gut. Weiß nicht mehr, wie es hieß.«

»Nun, dann werde ich es auch nie erfahren«, sagte er und versuchte zu lächeln.

Das Fahrrad hatte unabgeschlossen dagestanden, er wies sie darauf hin, gleichsam um zu entkommen, aber da sagte sie *hier stiehlt wohl keiner*, und er antwortete *nein, das ist klar*, und immer noch sah sie ihn mit diesem neugierigen Gesichtsausdruck an.

»Sie sollten einmal einen richtigen Liebesroman schreiben, den würde ich auf jeden Fall lesen. Aber sie sagte, Sie hätten keinen geschrieben.«

»Ich kann keine Liebesromane schreiben«, sagte er beinahe heftig, »dazu tauge ich nicht.«

»Warum denn nicht?«

»Weil ich es weiß, es ist schwer, Punkt, aus. Ich kann anderes schreiben. Aber nicht das. Punkt, aus.«

»Nee«, sagte sie, »in einem Liebesroman, da kann man sich ja nicht verkriechen, gleichsam, ist es das?«

Was für ein seltsames Gespräch, hatte er gedacht. Man will, dass es sehr lange dauert und gleichzeitig schnell zu Ende geht.

»Ich kann auf jeden Fall nicht über Liebe schreiben, habe es nie gekonnt«, er war im Begriff zu sagen, *Richten Sie ihr das aus!*, bremste sich aber gerade noch und schämte sich. Er hörte selbst, wie absurd es klang. Sie blickte ihn auch ziemlich verwundert an, als verstehe sie nicht, weshalb er sich so echauffierte und was er meinte.

»Sie hat auf jeden Fall geglaubt, dass Sie dazu taugen könnten«, sagte sie. »Sie könnten doch die Vorstellungskraft benutzen. Tante Ellen hat sich manchmal darüber ausgelassen.«

Warum war er hergekommen. Es war plötzlich nahezu unerträglich.

»Hat sie das gesagt?«

»Ja, wieso?«

»Hat sie das gesagt?«

Er war hilflos mit dem Blick an dem Mädchen hängen geblieben. War sie ihrer Tante ähnlich?

Vielleicht, ein wenig. Die Augen vielleicht.

Aber sie ließ nicht locker und bohrte weiter: *Können Sie nicht einen Liebesroman schreiben, den ich auch lesen kann!*, und er dachte, *was sage ich, was antworte ich darauf; ja*, sagte er, *ich hatte einmal vor, einen Liebesroman über einen geisteskranken Jungen und seine Liebe zu einer Katze zu schreiben, die starb, aber wiederauferstand!*, und sie runzelte die Stirn und sah ihn streng und kritisch an: *Igitt! Nein, das hört sich eklig an, nichts Religiöses! Es soll wahr sein!*, und er sagte, *Wie denn?*, und sie sagte mit scharfer Stimme, *Igitt nein, ich möchte etwas lesen, womit man sich identifizieren kann,* und er sagte, *Wie denn?*, und sie: *Ja, etwas mit Liebe, womit man sozusagen zusammenkriechen kann,* und er: *Ein historischer Roman?*, und sie: *Nee, eher ein Roman, der – in dem es wahr ist! Verstehen Sie? Ja, in den man hineingehen kann! oder jedenfalls eine Liebesgeschichte,* und er sagte hilflos, *Wie denn!*, und sie fast heiter: *Ja, in die man hineingehen kann! Und dann soll es wahr sein!*

Er war drauf und dran, die Kontrolle zu verlieren. Die Sonne so grell! Als hätte der Regen das Licht über dem Skogskyrkogården verstärkt. Schreib einen Brief, wenn ich tot bin.

Einen Moment lang war es ganz still, dann sagte sie:
»Sind Sie okay?«
»Bald«, sagte er. »Bald.«

Sie gingen gemeinsam über das Feld auf den Wagen zu, und die Sonne war herausgekommen, und das Gras war frisch und nass, und sie schob das Fahrrad und lachte und plauderte, und er hörte fast nicht, was sie sagte, aber sie war ziemlich lustig, und plötzlich fühlte er sich so leicht ums Herz, es war, als ob die Luft ihn trüge, und sie lächelte ihn an und sagte:

»Aus Ihnen werde ich nicht richtig schlau. Ich begreife nicht, wie Sie einander kennen konnten.«

»Dann sind wir ja zwei«, hatte er gesagt.

Sie kamen zum Auto. Sie zeigte wie gelähmt vor Entsetzen auf die Frontscheibe und sagte empört:

»Ein Knöllchen! Das ist doch idiotisch! Die sind nicht gescheit! Sie sind sogar hier auf dem Gottesacker!«

Er lachte und dachte: Gottesacker! Stell dir vor, sie ist Herrnhuterin! Wie wenig man begreift! Wie wenig ich verstehe! Und er nahm vorsichtig den Strafzettel ab, der auf zweihundertsiebzig Kronen lautete, und sagte in einem Tonfall, den er selbst nicht verstand, beinahe wie mit geschwollener Zunge, *Den rahme ich mir ein und häng ihn auf, als Erinnerung!*, und sie sagte, *Dann kriegen Sie nur eine neue Mahnung!*, und er sagte, *Dann bezahle ich die Mahnung und behalte diesen Strafzettel*, und dann sagte sie, *Hat echt Spaß gemacht, Sie zu treffen*, und er sagte, *Ebenfalls, wirklich!*, und sie sagte, *Wenn Sie einen echten Liebesroman schreiben, leih ich ihn in der Bibliothek aus*, und er sagte, *Dazu tauge ich nicht*, und dann radelte sie los.

Das Auto war ein Saab 900. Er nahm den Strafzettel, trocknete ihn vorsichtig ab und legte ihn neben sich auf den Beifahrersitz.

Er würde ihn wirklich einrahmen.

Das Mädchen auf dem Fahrrad würde bald verschwunden sein. Er hatte sie wirklich gemocht. Ihre Tante Ellen hatte nach ihm gerufen. Schreib einen Brief, wenn ich tot bin. Warum sollte er das nicht glauben dürfen. Und was versuchte sie ihm zu sagen? War dies die Liebe?

Die Kapelle in der Mitte des Gottesackers auf dem Skogskyrkogården umschloss jetzt diese Tante Ellen, die ihm vielleicht eine Mitteilung hatte senden wollen über das Unmögliche, das so schön war. Er begann plötzlich heftig zu atmen, ermannte sich aber. Die Frontscheibe war getrocknet und vom Regen frisch gewaschen, aber auf seinen Augen war die Feuchtigkeit gleichsam noch da, und deshalb schaltete er den Scheibenwischer ein. Nach einer Weile wurde es besser, und da sah er alles klar.

Nach ein paar Minuten holte er sie ein.

Er fühlte sich plötzlich leicht und ruhig. Es war ein so schöner Tag. Als er an ihr vorbeifuhr, ließ er das rechte Seitenfenster herunter, um ihr etwas zuzurufen, aber sie kam ihm zuvor und rief lachend *Ein Liebesroman! Hupen Sie, wenn Sie's versprechen!*

Er ließ die Scheibe wieder hoch und gab Gas, sie blieb zurück, sie trampelte wie wahnsinnig, und er sah, dass sie lachte. Das Fahrrad war bestimmt ein Monark mit Ballonreifen. Schreib einen Brief, wenn ich tot bin. Sie wurde kleiner und kleiner im Rückspiegel, er hob zögernd die Hand.

Signal?

*

Sehr still setzte sich der Kreuzfuchs auf den Boden hinterm Lokus und betrachtete die Zuhörer, die sich bereitmachten.

Sie waren drei, die sich jetzt setzten, um zuzuhören: der Großvater mit dem Enkel auf dem Schoß, und der Vater Elof war auch anwesend, auf die eine oder andere Weise. Er sah jetzt nettig und froh aus. Er hatte das Versprechen erhalten, die neun herausgerissenen Blätter für sich behalten zu dürfen.

Der Kreuzfuchs, ganz ruhig, betrachtete die drei Zuhörer mit einem kleinen Lächeln.

Zeit für ein Gleichnis. Dieses würde wohl viel stiller werden als die anderen, die sie gehört hatten. Die Rede im Gemeindehaus würde nie vollendet werden, darauf kam es auch nicht mehr an, er musste wohl stattdessen einen Brief schreiben. Vollständig berichtigt würde es nie werden.

Aber zuerst würden sie sich das Gleichnis des Kreuzfuchses anhören.

Es würde so spannend werden. Es war ein so schöner Abend. Das Kind würde ihn nie vergessen.

Inhalt

»Ein liebenswertes Werk mit philosophischem Anspruch.«

Brigitte

Ü.: Gabriele Haefs. 272 Seiten. Gebunden

Jakop Jacobsen ist seit seiner Jugend ein Einzelgänger gewesen. Sein bester Freund Pelle ist eine Handpuppe, die deutlich schlagfertiger ist als er selbst. Und er hat ein merkwürdiges Hobby: Jakop geht gern auf fremde Beerdigungen, wo er sich als Freund des Toten ausgibt. Nur Agnes durchschaut sein falsches Spiel. Jakop verliebt sich in sie und hofft, dass sie ihn trotz seiner Eigenarten erhört. *Ein treuer Freund* ist ein philosophischer Schelmenroman, eine herrlich schräge Liebesgeschichte und eines von Jostein Gaarders schönsten Büchern.

HANSER
www.hanser-literaturverlage.de